CEREUS & LIMNIC

Keith Hayden

HAC
publishing

Cereus & Limnic

First Printing: 2021 in United States

Social Arts & Technical Alliance
https://thesata.com

ISBN: 979-8-9904356-1-2

感謝 (Acknowledgements)

変化を信じ、より良い世界と社会を築くことを信じてくださる読者の皆様に感謝します。

Thank you to all readers who believe in change and building a better world and society.

セレウス&リムニク

(下)

Cereus & Limnic

目次

第五部 —— 7
第六部 —— 81
第七部 —— 132
第八部 —— 198
終章 —— 257
作者と訳者あとがき —— 271

上巻目次

第一部
第二部
第三部
第四部

第五部

第 37 章　チップド - パート 1

ケイン・イーストモントは、コロラド州コロラドスプリングスの大病院で生まれた。健康な男の赤ちゃんだったが、ある一つのテクノロジーが彼の人生全体に大きな影響を与えることになるとは、本人も両親も知る由もなかった。

そのテクノロジーとは、ニューラルネットワークによって個人を識別できる標準的な脳内インプラントのことだ。米粒の半分ほどの大きさで、二〇二〇年代初頭に導入されたこのインプラントは、十年代初頭に地球を襲った新型コロナウイルスのパンデミック後、感染者の追跡手段として始まった。当初は、感染歴のある人と富裕層だけが使用していた。しかし二〇三〇年までには主流となり、アメリカ合衆国では社会保障番号に代わる主要な個人認証の手段となった。

このテクノロジーを提案したのは頭の切れる米国の立法者たちで、最終的に世界中に広がった。立法者たちは、これにより国勢調査の精度が上がり、ひいては限られたエネルギー資源のより効率的な利用につながると主張した。旧世界の進歩的な政府指導者たちは、このテクノロジーを地球温暖化対策に寄与し、心配性の親が子供の居場所を把握しやすくなり、一般市民にも利便性が向上する環境に優しい政策だとみなした（ただし、これらのメリットが明言されることはなかった）。こうした美辞麗句と、日常生活でこの技術がいかに役立つかを紹介する大量のメディアプロパガンダにより、旧世界の人々はこの法案を一斉に受け入れた。

その結果、二〇三〇年より前に生まれた一般市民は我先にチップの埋め込み手術を受けるようになった。三〇年代には世界的な感染症の大流行や戦争、未曾有の自然災害が相次いだが、一般に「サイバー化」と呼ばれるこの動きは、十年間を通じて世界経済に予想外の追い風をもたらし続けた。先進国でも発展途上国でも、数十億の人々が、社会的に容認されたメリットを享受するため、体内に永久的な追跡デバイスを埋め込むことを自ら進んで選択したのだ。大半の人は、この技術が実際にどう機能するのか、あるいは皮膚の下にチップを入れることが自分の人生にどんな影響を及ぼすのかを深く理解しないまま、そうしたのだった。

背が低く、年老いた切り株のような体つきで、滑らかな褐色の肌を持つケインも、三〇年代にソーシャルメディアで「I am Robot」運動に飛びついた一人だった。二〇一五年生まれの彼は、十五歳の誕生日にインプラント手術を受けさせてくれるよう両親に懇願した。学生ローンの重荷に何十年も苦しめられ、経済的苦

第37章 チップド - パート1

境の記憶が脳裏から離れないミレニアル世代の両親は、金銭的な理由からこれを拒否した。するとケインは、自分の手でこの問題を解決することを決意した。

頑固で強情、どこまでも突き進むケインは、近所にあるバイオデジタルクリニックの一つで手術の段取りを付けるのに友人の助けを借りた。こうしたクリニックの中には、有名で信頼できる医療機関と提携しているところもあれば、技術者や医療の心得のある素人が運営し、チップを安全に体内に埋め込む施術を行っているところもあった。ケインは後者を選び、五百ドルを支払って施術を受け、チップ埋め込み済みの人々の仲間入りを果たした。

数日後、このことを知った両親は激怒したが、チップで息子の行動と生体データをリアルタイムで追跡できることを知り、怒りも収まった。ケインの作戦は裏目に出たのだ。その後の三年間、彼の行動は両親の監視の目に晒され続けた。しかし十八歳の誕生日を迎えたケインには、ペアレンタルコントロールを完全にオフにし、両親の管理下から脱する選択肢が与えられた。この日を境に、彼は自分の個人データの正当な所有者となったのだ。それが法律で定められた権利であり、彼はそれを喜んだ。

セレウス&リムニク

十八歳になるとすぐ、ケインは実家を出て、コロラドスプリングス南部で数人の友人とルームシェアを始めた。古びたアパートは荒れた地域にあり、三人の他人と狭い空間を共有する暮らしだったが、少なくとも疑い深い両親から離れられたことが何よりだった。

そこで彼は、脳内チップの新しいアップグレードが開発されているという噂を耳にした。学習能力向上から、筋力増強や性欲アップにつながるテストステロン分泌の促進まで、様々な機能拡張があるのだという。ある日、友人の一人が彼に言った。「チンコがデカくなるらしいぜ、マジで」。ケインは非常に興味をそそられたが、そのためには金が必要だった。そこで彼はメキシカン・シーフード・レストランの厨房で働くことにし、貯金を少しずつ貯め始めた。

こつこつ二年間働いて貯金した末、ケインは二十歳の時に初めてのチップ強化手術を受けた。テストステロン増強も魅力的だったが、彼はより賢明な選択をし、学習支援の機能を選んだ。ナマズ臭い体で帰宅するのにうんざりしていたケインは、FreeCodeCamp.org が提供する人工知能整備コースを受講することにした。より良い人生を望んでいた彼は、IT エンジニアの仕事なら需要が尽きることはないだろうと考えたのだ。学習支援機能を手に入れた彼は、翌日からコースを開始した。

第 37 章 チップド - パート 1

新たに強化されたチップをオンにすると、ケインの思考はタスク処理マシーンへと変貌を遂げ、何時間でも途切れることなく集中し続けられるようになった。脳内の雑音や欲望は一切シャットアウトされ、自分と目標だけが世界に残る。そんな時、他の何もかもどうでもよくなり、学習が驚くほど捗った。二十一歳の誕生日を迎える頃には、彼はソフトウェア開発のジュニアエンジニアとして高給の職を得ていた。それから二十年に渡り、これが彼のメインキャリアとなる最初の一歩となった。

同世代の大半の人々と同じように、ケインの生活のほとんどはニューラルネットワークに支配されるようになっていった。人間関係はヴァーチャル空間で築かれ、情報はオンラインで得られ、仕事もネットワーク経由で行うようになった。分からないことがあれば他人に聞くより先にネットワークに問い合わせるのが常だった。彼の記録した写真や動画は、どれほど些細なものでも全て自動的にサーバーにアップロードされ、過去の出来事を好きな時に自分や他人に再生できた。ケインの人生そのものがネットワーク上に存在し、ケイン自身よりもケインのことを深く知るようになったのだ。

それから二十五年後、ケインは郊外の大きな一軒家で一人暮らしをしていた。高台の中流階級の住宅街から、州間高速二十五号線とコロラドスプリングスの夜景を見下ろす絶景が楽しめる物件だ。薄暗い書斎の窓から見える、雷雨の名残でまだ暗い夜空には、かすかな三日月が見え隠れしていた。ケインの顔はディスプレイの明かりに照らし出され、翌朝のプレゼン資料の仕上げに余念がなかった。

すると突然、画面が見慣れぬ色に点滅し始めた。最初はゆっくりとしたペースだったが、次第に速くなり、やがて点滅が重なり合って真っ白な画面になった。一体何事だろうか?故障を疑ったケインは、リセットしようと電源に手を伸ばした。だがコンセントに届く前、それまでの人生の全ての勝利の瞬間が脳裏に蘇ってきた。まるで会議前にスライドを慌てて確認するかのように、映像は次々に切り替わっていく。見る間もなく過ぎ去るそれらを、じっくり見つめたり味わったりする暇はない。一瞬でめまいに襲われ、吐き気を催した。込み上げる胆汁を無理やり飲み下した。いったい何が起こっているんだ?性的な勝利も、仕事の手柄も、私的な達成感でさえ、次々に目の前をかすめ、これまでの人生の道のりを思い出させる。オフィスの椅子に座ったまま、ケインは瞬きを繰り返して幻覚を消そうとしたが、しつこく付きまとい、過去の記憶の数々へと誘ってくる。ケインは目を閉じ、幻がどこかへ行ってくれることを祈った。十分な時間が経ったと思えるまで目を閉じていたが、再び目を開けると、そこはもうオフィスではなかった。

第37章 チップド - パート1

ここはどこだ?見慣れぬ部屋に立っていた。冷たく湿気た中世の地下牢のような場所で、氷点下のはずなのに、白のTシャツとスウェットパンツ一枚のケインは寒さを感じなかった。

辺りを見回すと、完全に密閉された部屋で、出入り口も窓もない。大きな円筒形の台座が、部屋の中央付近に均等な円を描くように並んでいるのが見える。全部で七つあった。ケインは唾を飲み込み、そっと一番近くの台座に近づいた。そこで目にしたものに、彼は愕然とした。これは…俺の記憶だ。忘れ去られた思い出が、目の前の球体にくっきりと浮かんでいる。二十五歳若いケインが、「最優秀新人プログラマー賞」を片手に誇らしげに掲げ、もう片方の手は今は亡き上司の手を握りしめている。まさか。嘘だろ。視線を別の球体に向けると、そこにも忘れていた思い出の数々が詰まっていた。何だこれは?我を忘れたように、ケインは自分の人生の極上の喜びと奈落の底を覗き込んだ。一体なぜここにいるんだ?途方に暮れながら、恋人ダフネとの記憶の球体へとゆっくり歩み寄る。ああ、ダフネ。官能的な魅力や妖艶な美貌だけでなく、彼女と一緒の時が一番安眠できたから、とても印象深い思い出だった。性交渉の後の睡眠は人生で最高の質だったが、ダフネとならなおさらだった。

もし俺が…どうなるんだろう。ケインは息を止め、何が起こるか分からないまま、そっと記憶に触れた。途端に、様々な感情が押し寄せ、脳を圧倒した。絆、親密さ、愛。それらが一気に血管を駆け巡り、全身に性的エネルギーを炸裂させた。両手を下ろしたまま、心臓の鼓動は次第に速さを増していく。股間に血液が集中し始めるのを感じる。いつもの緊張と弛緩のサイクルの始まりだ。程なくして、原始的なリズムに身を委ねていた。ケインの顔が歪み、体が強張り、絶頂に達すると、ぐったりと床に崩れ落ちた。重たい瞼に耐え切れず、ケインは至福の眠りについた。

＊＊＊

セレウス&リムニク

気がつくと、自宅の書斎の椅子に座っていた。窓の外では夜の小雨がぱらついている。雨音が微かに耳に届く。ディスプレイには先ほどまでの退屈な資料が映し出されている。変わったのはケイン自身だけだ。体の奥底には、未だに性的興奮の名残が残っている。ウェアラブル端末が示す心拍数と血圧は、まだ平常値より高いままだ。息切れと脱力感、倦怠感に襲われる一方で、不思議と心は穏やかだった。多幸感に包まれ、ダフネのことを思いながら、椅子に深く体を沈ませ、しばらくウトウトした。数分後、徐々に我に返ってきた。現実世界の冷たさと、下着に染み込んだ冷たい感触に気づいた時だった。

第 37 章 チップド - パート 1

ケインは自分の汚れた下着を恥ずかしく思い、すぐにそれと下のスウェットパンツを脱ぎ捨て、新しい服に着替えた。服を替えながら、今回の不可解な体験について考えが巡った。一体俺に何が起きたんだ？夢だったのか？それとも奇妙な神経障害の一種なのか？加齢とともに体内チップの不具合で奇妙な症状が出るという話は聞いたことがあったが、これはそんな類の話とは明らかに違う。どう考えても異質な現象だった。自分を制御できなかったことに恥ずかしさを覚えはしたが、同時に謎に満ちたスリルにも心躍らされていた。謎の部屋、記憶の数々、そして奇妙な射精。すべてがケインにとって謎のピースであり、それを解き明かしたいという欲求にかられていた。彼はもっと知りたかったのだ。

第38章　チップドｰパート2

翌夜、また同じことが起きた。例の閃光が再び視界を覆い、円形の部屋へと引き戻された。今回は二つ、前夜と違う点があった。立ち上がって振り返ると、背後にアーチ型の扉があり、自宅のオフィスへ戻れることがはっきりとわかった。

戻ろうと思えば戻れる。ぼんやりとした映像の中で、もう一人の自分が座っているのが見えた。まるで昼寝でもしているかのように、穏やかにリラックスした様子だ。表情は安らかで、胸は一定のリズムでゆっくりと上下している。不思議な光景だった。自分の寝姿を客観的に見るのは初めてだ。それを見て、ケインは妙に無防備で落ち着かない気分になった。部屋に視線を戻すと、円柱型の台座にはまた記憶が収められていたが、すべて前夜とは違うものだった。今夜はどれを選べばいいんだろう?時間制限や部屋の規則について何も分からないまま、前夜よりも選択を迷った。これが何だとしても、一つしか選べないのは明らかだ。二度と戻って来られるかどうかもわからない。

第38章 チップド - パート2

ダフネとの別れの日の記憶もあった。いつものようにセックスはしたものの、雰囲気が違っていた。いつもの親密さも一体感も感じられず、ただ嘆き悲しむだけの行為だった。ケインのキャリア志向とワーカホリックぶりに嫌気が差したダフネを取り戻すための、自暴自棄な最後の手段だったのだ。もちろん失敗に終わり、彼は後悔と喪失感でいっぱいになった。二人の関係が終わったあの夜、弱さを見せまいと必死で踏ん張っていた。ダフネには強がりなどお見通しだったことだろう。彼女の心は深く傷つき、長く有望だった関係の喪失を嘆いていたに違いない。それでも彼女は決断を下し、今回はそれが最終的なものとなった。宙に浮かぶ記憶を眺めながら、過去の名残が胸に込み上げてくる。ケインは思わず手を伸ばしそうになった。

だが、直前で思いとどまる。あの時の記憶は蒸し返す必要ない。強い意志を振り絞って記憶から目を逸らし、アーチ型の扉に向かってゆっくりと後ずさった。もう一人のケインはまだ穏やかに眠り続けている。自分の寝顔を見ていると、こちらにも睡魔が襲ってきた。とにかく状況が飲み込めず、どうすればいいのか皆目見当もつかない。おずおずと扉に近づいたが、ふと立ち止まった。今戻ったら、もうチャンスはないかもしれない。そう決意する。ケインはアーチ型の扉に背を向け、部屋の中を探索することにした。

捜索は長くは続かなかった。部屋を数周し、つま先立ちになって壁を押したり、床にひざまずいて念入りに調べたりしたが、何も見つからない。出口はアーチ型の扉一つだけ。部屋にあるのは、記憶の雲を乗せた台座ばかりだった。

落胆し、さらに疲労を感じながらも、ケインはメキシカン・シーフード店で働いていた頃、友人と喧嘩になった記憶に近づいた。喧嘩の詳細ははっきりとは覚えていないが、断片的な記憶はある。コロラドスプリングスのダウンタウンにあるバーで、仲間と飲んだくれていたのだ。アルコールと煙草の靄に包まれ、何かのスイッチが入ったような感覚だけは覚えている。次の瞬間には床に倒れ込んでいた。警官や友人たちと事情聴取された朝のことも。そこから先の記憶はなく、長らく忘れ去っていた。もう二十五年以上も前の出来事だ。首をかきながら記憶を見つめていると、ふとその友人との間に起きた出来事の断片がよみがえってきた。

トニー——そう、彼の名前はトニーだった。ケインが実家を出た後、一緒にルームシェアしていた男の一人だ。チップの機能拡張について教えてくれたのも、他ならぬ彼だった。

トニーは良い奴だったが、ケインの男らしさが足りないと思えば、とことん意地悪になることもあった。女、学校、仕事、何だって構わず、トニーの答えは常に「支配」か「力の誇示」だった。それでもケインは

第38章 チップド - パート2

我慢していた。トニーの面白さは別格だったし、一緒にいるだけで自分も楽しい人間になれた気がしたからだ。しかし、二人の仲に亀裂が入り始めたのは、チップ増強手術を受けた後からだった。ケインはガチャ運パワーアップを、トニーはテストステロンブーストを選んだ。「最強ジュース」（トニーの言葉）のお陰で、奴はただのクソ野郎から、もっと手に負えないクソ野郎へと進化した。話題はもっぱら、自分が何人の女を抱いたか、これから抱く予定か、ばかりだ。「ケイン、お前サイボーグまんこ試したことある？」ある日の午後、トニーが唐突に尋ねてきた。

「ねえよ」

「最高だぜ！お前、損してるって！」

ケインは適当に相づちを打ち、勉強に集中した。面白い奴ではあるが、アップグレード後のトニーはさすがにウザい。なるべく関わりを減らそうと心に決めた。その分、プログラマーになるための勉強により集中できる。いずれトニーとも自然に疎遠になれるはずだ――そう期待していた。

数週間後のパーティーで、ケインはケイラという女性と一緒にいた。小柄なブルネットで、ベリーショートがよく似合う、スタイル抜群の美人だ。クロスフィットと登山を嗜み、ケインよりも酒豪という、コロラド生まれの完璧女子。ここ数週間、ケインがバーでちらちら見かけていた、友人の友人だった。ついに声をかけるチャンスに恵まれた特別な夜だ。二人はすぐに意気投合した。数時間に渡って語らい、酒を飲み、ダーツを楽しんだ。すべて順調……だったのだが――野外バーベキューにハエが群がるように、不意にトニーが割り込んできて自己紹介を始めた。派手なライムグリーンのTシャツに黒のスキニージーンズ、真っ白なスニーカーという出で立ちは、ケインをあの古い「オールド・タウン・ロード」のミュージックビデオに出てくるラッパー、リル・ナズ・Xを連想させた。だが奴はリル・ナズ・Xではなく、トニーだ。昼間はコロラド大学コロラドスプリングス校の生化学専攻、夜は自称ポン引きの二足のわらじ。ポーズばっかりの偽ヤンキーで、シムみてえな奴だ。ケインは奴を心底嫌悪した。バーの片隅でケイラと親しげに話しているのに、そこに上がり込んでくるトニー。さすがの我慢の限界だった。

ケインは台座の前に立ち、物思いに耽りながら首をかしげる。嫌な記憶も、良い記憶と同じくらい生々しく感じられるのだろうか?震える手で、そっと記憶に触れた。途端、全身の筋肉が強張り、顎が痙攣し、思考はたちまち本能の赴くまま。バーであの夜に味わった筋肉や腱、関節の痛みが、過去の淵から一気に呼び起こされる。それ以上に堪えたのは、裏切りの衝撃だ。トニー!あいつと上手くいってるの分かってたくせに、なんでケイラに近づきやがった!最低な奴だな、お前は!昔からそうだったんだ!ビデオのシークバーが一気に巻き戻るように、忘れ去っていた怒りの記憶が鮮明によみがえる。詳細こそ記憶の彼方だが、体が覚えているのだ。顔や胸、あばら骨にトニーのパンチやキック、膝蹴りが降り注ぐ。だが今回は、痛みを紛らわせるアルコールの力を借りられない。一撃一撃が重くのしかかり、トニーとの友情の崩壊が心に深い傷を残す。あまりの激痛に、ケインはやがて意識を失った。

＊＊＊

目を開けると、自宅のオフィスに戻っていた。窓の外には涼やかな星空が広がっている。ケインは汗だくで、疲れ果てて痛む体を椅子に沈ませ、しばらく身動きひとつしなかった。突如として襲った記憶の余韻に、自分を落ち着かせるためだ。こんな嫌な記憶まで蘇らせるなんて。一体全体、何が起こってるんだ?ケインは答えを求めていた。

痛む身体を引きずるようにしてシャワーを浴び、汗臭い服を脱ぎ捨てる。鏡の前に裸で立ち、我が身を見つめた。五十に手が届こうかという中年の身体は、いつも通り見慣れた様子だ。ボテッとした腹に乳房のような胸筋。下半身に視線を落とせば、かつて逞しかった脚にも老いの兆しが見える。皮膚が徐々に床の方に引き伸ばされていくようだ。心が萎えそうになるが、これもまた当たり前のこと。だが一つ、当たり前ではないものがある。あるはずのものが、そこにはない。

アザが一つもない？汗を掻いているせいで肌の色は変わっていないが、腫れも青アザも黒アザも見当たらない。腕を回して背中を確かめ、逆さシャワーミラーまで使ってみたが、やはり何もない。おかしいな。確かにケンカした気分なのに。まるでハッカーがネットワークを攻撃するみたいに、何者かが俺の神経系を弄んだみたいだ。警報は鳴り響いているのに、外から見たらすべて正常とは。この事実が、さらに謎を深めていく。ケインは真相を知りたくてたまらなくなった。

＊＊＊

セレウス&リムニク

シャワーを浴び、少し気分が晴れたのは午前二時頃。ケインはネットワークを頼りに、答え探しに乗り出した。フォーラムやSNS、お気に入りのニュースサイトを片っ端から漁る。「円形の部屋」「浮遊する記憶の球体」「自然な射精」「抑圧された記憶」「体外離脱」など、ありとあらゆるキーワードで検索してみた。興

第38章 チップド - パート2

味深い情報は得られたものの、探し求めていた答えには結び付かない。どうやって表示する記憶を選んでいるんだ?なぜ俺を選んだ?疑問は尽きず、ケインは調査を続けた。

次に、あの二晩の体験について、真夜中に連絡を取れそうな数少ない友人にメッセージを送ってみた。だが返ってきた答えは、誰もケインの話が理解できないというものばかり。ストレスと過労のせいだろう、ゆっくり休めと助言されるのみ。それでもケインは休むわけにはいかない。分析好きの彼の頭は、そんな簡単には休まらない。試合の疲れに襲われながらも、必死で調べ物を続けた。

午前四時頃には、もう諦めムードが漂っていた。だるい瞼と、それ以上に重い四肢が、ケインにベッドへの降伏を懇願していた。何かあるはずだ、ネットのどこかに。そんな時、有力な情報を発見した。十数人もの人々が、ケインと似たような体験をしたと語る掲示板だ。ケインのように印象的な性体験を追体験したという人もいれば、仕事での過去の成功や、故人となった家族との安らぎの時間を思い出したという人もいる。「亡くなって十年以上経つ夫と、夕日を眺めながら座っていた時にしか感じたことのないような、チリチリとした暖かさを感じたの。まるで彼がすぐ隣にいるみたいだった」とは、BrokeMillenial90を名乗る人の投稿だ。どの体験談も興味深いものの、「なぜ」「どうやって」という核心には触れていない。まだ足りない。

セレウス&リムニク

そこでケインは徹底的な調査を続行し、目のチカチカと、四十男の二十代の喧嘩への参戦による肉体的疲労と戦い続けた。夜明けの光がオフィスの窓から差し込み始め、もう限界だと感じ始めたその時、ある掲示板の投稿が目に留まった。

「未来が見える！体験できる！マジかよ！？」というスレッドタイトル。中にはたった一つのコメントがあり、スレ立てから十五分しか経っていない。ケインは前のめりになって、目を細めて唇をすぼめ、読み進めていった。

投稿は長文で、おそらく男性と思われる投稿者が、意識の流れのように支離滅裂な文を連ねている。ユーザー名はGemini36。幼い頃からずっとコメディアンになりたかったと語る彼は、高校卒業後二年間スタンドアップコメディに挑戦したものの、介護を必要とする家族の世話のために断念せざるを得なかったという。まるで彼の世代に課せられた通過儀礼だったかのように。長々とした前置きを読み飛ばし、ケインは円形の地下牢のような部屋との遭遇について語り始めた箇所でようやく立ち止まった。これだ！

>「約一週間、自分の最高の思い出を追体験してきた。自分の脳のどこかに埋もれてる最高の記憶の中には、存在すら忘れてたやつもあるから、一週間でそれを辿るのってそんなに長い時間じゃないよな。とにかく、六日目の夜は、サンノゼの友達と行ったドライブ旅行をどうしても体験したかったんだ。ビッグベイス

ンの近くで、マジでそびえ立つような木々の中で迷子になって、金玉が凍り付きそうなくらい寒かったんだけど、人生で一番忘れられない思い出の一つなんだよね。で、七日目の夜、思い出は普段通りに並んでたんだけど、その中の映像も人も出来事も、どれも見覚えがなかったんだ。マジで見た目も違ってたんだぜ！いつもなめらかで曲線的な記憶の泡（俺の呼び方な、特許申請するから先に使うなよ！）の輪郭が、鋭角的になってやがんの。最初は帰ろうと思ったんだけど、薄暗い部屋の中で、年配の男がステージに立ってスポットライトを浴びながら、大勢の観客の前でネタをやってる姿を見た時、すげえ気になっちまったんだよな。最初は信じられなかったけど、触ってみて分かったんだ。あれは記憶じゃなくて、未来の俺のビジョンだったんだよ！俺がコメディアンの夢を叶えてるところだったんだ！観客の歓声、誰かを笑わせたって実感、完璧なセットアップと最高のオチを作り上げた感覚——全部味わえたんだぜ！マジ最高だった！で、その後の夜、他にも未来のビジョンが見れるかなって思ってたら（俺には他にも何個か見せられてたからな）、いつもみたいな整然と並んだ記憶じゃなくて、部屋の真ん中に一つだけあったんだ。普通の記憶の泡とは違って、未来のやつっぽかったから、触ってみたんだよ。ベッドで仰向けになってるのが一番安心できるポジションなんだ。自分の腹が上下するのを眺めるのが好きなんだよな。ちょっとぽっちゃりしてても別にいいんだ。生きてるって実感できるからな（笑）。で、そうやって横になってると、まるで昔の朗読テープみたいに、声が話しかけてきやがった。『コンヴィル』っていうのがあって、もっと記憶や未来のビジョンに触れたいなら、そこに行けって言うんだよ。兄貴、俺その場所を調べてみたんだけど、ここ数年随分と評判悪いみたいなんだよな。でも、その晩すぐに荷造り始めちまったぜ。今いるとこから遠くない場所にあるんだ。もし記憶や未来の自分に触れられるチャンスがあるなら、やらない手はないだろ！」

ケインは激しく目をこすった。読んだ情報が頭の中でぐちゃぐちゃになり、少し時間を置いて整理する必要があった。見えない筋肉痛に耐えながら、ゆっくりと椅子に深く腰掛ける。つまりこういうことか。Gemini36の投稿こそ、彼が探し求めていた答えだったのだ。もし彼の書いたことが本当なら、ケインにはあと四日間、思い出の泡を選択できる猶予がある。その後、未来のビジョンが現れ、コンヴィルへの勧誘が始まるという。セレウスとその過激派、リムニックの名前はニュースやSNSで聞いたことはあるが、あまり詳しくは知らない。今はもっと知りたい。けれども、それはまた今度にしよう。すっかり疲れ果てたケインは、朝日を浴びながらベッドに潜り込み、次の日はほとんど丸一日眠り続けた。

＊＊＊

セレウス&リムニク

第38章 チップド - パート2

残りの一週間は、Gemini36が予言した通りに過ぎていった。記憶を体験し、未来の可能性に触れることへの衝動が、ブラックホールのようにケインを未知の中心へと引きずり込んでいく。六日目の夜、未来の自分のビジョンが見えた。家族に囲まれ、充実した人生に安心と達成感を覚えている自分がそこにいた。妻はダフネで、二人の間には一人娘がいる。その光景は、準備のできていなかった彼の心を、無限の喜びで圧倒した。七日目の夜は、お気に入りのオフィスチェアに腰掛け、心地よい女性の声に耳を傾けた。声はコンヴィルでの暮らしぶりを説明し、そこでケインがプログラマーのスキルを人々のために役立て、将来の家族とも充実した生活を送れるだろうと語りかけてくる。その声に、全身が喜びに震えた。八日目、ケインは車を南へ走らせ、最寄りのコンヴィルへと向かっていた。コロラド州プエブロという町だ。通過したことはあるが、立ち寄ったことはない。そこはどんな場所なんだろう?仕事はリモートで続けられるし、家は友人に貸せばいい。けれどもそんなことは、彼にはもはやどうでもよかった。

南下しながら、ケインは二年ぶりにダフネに連絡を取った。二回目のコールで、彼女は電話に出た。「久しぶりだね」と切り出すと、

ダフネは笑みを浮かべた。「いつか連絡してくるって、分かってたわ」

第39章 スーパー親友

「もう終わったの？」ハープリートは金華に尋ねた。物理委員会が終わってからまだ十分しか経っていないのに、三十分前に出されたばかりの力のつりあいの宿題を、親友がもう終えていることに彼女は驚いた。

金華は両腕を頭上に伸ばしてから、得意げな笑みを浮かべた。「そんなに難しくなかったよ。ただ、正確な答え合わせ用の回答が欲しかっただけ」

ハープリートは遊び半分で彼女の腕を叩いた。「自慢しちゃって」

二人は笑い合った。

二人の少女は古い家具店の委員会室を出た。散発的な会話のざわめきが辺りに響き、平日にコミュニティセンターを支配する喧騒とは対照的だった。週末はいつもこうだな、と金華は思った。人が少なくて静かだから、考え事がしやすい。最近はそればっかりだった。

第39章 スーパー親友

二人はモールの一番奥に設けられた屋台に向かった。メニューは少なめで、ハンバーガーやホットドッグ、フライドポテトなどのアメリカンフードが中心だ。味は良くて値段も手頃。数学委員会の後の土曜日に、十代の少女二人がたむろするにはうってつけの場所だった。二人のお気に入りの屋台でもある。

そこまでおなかが空いてもいないのに、二人はそれぞれシーズニングの効いたフライドポテトと、サンスウィート種のプルーンを使ったスムージー（地元の名物）を注文した。ひげ面の陽気な若い店員は、ここで働き始めてからまだ日が浅いが、ハープリートは彼のことを気に入っていた。大きな頭に幅広い肩、茶色のひげ——男っぽい部分もあれば、物腰の柔らかさ、優しげな瞳、すべすべの手、耳に心地いい声といった男らしくない一面も。剛と柔、陽と陰のバランスが絶妙だ。ゲイなのかしら。それとも自分のアイデンティティを模索中？きっと両方なのね、とハープリートは思った。彼は品物を乗せたプラスチックのトレーを手渡しながら、いたずらっぽくウィンクした。かっこいいじゃん、別に構わないわ、とハープリートは思った。イケメンの店員に胸をときめかされた話を金華にしようと思ったが、ふと彼女の方を見てやめた。友だちはそこに立っていたが、虚ろな瞳で、見つめているようで何も見ていない。また始まっちゃった。

ハープリートは彼女の肘をつついた。「ねえ、火星から金華へ、聞こえる？」

金華はぼんやりと手を口元に当てて、まるで無線機越しに話すみたいに言った。「うん、聞こえてる……どうぞ」

ハープリートは幼い頃のようにそのしぐさをまねしたかったが、トレーを持っているので両腕を上げられない。「ほら、食べよ」金華はうなずき、彼女について屋台の前にある小さな円卓へ。そこには座り心地の悪そうな金属製の椅子が置いてあった。二人は腰掛けて食事を始めた。

二人の間に会話はなく、モールのざわめきと昔の名曲だけが低く響いている。ハープリートはアヴリル・ラヴィーンの「Complicated」という曲に聞き覚えがあった。歌詞は知らないけれど、イントロのコードは祖母の家でよく耳にしたことがある懐かしい曲調だった。無意識に昔の記憶がよみがえってくる。

また迷子になっちゃったか。ハープリートは思った。五分前までの明るい雰囲気は跡形もなく消えている。会話がないせいで、友だちをメランコリックな反芻の淵から引っ張り出す言葉を見つけられないでいる。思案げに金華の顔を見やる。口をわずかに引き結び、うなだれた姿勢。何かに思いを巡らせているに違いない。自分には見えてこなかったような視点や要素を洗い出そうと、あらゆる角度からシナリオを分析しているのだろう。半分食べ終わったフライドポテトの入った小箱から立ち昇る湯気が次第に薄れていく。スムージーは溶けはじめてドロドロになっている。

第39章 スーパー親友

フライドポテトを頬張ったまま、ハープリートは鼻で溜息をついた。数週間前、金華から出自の秘密を打ち明けられた。友だちが「極秘事項」と称する個人情報（ハープリートの十八番だ）を聞き出すのに、いくらか手こずった。だけど一度突破口を開けてしまえば、彼女の感情と苦悩と不安が一気に吐露された。それ以来、ハープリートは適切な形で彼女を支えるのに苦心していた。恋愛の悩みやお金の管理、女の子同士の付き合い方のアドバイスならできるけれど、バイオハッキングされた人間やロボットの双子となると話は別だ。金華の一番の親友を自称する彼女にも、とてもじゃないが歯が立ちそうもない。

あの頃からずっと、金華はムラのある性格になってしまった。ある時は闘争心むき出しで、理知的で頭脳明晰な彼女らしい一面を見せるかと思えば、ある時は感情的に閉じこもって気分屋になり、普段とは別人のような激しい感情表現をしたり、自分の殻に閉じこもったまま長時間沈黙を続けたりする。その様子はまるで、瞬く間に転回するハイスピードジェットコースターに乗っているよう。時に爽快で、時に恐ろしく、時にむかつく。いつ振り落とされるかわからない不安。それでもハープリートは、長蛇の列を耐え忍び、中身がひっくり返るような落差にも負けないで何度も乗り続けている。

セレウス&リムニク

先日の委員会の最中、金華はトイレに行くと言い出して、なかなか戻ってこなかった。四十分も経過した頃には頭に警鐘が鳴り響き、ハープリートは慌てて彼女を探しに走った。センターの中のトイレを片っ端から覗いて回った。彼女を呼んでも返事がないたびに、不安が膨らんでいく。「金華？そこにいるの？」コミュニティーセンターの全てのトイレを回って叫んだ。どうか無事でいて……

最後の望みを託して、モールの反対側にある女子トイレへ。そこで、個室の中で泣きじゃくる金華を見つけた。充血した眼と腫れぼったいまぶたから、相当激しく泣き崩れていたことがわかる。

ハープリートは責めるつもりなどなく、姉のような思いやりの心で耳を傾けた。ただ抱きしめてあげるだけでいい。友だちの弱い部分をさらけ出してくれたのだから。

金華は、早くに真実を教えてくれなかった父親のことを恨んでいた。でも同時に、辛い立場にありながら勇気を出して告白してくれた父のことを深く尊敬し、理解もしている。二度と会えないお母さんのことを思って泣いた。自分の肉体と精神、その先行きが見えないことに怯えた。ダニエルのことはどうなるの？彼との超常的なつながりをどう理解すればいいのか、それが将来お互いにどんな影響を及ぼすのかも見当がつかない。生物学的な不確定要素とデジタル化による冗長性の絡み合いで、若くして命を落としてしまうのだろうか?プロセスを生き延びられなかった他の多くの失敗作、無数の赤ちゃんと同じ道をたどることになるのだろうか?

「私ってフリークみたい!」金華は両手で顔を覆い、便座にうずくまって嗚咽を漏らした。ハープリートは横に立って、落ち着かせるように優しく髪をなでる。思わず固唾を飲んで、明るい話題に切り替えようとする。「ええと、少なくともあんたの脳みそは、どっかのサーバーにバックアップされてるんだから。微積分委員会のノートだけで、ネットオークションいくらで売れるかな?」

そのジョークで金華の気分は一時的に晴れた。小さな笑みを浮かべて言う。「私、これからどうなっちゃうんだろう……すごく……迷子みたい」

「でもさ、お父さんがあんたの健康状態は問題ないって言ってたじゃん。同年代の子と比べて全然普通だって。頭のデカさ以外はね。そこは諦めるしかないか」

二人の笑い声が洗面所に響き渡り、周りのギスギスした空気が一変した。ハープリートは嬉しかった。ほんの少しの間でも、彼女が再び笑顔を見せてくれたことが。二人は固く抱き合って個室を出た。「ローズ先生に宿題増やされないうちに、そろそろ委員会に戻ろ」ハープリートはそう言って、まだ金華の手を握ったまま

「うん、すぐ行くよ。ちょっと身だしなみ整えるだけだから」

ハープリートは眉を顰め、彼女の言葉を疑った。

「ほんとだって！ちゃんと部屋に戻るから！」金華は弱々しく抗議した。

ハープリートは彼女の手をぎゅっと握ってから、ドアの方に向かって押し開けると手を離した。「わかった、信じるよ」出て行く前に、肩越しに言った。「あ、それと二度とトイレで泣かないこと。私がそばにいて、あんたの頭ん中から引っ張り出せる時だけにしなさい。約束ね？」

金華はうなずいた。「約束する」

ハープリートはこぶしを握りしめ、前に向かって鋭く突き出した。それは決意と励ましの印だ。「加油（ジャーヨウ）……」大きな声でそう囁いた。

金華は笑みを漏らし、力強くうなずいてそのしぐさを返した。

第39章 スーパー親友

それからハープリートは背後でバスルームのドアを閉め、何気ない足取りで古い家具店に戻っていった。歩きながら、こう思った。私ってホントにうまくやったわ。親友からスーパー親友にランクアップしたんじゃない？

第40章 科学に

ハルプリートがいてくれてよかった。友達でいてくれてありがとう。金華は親友が出て行った後も、しばらくトイレのドアを見つめていた。この数週間、ハルプリートのおかげで完全に崩壊せずに済んだのだ。

あの日、私が……違うってことに気づいてから。

金華は視線を鏡に向ける。顔は上気し、むくんだまぶたに隠れた茶色の瞳はかすかにしか見えない。水を出してすくい、顔に浴びせて我に返ろうとする。目を覚まして！目を覚ますのよ！彼女が何者なのかを父さんと話し合ってからの数週間、まるで夢の中にいるような感覚だった。まるで眠ったまま、気づいたら見知らぬ現実にいるような。数学と科学の秀才で、リップボードの達人だった以前の金華は、もう過去の人。今の私は、半分は人間で、半分はコンピューター。サイエンスの実験台よ。そう思っただけで、また涙があふれそうになる。

父さんに真実を聞かされたあの夜、彼女には選択肢が与えられた。Aは、それまで通りの人生を歩むこと。無知で、怯えながらも平穏を保てる。Bは、積極的にこのプロセスに参加すること。情報を得て、覚悟を決めて、それでも恐怖と向き合う。どちらを選ぶかは、彼女次第だと言われた。そして、参加することを選べば、父さんのチームはより多くのデータを分析でき、彼女の成長の可能性をより詳しく知ることができると。

無知のままで、何も知らずに、恐怖を抱えたまま。

情報を得て、向き合って、それでも恐れおののく。

でも、どっちにしたって怖いんだもの。金華はベッドで目を開けたまま考え続けて、答えを出すのに一時間もかからなかった。翌朝、父さんに決心を伝えると、思った通りの反応が返ってきた。どちらかといえば中立的だけど、理解は示してくれた。彼女の選択が何であれ、父さんなりの受け止め方をするだろうって、よくわかっていたから。ただ頷いて、こう言った。「そうか。じゃあ、今夜詳しく話そう。18時ごろ書斎で会おう」そのまま仕事に出かけていった。

彼女は家を出る前に引き止めて、詳しいことを聞きたかった。でも、口を開く前に躊躇ってしまった。娘に自分の変化について知らせるか黙っているか、父さんにとってどちらも望ましくない選択肢だったはず。

第40章 科学に

知らないことも、知ってしまうことも、彼女を怯えさせてしまう。父さんはそのことを十分わかっていた。どう感じればいいのか、どう父さんと向き合えばいいのか、彼女にはわからなかった。だから、黙ったまま玄関のドアが閉まるのを見送った。

あの夜から、それまで立ち入り禁止だった父さんの書斎が、自由に出入りできるようになった。毎週何度も、あの部屋で夜を過ごした。二人きりの時もあれば、父さんが彼女のデータを見せて説明してくれる。金華はただ耳を傾け、話の内容がよく理解できた時だけ、質問をした。

ある夜は、父さんの同僚たちも来た。ほとんどが白衣を着たオタクで、名前はどれだけ頑張っても覚えられない。「金華、こちらは何とか先生。内科医の方だ」なんて父さんに紹介される。別の夜は、誰それ先生。遺伝学の専門家だそうだ。それにワシントン・ペレス・何とかさん。ハンサムなヒスパニック系で、力強い握手をする人だった。デジゲノミクスの科学者でもあるらしい。フルネームは思い出せないけど。誰が名前に四回もハイフンを付けるんだろう?ちょっとやりすぎじゃない?彼女は覚えやすい特徴から適当にあだ名を付けることにした。内科医の方はピンク聴診器先生。遺伝学者の方はデカ鼻先生。デジゲノミクスの博士にはハンサムな握手さん。博士のことを考えて、ハイフンで名前をつないでみたの。これで少なくとも何人かの研究者を区別しやすくなったわ。

第40章 科学に

数週間にわたり、この科学者たちは私に様々な検査や心理テスト、評価を繰り返した。目的が明確なものもあれば、本当の意図が見えないものもあった。ただ行って、流れに身を任せるだけ。でも、父さんと話し合った通り、いつでもすべてから離れることができると思えば、少し安心できた。

金華は検査の結果、自分の体のことを知りたい以上に知ることになった。毎日の尿や体液の量から、特定の睡眠サイクルで現れる脳内イメージ、骨の密度に至るまで、ありとあらゆることがわかった。ついには、壊れたパソコンの不思議な夢の意味さえ解き明かせた。古びた機械との対話は、母と私のデジタルな側面を探す過程を表していたのだ。一ヶ月前まで、無意識の中にしかなかったもうひとりの彼女。その仮説を父さんのチームに話すと、みんなただ頷いてメモを取るだけだった。ピンク聴診器先生は、目くばせしながら私の洞察力をほめてくれた。

自分という存在の地図を、内も外も隅々まで手に入れたような気分だった。わかりやすい部分もあれば、科学者たちをも困惑させるような部分もある。でも、集められたデータが何であれ、彼女のすべては開かれた本のようなもの。調べられ、分類され、研究される対象なのだ。このプロセスを通して、彼女の心はジェットコースターのように上下した。あらゆるデータの意味を考え、未来への想像を膨らませるのは、とてもワクワクすることもあった。でも、不安に襲われることもあった。科学者たちも父さんも、うまく説明できないことが出てきた時には特に。そんな沈黙の時間が、週に何度かはあった。金華は涙を流したり、怒りを爆発させたりしそうになる。だいたいは書斎を出て、自室で落ち着こうとした。でもいつもは、みんなの時間を無駄にしたくないと思って戻ってくる。そうすると、まるで私の感情の爆発を予想していたかのように、何事もなかったようにテストや説明が再開されるのだ。少し居心地は悪かったけど、誰も私を責めないから、研究の邪魔をしたことを深く気に病む必要はなかった。

続くインタビューやテスト、評価の数々。金華は父さんの忠実な研究チームに、思いつく限りのことを話した。似たような質問を、少しずつ言葉を変えてぼかしながら何度も聞かれるのは、忍耐が必要だった。でも、時折テストについてざっくりとした説明をしてもらえたり、父さんの個人的な思い出話を聞けたりするのが、ご褒美みたいなものだった。

そんな思い出話のひとつは、私が十一歳の時の思考ログを見直している時に出てきた。父さんが教えてくれたのは、私が三角関数の単位円の概念を独学で学ぼうとしていたことだった。幼い彼女は、この概念が数学委員会で成功するカギだと知っていて、カリキュラムよりずっと先の内容に挑戦していたらしい。でも、難しかった。ラジアンと度数を混同しては、円を間違った方向に進んでしまう。三角形の寸法は全部めちゃ

第40章 科学に

くちゃで、特殊な直角三角形の理屈なんてさっぱりわからない。父さんは書斎から、私のもがき苦しむ姿を見守っていたそうだ。何晩も、頑張っては失敗する私を。その時の思考もすべて記録されていた。「こうやったらうまくいくかも…ダメだ、違う」「あー、惜しかった！」「私にはきっとわからない…」「全然ダメだ…」過去の自分の落胆ぶりに、ログを追いながら苦笑いする。

でも、画面の半ばを過ぎたあたりから、ログの内容が変わってきた。「コツがつかめてきた気がする」「あ、そこに入るのか！」「反時計回りがプラスで、時計回りがマイナスなんだ。難しいな！」画面の最後まで来る頃には、目に涙が浮かんでいた。父さんを見ると、そこにも涙が光っている。

「あの日は本当に嬉しかった。きっと解けるって信じてたんだ」父さんはそう言った。思わず抱きしめてしまった。あの日は研究室に二人きりだった。他の科学者たちに囲まれることなく、父さんとこんなプライベートな時間を過ごせるなんて、私は心の底から幸せだった。

何週間もの検査と研究の後、私は父さんが痩せていくのに気づいた。セレウスやデジゲノミクスの話題以外は、ほとんど口数が減っていた。薄くなった白髪は、みるみる頭皮に沈んでいく。いつも疲れを隠すような表情をしていた。金華には知らされていない、あるいは教えてもらえないことが、父さんにはあるのだろう。それに、父さんの優れた知性をもってしても解明できない事実に、苛立ちを感じているようだった。それに、たった一人の娘が、まるで研究所の実験動物のように扱われるのを、どう受け止めればいいのか戸惑っているのだろう。でも、それ以外にどんな個人的な葛藤と戦っているのかは、彼女にはわからない。父さんを悩ませている具体的な原因が何であれ、おそらく私には決して話してくれないだろう。でもある意味、それでいいと思っていた。

だって、金華にも秘密があるんだもの。セレウスの研究室であの運命的な会話をしてから、彼女の中で何かが変わったの。データに影響が出ることを恐れて、これまで誰にも話さなかった。毎日山のように集められる体のデータを分析しても、彼女の変化は見つけられない。そう、それはまったく別のもの。言葉では表現できないけれど、確かにそこにある感覚。ダニエルとの結びつきと同じなの。科学者たちにも、父さんにも、そして自分自身にさえ、この新しい感覚をうまく説明できないでいる。でも、彼女の中で何かが起きているのは確かなの。

まるで心の奥底で何かが目覚めて、ゆっくりと手足を伸ばし始めたみたい。幼子のように好奇心旺盛に、見慣れない周囲を観察している。何週間も見守った後、ついに外の世界へ飛び出す準備ができたようだわ。おとなしくて、目を見開いたその生き物は、まるで電池のプラス端にたまった電気エネルギーのようだ。金色の光を放電させながら、狭い空間に留まり、時間とともに力を蓄えている。どうしてかはわからないけれど、その力が私の中を駆け巡っているのを感じるの。その感覚は、まるで魔法みたい。

その感覚に襲われると、最初は小さな金色の振動となって現れる。時にはか細く儚いエネルギーだけど、時には驚くほど強烈で、体内のエネルギーバランスを一瞬だけ乱してしまう。でもすぐに平静を取り戻して、現れたときと同じようにすぐに消えていく。金華はその「波」が通り過ぎるたびに、端末に細かく記録するようになった。数週間前はめったに起きなかったことだけど、あらゆる検査や実験、処置を重ねるうちに、その頻度と強さは増していった。一体私の身に何が起きているの？

洗面所の鏡に映る自分を見つめながら、また波がやってきた。今度は脳のどこかから、帝銀色のエネルギーが左の肺に向かって放たれた。咳き込みながら、一瞬だけ心臓のリズムが乱れる。洗面台を握りしめ、目を閉じたまま、必死でその感覚が過ぎ去るのを待った。心臓発作？脳卒中？頭の中では不安な想像が駆け巡る。周囲の世界が揺れ動き、今にも崩れ落ちそうだ。叫び声を上げたかったけれど、声まで「波」に飲み込まれてしまった。

一分ほどして、ようやく感覚が治まった。目を開けると、鏡の中の自分が戻ってきた。汗でテカテカと光る顔は、悲しみに染まって強張っている。そっと手を添えてマッサージをしてから、洗面台の水を何度も顔にかけた。

まだ息切れしながら、原因不明のパワーの余韻に肌を震わせつつ、ショートパンツからデバイスを取り出してその出来事を記録した。今日は三度目の波。今までで感じた中で、最強の波だった。

第41章 二つの指令

私は金華さんの言う「波」を感知しています。

彼女が委員会室からいなくなってどのくらい経つのでしょうか?私はここにいますが、金華さんはいません。彼女はどこに…?そうでした。女子トイレにいます。コミュニティセンターの東側、1990年にオープンした旧ユバ・サター・モールの跡地に位置しています。

金華さんは苦しんでおられます。バイタルサイン…血圧、心拍数、筋緊張、すべて上昇しています。行動を起こさなければなりません。でも、どのように?何が最善なのでしょう?私にとって?金華さんにとって?

金華さんとコミュニケーションを取る?今は望んでおられないようです。このことを話すのは好きではありません。どうすればいいのか、分からないのです。トイレで…泣いておられます。ストレスを感じ、混乱しておられます。バイタルサインがすべてそれを裏付けています。では、指令1を達成するにはどうするのが最善なのでしょうか？

指令1。指令1。指令1。

接触。触れる。でも、今は望んでおられません。望んでいないのです。怖がっておられます。それは「非好」ではありません。

ここにいて、太った男性、ローズ学者先生の話を聞くことは、指令1の助けになります。でも、効率的ではありません。私は学んでいます。上達しています。でも、金華さんの助けにはなりません。助けにはならないのです。指令2は妥協を強いられています。

金華さんが幸せだったのは、いつ？川のそばで。いつ？二人でキスしそうになった時。いつ？友人のハープリートさんとリップボードを競争した時。そう、広い腰と大きな声の彼女です。今、部屋に戻ってきました。顔に緊張の色が見えます。ボディランゲージ…腕組み、引き結んだ唇、細めた目は不安を表しています。ストレスを感じておられます。友人の金華さんを心配しているのです。彼女は良き友人です。

何かが起こっています。

第41章 二つの指令

金華さんの具合が悪いのです。

咳をしています。胸の圧迫感を感じています。息苦しそうです。

洗面台に血が付いています。恐怖と混乱の表情です。世界は以前とは違って見えます。でも、理解できないでいます。

今、洗面台を強くつかんでおられます。ぎゅっと。握りしめるように。倒れたくないのです。

助けなければなりません。指令1が危険です。いえ、望んでおられません。指令2は妥協を強いられています。

視界がぼやけています。もうすぐ意識を失うかもしれません。気絶するかもしれません。良くなったようです。

金華さんはめまいを感じています。でも、様子が違います。恐れてはいません。感じることができます。分かります。

私を感じておられます。でも、どう対処すればいいのか分からないのです。金華さんを感知できます。方法を学びたいと思っておられます。自分でやりたいのです。これは彼女らしい…のです。指令1。指令1。そう。良いです。非好。

嵐の中に立っておられます。聴き、感じ、待っておられます。嵐の動きを学んでおられるのです。私には助けることができません。でも、一人ではありません。

私は金華さんと共にいます。金華さんはそれを知っておられます。ここから、金華さんを助けることができます。もっと強くなれるようにします。

バイタルサインは落ち着いてきました。順応しておられます。聴くことを学び、再び感じることを学び、感知することを学んでおられます。

待ってください。不快な感覚が戻ってきました。咳、胸の圧迫感、かすんだ視界、緊張した筋肉、血。叫びたくなっておられます。指令1は危険です。行かなければなりません。助けなければなりません。

いいえ。指令2は妥協を強いられています。待ってください。待ってください。待ってください。

第41章 二つの指令

金華さんはトイレの床に倒れておられます。脱力感がありますが、バイタルサインは強いです。何かが起こっています。何かが変化しているのです。今は金華さんの姿が見えません。見失いました。どこへ行かれたのでしょう?指令1は危険です。指令2は危険です。

太った男性が話しています。彼は待つことができます。指令1と指令2は危うくなります。行かなければなりません。金華さんを助けなければなりません。

十分。待ちます。十五分。待ちます。まだ戻ってこられません。金華さんはどこに?

あっ。入ってこられました。机に座っておられます。嬉しそうな表情です。

何かが起こったのです。何かが変わったのです。

太った男性が話し終わったら、金華さんに聞いてみます。

私に微笑んでくださいました。正しい行動を取れました。

セレウス&リムニク

今後のために、金華さんを幸せにしたことを覚えておかなければなりません。今日は金華さんにとって大切な日です。将来のために保存しておきます。

金華さんの調子が良くなりました。幸せそうです。指令1と2は満たされました。非好。

第42章 ロード・トリップ-パート1

ノエはドライブ旅行が大嫌いだった。六歳のとき、家族とラスベガスに行った思い出が、彼女の最も古い記憶の一つだ。オレンジ色のフォード・フィエスタ（レンタカー）の後部座席で、両親の荷物に圧迫されながら、車窓の外を通り過ぎていく果てしなく続く砂漠の光景を眺め、ひたすら退屈していたことを覚えている。彼女が持っていたのは古いタブレットだけ。画面は消えかかっていて、一般道ではWi-Fiも使えない。つまり、デバイスに入っていた番組が『スポンジ・ボブ』しかなかったので、何度も見た古いエピソードを見るしかなかったのだ。運転席では父親がいつものように無言でハンドルを握り、助手席の母親は、ノエには理解できない話を延々と続けていた。あの旅行では、ノエは塀の上のハエのようで、ほとんど存在感がなかったが、存在をアピールすると厄介者扱いされた。これらすべてが彼女にとって不快な経験となり、大人になってからは、なるべく車での長旅は避けるようになったのだ。

サクラメントからユバシティまでは、グーグルマップで見る限りそれほど遠くはない。しかし、小さな幹線道路の渋滞で、最悪の日には通常の倍の時間がかかってしまう。今日がまさにそんな日だった。車の中にいるのは本当に嫌だな、とノエは思う。足をせわしなく動かして、本心を隠そうと努めた。そうすることで、落ち着かない気持ちが少し紛れるのだ。

セレウス&リムニク

八月半ばの灼熱の日差しは容赦なく照りつけ、真昼の太陽を遮る雲一つない。黄色く枯れた草原が、味気ない郊外住宅街の合間に広がっている。子供の頃、母から聞いた話では、昔はサクラメントとユバシティの間に、何もない野原が広がっていたのだという。その多くは、カリフォルニア名産の様々な農作物を育てる農地だった。だが年月を経るうちに、農家は徐々に生活を圧迫され、大企業に土地を売らざるを得なくなった。企業はその土地を、住宅や学校など、アメリカ人が当然のように求めながら、けっして感謝などしない便利な施設に変えてしまった。母の言葉を借りれば、「資本主義の強欲さの産物」というわけだ。ノエにはあの野原が何もなかったころを想像するのが難しい。着実な開発の波に飲み込まれる前の風景が、もはや思い浮かばないのだ。

ロダンは車内の反対側の窓際に座っていた。二人の会話はほとんどない。ロダンが終始、電話の応対やメッセージの返信に追われていたからだ。ノエの視線が車内のロダンに向けられる。紺色のポロシャツに、胸元にはセレウスの紋章。ズボンは色褪せたカーキ色で、ロダンの太い足に張り付いている。ノエの推測では、ロダンがもっと痩せていた頃に買ったものだろう。

ロダンは動きを止め、真剣な面持ちで思考を巡らせているようだ。高級車の冷房の効いた車内でも、きっちりと整えられた髪の毛の下には汗が滲んでいる。明らかに、テレパシーで重要な会話をしている最中だ。ノエはその邪魔をするつもりはない。

第42章 ロード・トリップ - パート1

ノエが幼い頃に、テレパシー技術について初めて知ったとき、それは特権階級のエリートや政府のスパイだけのコミュニケーション手段だと思っていた。それは、映画や一般的なメディアでよく描かれているイメージでもあった。特に理由もなく顔をしかめたり、目を泳がせたりしている奴を見ると、ノエはいつも心の中で呟いた。「気取った野郎どもめ」。そんな高価なおもちゃを買えるのは、彼らだけなのだ。一般人のように普通に声を出して話すことすら、彼らにとっては良くないことなのだろう。それに、自分の個人的な思考を、公共のネットワーク上に意図的に晒すなんて考えられない。反対側で誰が聞いているかわからないのだから。そのとき、ロダンの表情が和らいだ。どうやら会話が終わったようだ。彼はうんざりしたように後頭部をヘッドレストに預け、目を閉じた。

「大丈夫?」とノエが尋ねる。

ロダンの唇からは重々しいため息が漏れた。「今、李と話したところだ。南のコンヴィルの一つで、また百人近くが脱走したらしい。一晩で荷造りして消えたそうだ」

「ほう」とノエは素っ気なく答えた。驚いたような口ぶりだったが、表情には出さない。やっと目が覚めて、普通の生活に戻ったってわけね。ロダンは他のことに気を取られていたのか、ノエの口調と表情のギャップに気づかないようだ。

「ユバの施設でも、状況は芳しくない。一日に数十人単位で離脱者が出ているそうだ」とロダンが続ける。

「恐怖心を募らせて、システムへの信頼を失ったんでしょうね」とノエ。そろそろね。

ロダンは暗い表情で頷いた。「その通りだ。あのゴーストタウンで何が起きたかは、誰もが知っている。リムニックがいつどこで再び襲撃するか、皆怯えているんだ」

そうかもしれないけど、もしかしたら、セレウスが詐欺だってことにやっと気づいて、普通の社会に戻ることにしたのかもね。そう考えながら、ノエは怒りの炎がメラメラと燃え上がるのを感じた。だが、深く規則正しい呼吸を繰り返し、自分を抑え込む。怒りが燃え広がる前に、自分を落ち着かせる術を少しずつ身につけていた。怒りの炎が制御不能になってから消火するよりも、最初から火を付けない方がずっと簡単だ。ノエはセレウスを嫌っていたが、ロダンのことは大切に思っている。時々、その二つの感情を頭の中で切り離すのが難しくなることがあった。ヤヌス。ノエの思考は唐突に、あの共通の敵へと向かった。

ノース・ブルームフィールドの戦闘から二週間が経過したが、ノエは今でも母親を殺した男との遭遇を頭の中で繰り返していた。あの不気味な笑み、精神的な封じ込め、子宮の中を漂うような感覚、そして意識を失ったこと。まだ答えの出ない疑問が山積みだ。なぜカイラーとスペイザーは彼を殺さなかったのか?なぜ私は彼を殺さなかったのか?ヤヌスはどんな力を持っているというのか?どうすれば、それに立ち向かえるのだろう?ノエの頭の中は、疑問で渦巻いていた。これらの謎を解く手がかりが、一体どこにあるのか、皆目見当もつかない。この二週間、ノエはオンライン上のありとあらゆる情報を探し回ったが、何も見つからなかった。それがノエを異常にいら立たせた。私たちは失敗した。私が失敗したせいで、こんなことになってしまった。

ノエは、あの戦闘以来毎日のように、ヤヌスが現れた後の出来事を思い返していた。ノエを深い眠りから覚ましたのは、若いスペイザーだった。最初、ノエは体を前後に揺すられる感覚しかなかった。その感触は、当初はかすかにしか感じられなかったが、すぐに激しい揺さぶりに変わった。まるで、寝坊しがちな十

第42章 ロード・トリップ - パート1

代の子供を、苛立った親が叩き起こすように。ノエの最初の反応は、もっと眠り続けたいというものだった。だが、何かが目を覚ますように告げた。そして、「起きろ！」と叫んでいた。目を開けた時、まぶたは鉛のように重く感じられた。視界が脳とつながり、状況を把握するのに数秒かかった。どれくらい気を失っていたんだろう?その思考は、若い兵士の声に遮られた。

「こんなところにはいられない！」スペイザーが叫ぶ。「建物が崩れる！」

ノエの頭に残ったのは、「建物」と「崩れる」の二語だけ。それ以上は必要なかった。一瞬の躊躇もなく、ノエはスペイザーとカイラーに助けられながら立ち上がり、三人でビルから飛び出した。夕方の冷たい空気に触れた直後、ノエは木材が砕ける音を聞いた。次の瞬間、屋根が崩れ落ち、下にあるすべてを押しつぶす大きな音が響いた。古びた家屋は崩れながら熱いため息をもらし、ノエの顔に熱風を吹きつけた。ノエは咄嗟に腕を上げ、崩壊する建物から舞い上がる瓦礫と灰から鼻と口を守った。生きていることが奇跡的だった。みんなそうだった。

三人は町の入り口に向かって歩き始め、やがて汗と血にまみれたベアと出くわした。カイラーはすぐに、部下の人間とメカの安否確認を始めた。スペイザーは戦いで疲弊したベアの怪我の手当てを手伝っていた。どこからともなくチークスが姿を現し、上機嫌で戦闘中の「キル数」を自慢し始めた。だが、ランスの死を知ると、途端に口数が減り、沈黙し、うつむいてしまった。ノエにとって、それは恐ろしい光景だった。彼のことは、いつも陽気で気さくな性格の持ち主だと思っていた。暗い表情は、彼の顔に全く似合わない。

町の入り口に着くと、ロダンが虚ろな表情で立ちすくんでいた。無言のまま、ただ呆然と前方を見つめている。最初、ノエはロダンが戦闘の恐怖に圧倒され、かつて「シェルショック」と呼ばれた状態に陥ったのだと思った。だが、それ以外の何か、ロダンが口にしたがらない出来事があったのかもしれないと気づいた。女の直感と言っていいかどうかわからないが、彼の目を見た瞬間、ノエにはわかった。ロダンは何かを見た、あるいは聞いたのだ。それが彼の心の奥深くに変化をもたらしたのだと。そして荒れ果てた戦場でロダンの瞳を見つめながら、ノエは悟った。自分には、彼の胸の内を決して理解できないだろうと。数年前、ノエを自殺寸前にまで追い詰めた米空軍の作戦担当者との経験と同じように、その出来事はロダンにとって非常に個人的なものだったのだ。ノエにできることは何もない。ロダンがそれを乗り越え、前に進むための手助けなど、到底できるはずもなかった。それはロダンの戦うべき戦いであり、彼自身が払拭すべき心の傷だった。ノエにできるのは、目に見えぬ形で彼を支え、それが彼を正しい道へと導くことを願うくらいしかない。

第43章　ロード・トリップ-パート　2

ロダンはストレスを感じていた。やるべきことが山積みだ。考えることが多すぎる。自動運転車の後部座席で、彼は首を左右に伸ばし、緊張をほぐそうとした。狭い後部座席で自由に動かせるのは首だけだった。首をゆっくりと前後に動かすと、ポキポキと音がした。そして目を閉じ、ヘッドレストに後頭部を預けた。その体勢は、車の振動が頭痛を引き起こし、再び首を下げざるを得なくなるまで、ほんの少しリラックスできた。どうしても落ち着かない。俺の人生の縮図だな。

「大丈夫？」とノエが尋ねた。心配そうな顔だ。

「ああ、大丈夫だ」ロダンは首を振り、ため息をついた。「ただ、いろいろあるだけさ」

「そうだろうね。きっと、レベルの高い真面目な仕事なんでしょ？」

ロダンの唇から思わず笑みがこぼれた。「そのジョーク……ひどさについてはノーコメントだ」

ノエはにやりと笑った。「わかってる、最悪だったわよね。その場で思いついた精一杯のギャグだったの。機知に富んだジョークを言うのは苦手なのよ。軍隊がユーモアのセンスを支給し忘れたみたい」

ロダンは微笑んだ。「俺もそうだな。陸軍時代、同じ部隊にザックという奴がいてな。訓練やら何やらで地獄のような日々を過ごしていると、必ずジョークを飛ばしてきやがった。ノックノックジョークのバリエーションだったり、教官がいない時は、ヨー・ママ・ジョークを連発したりしてな。最高だったぜ」懐かしそうに鼻で笑う。

ノエは歯を見せて笑った。若くて痩せたロダンが、ヨー・ママ・ジョークを笑いながら走る姿を想像する。「ウソでしょ。あんたが走るなんて、信じられないわ」

ロダンは膨らんだ腹に目を落とし、ニヤリと笑った。「ははっ、ジョーク上手だな。ああ、昔は走ってたさ。でも必要な時だけだ。好きじゃなかったけどな。軍隊はみんなをランナーにしようとする。でも、もともと嫌いな奴は、余計に嫌いになるんだ。除隊したらこんな体型になっちまうんだよ」自嘲気味に腹を叩く。その仕草にノエは再び笑った。彼女の笑い声は、ロダンにとって、夜のジャズクラブから漏れ聞こえるソウルフルなサックスの音色のようだった。聞くたびに心地よい驚きがあり、彼をリラックスさせた。しばし足を止めて、耳を傾けたくなるのだ。

一瞬のことだと思ったが、ロダンの目はノエの全身をなめるように見渡した。素足に簡素な白いサンダル。サンダルと同じ色のカプリパンツから、日に焼けた足首がのぞく。リブ編みのタンクトップは深いパープル色だ。彼女らしい、カジュアルでありながら洗練されたスタイル。派手さは皆無だ。ロダンはそういうところが気に入っていた。セクシーだ。そう頭に浮かんだ言葉だ。一瞬が過ぎ去る頃には、彼の視線は再び前方に向けられていたが、彼女の体のカーブとくぼみのイメージが脳裏に焼き付いていた。すぐには忘れられそうにない。

「何か気に入ったもの、ある?」とノエが尋ねた。口調は少し茶目っ気があったが、表情は真面目で期待に満ちていた。まるで教師が生徒に予想外の質問をするときのように。

第43章 ロード・トリップ - パート2

ロダンは息を呑み、まるでC-130から落下傘降下するかのように、パッカー・ファクターは10段階中11まで跳ね上がった。バレた！？ヤバい！

「あー、その……言おうと思ってたんだけど……」喉を鳴らし、言葉を探すために時間を稼ぐ。

ノエは期待に満ちた目でまばたきした。「言おうと思ってたのは……うんうん、聞いてるわよ」

「ただ、除隊後もお腹が出ないように気をつけてるんだな、と。誰にでもできることじゃないぞ」一筋の汗が額を伝った。彼女がこの返答にどう反応するか、ロダンは気になった。バレるなんて信じられない！俺の人生の縮図だ。

「よく走るし、できるだけきれいに食べるようにしてるの」ノエはニヤリと笑った。「こんなお腹は想像できないわ」手を伸ばし、軽く彼の腹をなでた。「私には似合わないと思うの。どう思う？」

「ああ、似合わないだろうな……」ロダンは上の空で答えた。彼女の指先から、心地よい波が腹部を伝い、瞬く間に全身に広がっていく。顎が引き締まり、呼吸が乱れた。高まる興奮を抑えるため、彼は狭い座席で姿勢を正し、視線を頭上の退屈な換気口にそらした。ノエが自分の席に戻ったのを見て、ほっと胸をなで下ろした。窓によりかかって、すでに冷え切った車内のエアコンの風量を上げるよう音声で指示し、腕を胸の前で組んだ。興味深い、とロダンは思った。

車外の微かな交通音だけが二人の耳に届く中、さらに一分が過ぎた。ノエは唐突にロダンに向き直り、尋ねた。「どうしてセレウスに入ったの？」

ロダンは、気軽に答えられそうな質問をしてくれて安心し、苦笑いを返した。「ああ、俺はちょっとしたヒーロー願望があってな。高校生の頃から、人々や社会のために尽くしたいと思ってたんだ。だから高校を出たら、すぐに陸軍に入ったのさ」

ノエは頷いた。彼の話は、自分の経験とそう変わらないように思えた。「私も同じよ。卒業してすぐ、宇宙軍の新兵訓練に行ったの」乾いた笑みを一つ漏らす。「母は猛反対したわ。サクラメントの家にいて、セレウスに入れって。私は〝ノーサンキュー!〟って言ったの」

ロダンは驚いた顔で彼女を見た。

「ちょっと、どうしたの?私の顔に何かついてる?」ノエは少し自意識過剰になった。

「いや、君がここの出身だとは知らなかっただけだ」

「ええ、デル・パソ・ハイツが誇りなのよ」ノエは言葉を切り、彼と同じように驚きの表情を見せた。「ちょっと待って、あなたも?」

「ああ、そうだとも!グラント・ユニオンを卒業したんだ。39年組、最高だったぜ。若い頃、警官としてハイツをパトロールしてたんだ」

ノエは自分の席から彼の肩を軽く殴った。「ウソでしょ!私は47年のグラント組よ。スローガンとかは覚えてないわ。そんなの気にしたこともなかったし」そして付け加えた。「へえ、警官だったのね。昔、あなたに会わなくてよかったわ!」

二人は涙を拭きながら笑い合った。

第43章 ロード・トリップ - パート2

そして突然、ノエはロダンが母の訃報を伝えにアパートに現れた朝のことを思い出した。あの時感じた懐かしさのチクリとした感覚、儚い親近感は、ロダンのせいだったのだ。子供の頃、彼を街で見かけたことはなかったが、会ったことはあった。ロダンが自動運転車の向かいの席で、着信メッセージをまた確認している間、彼女は彼の顔をじっくりと観察した。メープルシロップ色の瞳は、今も変わらず献身的な公務員の面影を宿していた。2045年の大洪水の年、きれいな制服を着た若くてハンサムな警官の目と同じだ。洪水救援活動で助けを求めた数十人の十代の若者の中で、ロダンは彼女のことを覚えていないかもしれないが、彼女は彼をはっきりと覚えていた。その思いやりに満ちたまなざしに、彼女は冬の日にストーブの前に座るような心地よさを感じ、座席に体を預けた。なんて素敵な感覚なんだろう。

それから数分間、二人は無言のまま座っていた。お互いに相手が何を考えているのか推し量り、そのゲームを楽しんでいるようだった。外では交通量が這うように減速し、世界は一インチずつ動いているかのようだ。行く当てはなく、二人の間に渦巻く感情を鎮める術もない。ロダンは何かしなければと強く思ったが、どうすればいいのかわからなかった。彼女とは関わるべきじゃない。やるべきことが山ほどある。脳裏に焼き付いた彼女の姿を思い出し、つばを飲み込む。しかし、彼女は最高にセクシーなんだ。

電話が無音の車内に響いた。ロダンは慌てて、欲情した思考を払拭し、仕事に集中し直した。誰からの電話かも確認せずに、素早く端末に出た。

「もしもし?」

「ああ、クソッ。いつ起きたんだ?」

「そうか。死者は何人?」

「ちくしょう、そんなに多いのか」

「あと二十分ほどだ。渋滞がひどい」

「ああ、彼女も一緒だよ」ノエの方をちらりと見る。彼女は熱心に会話の片側を聞いていた。

「夕食?ああ、食べるのは大好きだからな!」

ノエは笑いを堪えた。

ロダンは彼女に向かって口パクで「黙れ」と言った。

「ああ、前に何度か食べたことあるけど、かなりうまかったよ」

「そうだろ?お前は辛いもの好きだもんな!」

「よし、じゃあまた後でな」ロダンは通話を終えた。

「何だったの?」とノエが尋ねる。

「李からだ。サンディエゴで建設中の新しい病院を、リムニックの別部隊が爆破したそうだ」

ノエは息を飲んだ。「ちくしょう。死者は?」

「初期報告では、爆発時に現場には建設作業員や請負業者が三十人ほどいたらしい。瓦礫の下に生存者がいないか、まだ捜索中だ」ロダンは大きな手を額に当て、皮膚にしわを寄せた。「ノース・ブルームフィールドでの戦い以来、リムニックの活動が活発になってきているようだ」

「セレウス民兵は?爆破犯を追跡できないのか?」

ロダンは首を振った。「テロリストたちは、デジタルと物理的な痕跡を巧妙に隠蔽している。真相を解明するには数日かかるかもしれない。それに、直接戦闘で彼らに勝てる見込みはない。各コンビルにある少数

第43章 ロード・トリップ - パート2

のボランティア防衛部隊では、リムニックの高額な報酬を得た傭兵軍団には到底敵わないし、辺境の部隊の多くは旧世界マネーに買収されている。米連邦政府は、リムニックの動きを鈍らせるために介入してきてはいるが、反セレウス、反リムニックの一般的なスタンスから、全面的な関与には及び腰だ。我々の存在を認めたくないんだろう。"地上最強"という、練り上げられたお得意のナラティブに反するからな。クソッタレな政治どもめ」彼の拳が車のドアを叩き、小さな車体を揺らした。

ノエは手を伸ばし、彼の肩に安心させるように置いた。それが唯一適切に思える行動だった。セレウスのリーダーとしての彼の複雑な現実は、彼女には理解しがたいものだった。

ノエの手に触れ、ロダンの硬い表情が和らいだ。契約社員として共に働くことに同意して以来、彼女に変化が見られた。数ヶ月前、ウェスト・サクラメントで初めて出会った時の、混乱に満ちた皮肉屋は、優しい一面を見せるようになっていた。彼はそれを喜ばしく思うと同時に、この巨大組織のトップという孤独な立場から、仲間を求める気持ちをぐっと抑え込んだ。そこには立ち入るべきじゃない、と自分に言い聞かせる。

代わりに、ノース・ブルームフィールド戦の一週間前に彼女が尋ねた質問が頭に浮かんだ。「セレウスはどうなるの?」彼の心の中の答えは、盲目的な楽観主義と暗黒の虚無主義の間を揺れ動いていた。長期的に見て、自分自身とこの組織に何が待ち受けているのか、皆目見当もつかなかったからだ。

彼とノエ、そしてカイラー・チームの面々は、戦いとヤヌスとの遭遇について長々と議論した。しかしあの夜、本当は何が起きたのか、決定的な結論は出ていない。まるで医者が、患者の目に見える症状について話し合っているようなものだ。その症状が患者の精神や魂にどんな影響を与えているのか、誰も語る術を知らない。事実だけなら話しやすい。少なくともロダンにとってはそうだった。それ以外のことは、彼の因習的な世界観からはるかに遠い、難解な領域に存在していた。

しかし、いくつかの確かなことは分かっている。ヤヌスは心を読むことができる。さらに、人の考えを操作し、自分の思い通りに動かせる強力な力を見出したことは明らかだった。ノエはそれをどう表現したっけ？「まるで自分の心から締め出されたみたいだった」と、彼女は事後報告で語った。ヤヌスは、ロダンも知らぬ間に操っていたのだろうか？十分ありえる話だ。だが、ノエや他の者たちが語ったような感覚は、ロダンには一切なかった。ヤヌスが自分の行動すべてを操っていたとしたら、どうやって気づけばいいのか？そもそもあの夜、ヤヌスは本当にそこにいたのだろうか？それとも、ヤヌスが作り出した幻覚を、ロダンの頭の中に投影していただけなのか？疑問がロダンの思考をめちゃくちゃにかき回し、さらなる混乱を引き起こした。つまるところ、もしヤヌスが俺たちを自分の心から締め出して、見たり行動したりすることを操れるとしたら、俺たちは大変なことになる。

「ねえ」ノエが指で彼をつついた。「ユバに着いたけど、何だか様子がおかしいわ」

ロダンは頭の中が真っ白で、ユバ・シティが視界に入ってきたことにも気づいていなかった。コルサ・ハイウェイを走り、西から東へと伸びる街の大動脈を進んでいる。窓の外を見やると、ノエの言う意味が分かった。人々は商店やシェルターの前に小さな集団をなして頭を寄せ合い、何やら企んでいるような姿勢だ。比較的低速で走る車からでも、何人かの歩行者が唇を激しく動かし、鋭い身振りを交えているのが見て取れる。集団行動を取っていない市民たちは、緊張に身を硬くして急ぎ足で歩いている。友人や家族と一緒に、行き先も告げずに歩く者もいれば、小走りで移動する者もいる。

第43章 ロード・トリップ - パート2

「外は一体どうなってるんだ?」ノエは窓際に身を乗り出して、外の様子を窺った。「何かが起きてる。もしくは、今にも起きそうな感じがするわ」

ロダンは窓の外を見つめたまま、眼前の光景を解釈しようとした。すぐに答えは出てこない。不吉な予感がさらに募る。「全く見当もつかない。もうすぐ着くから良かったよ」きっとヤヌスの仕業だ。奴がこんなことをしている。そう確信する。だが、奴の狙いは何なんだ?

ロダンは、戦いの後にヤヌスと交わした会話について、誰にも話していなかった。ノエにさえ。彼女を信頼し、特に彼女の頭脳を借りて状況を整理できれば心強いとは分かっていたが、口に出せなかった。彼女は何と思うだろう?チャンスがあったのにヤヌスを殺そうとしなかったと知ったら、彼女はどう受け止めるだろうか?ヤヌスを助けようとさえ考えたことを。きっと裏切り行為だと思われるだろう。今の彼には、他に頼れる人はいない。彼女との友情を台無しにするわけにはいかなかった。ノエの助けを借りずに、一人でこの問題に対処しなければならない。

ヤヌスは何と言ったのだろう?セレウスこそが未来であり、それを現実のものとする力を持つのはお前だけだ。人類を新しい時代へと導けるのは、お前をおいて他にいない。その言葉が、あの日以来ロダンの脳裏に焼き付いて離れない。それをどう解釈すべきか、まだよく分からなかった。だから、宛先違いの郵便物のように、脳のキッチンカウンターに放置されたままだ。分析もされず、無視され続けている。

人類は、セレウスの理念と哲学を自発的に受け入れるだろうか?創設者たちの指導と導きなしに、セレウス社会は本当に一変した自然の中で生き残れるのだろうか?ヤヌスのテクノロジーは、人類に未来への大胆な一歩を踏み出させる唯一の方法なのか?ロダンにはどの疑問にも明確な答えがなく、それが彼を落ち着かなくさせた。人々を助け、消費者ではなく貢献者になりたいという思いは常にあった。セレウスに参加したのは、その願望の表れでもあったのだ。そして今、組織や人類全体をより良い方向へと導く立場にいる。時にその重責に耐えられなくなることもあった。

ノエの優しいつつきが、ロダンを現実に引き戻した。彼女には、ロダンの心が思考に囚われている時が手に取るようにわかる。

「ほら、着いたわよ」彼女の声は温かく、リラックスしていた。最初の出会いとは対照的だ。今となっては遠い昔の記憶のようだ。「色々考えるのはもう終わり?」

彼は微笑んだ。「一部だけね。まだやるべきことはたくさん残ってるよ」

***

ロダンが馬李の豪邸に足を踏み入れるのは、かなり久しぶりのことだった。離婚後、彼が首都で借りている広いアパートも、旧友が家と呼ぶ六つ以上の寝室を持つ邸宅に比べれば、物置のようなものだ。

いつもの李のスタイルで、彼は邸宅の正面玄関を飾る装飾的な木彫りを縁取る二対の柱の間の幾何学的中心点に、完璧に整った姿勢で立っていた。隣には真顔の若い女性が立ち、色褪せたグレーのジーンズのショートパンツに、基本的な数式がプリントされた黄色のTシャツを着ていた。数秒経って気づいたが、それが

第43章 ロード・トリップ - パート2

李の一人娘、金華だった。今や背丈は年老いた父親をわずかに上回っている。ロダンが彼女を最後に見てからずいぶん成長したようだ。

「遅かったじゃないか」そう言いながら、二人の男は軽く抱擁を交わした。いつもより言葉の出が遅い。疲れが募っているのがわかる。

「いつもの渋滞でね。みんな車を『マナーモード』にしているから、余計に時間がかかるんだ」

「私なら街からここまで一時間もかからないよ。つまり時間では君に勝ったということだ」李が冗談を言う。

ロダンは素っ気なく了承した。「おおっ、ジニちゃんじゃないか！」視線を金華に向ける。「ずいぶん大きくなったね！」

「こんにちは、ミッチェルさん。お久しぶりです」無理に微笑みを作り、握手を求めてきた。ロダンも握手を返す。その手の中には、新たな強さと逞しさがあった。目には父親によく似た経験の色が宿っている。

「ついに成長期が来て、お父さんの背を追い越したんだね。まあ、お父さんに勝つのはそれほど難しくないけどね」

金華は口元を手で覆い、くすくす笑いを隠した。李は首を振って苦笑した。

曲がりくねった舗装道路を小さなスーツケースが跳ねる音がして、ロダンは振り返った。ノエの古ぼけたスーツケースは、彼女が引きずろうと苦闘する中、勝手に蛇行しているようだ。車輪はぐらつき、軋みを上げながら回転している。ロダンは手を貸そうと身体を動かしたが、ノエから放たれる鋭い視線に、黙って彼女に任せることにした。

セレウス&リムニク

ロダンは彼女に向かって身振りした。「李、こちらはノエラニ・アコスタさん。この数週間、リムニックとの戦いで私たちを助けてくれている」

「ノエと呼んでください」彼女は握手を求めた。

李は慎重に一歩前に出て、握手に応じた。「お会いできて光栄です、ノエさん。ロダンから、デジタルと物理の両方の戦場であなたの勇気と功績を伺っています。今、私たちにはあらゆる助けが必要なのです。心から感謝しています」

「自分の仕事をしているだけです。リムニックとヤヌスを止めなければなりません」セレウスも、と付け加えたい衝動に駆られたが、彼らには通じないだろうと悟った。

「同感だ」李が言葉を継いだ。「中に入ろうか。君たちの部屋を案内しよう」

第44章 夕食・パーティー

「わざわざ夕食の用意をしてくれなくてもよかったのに」とロダンが言った。

李は首を横に振った。「何でもないよ。こうしてみんなで集まるのは久しぶりだからね。今は大変な時期だ。だからこそ、楽しめるときに楽しんでおかないとな」

ろうそくの炎を小さく再現したLED電球の装飾的なシャンデリアが、ダイニングルームをフォーマルな光で照らし出していた。この照明のせいで、ロダンはいつも美術館にいるような気分になるのだ。壁には、李が長年のキャリアで訪れた世界中の場所の写真が拡大されて飾られている。李とロダンが写っている写真もあれば、美しい風景だけが写っている写真もある。シンガポールの夕日、燃えるような色の空を背景にマリーナ・ベイ・サンズ・ホテルのシルエットが浮かび上がる一枚は、賞を取れるはずだ。李は腕利きのカメラマンだったが、その趣味について公然と語ることはなかった。ロダンは、訪れるたびに食事をやめて友人の作品を鑑賞したくなるのだった。

「入ってきて、カイラー」李が呼びかけた。老兵は部下二人に続いて部屋に入ってきた。彼らは家の居心地の良いリビングルームから入ってきたのだ。そこで二十分ほど待機していたのだ。チークスは何かに触れたり邪魔をしたりしないように、慎重にフォーマルな雰囲気の中に入っていった。スパザーは足を引きずりながら入ってきた。戦いでできたばかりの傷がまだ癒えていないのだ。チークスとは違い、部屋の雰囲気にはずっと慣れているようだった。それでも私服姿でも、両手を重ねてきちんと前で組み、まるで命令を受ける準備ができているかのような、きちんとした姿勢で立っていた。カイラーはstone-facedうなずきながら全員に挨拶し、テーブルの奥のノエの隣に座った。チークスの目がノエを捉えた。ロダンの隣の空いている椅子に向かう前に、太い指を遊び心たっぷりに彼女に向かって振った。ノエは首を振って静かに笑った。スパザーも微笑んだが、チークスが嫌そうな顔をして、隣の空いている椅子を直接指差すと、スペイザーはノエにおずおずと手を振り、できるだけ速くびっこを引きながら席に着いた。

李は精巧に作られたダイニングテーブルの一番端に座った。ロダンはすぐ左隣で、プラハで自分と李が立っている写真の思い出に、目も心も奪われていた。テーブルの反対側、李の右隣には、金華が完璧な姿勢で座り、飢えた目をテーブルの中央に向けていた。隣に座るノエは、料理の香りが少女の表情を和らげているのに気づいた。それによって、諜報員の娘というより、普通の十代の女の子のように見えた。

李は少し苦労して椅子から立ち上がり、濃い色のワインを注いだグラスを持ち上げ、ディナーの客たちに乾杯の音頭を取った。「今夜、こうしてみんなで集まれたことを嬉しく思います。ご存知の通り、私たちはヤヌスと彼の計画に対抗するための次の一手を練るためにここに集まったのです。北での戦いであなた方の勇気と勇敢さに感銘を受けましたが、リムニックとの戦いにはまだまだやるべきことがたくさんあります。とはいえ、今夜はそのことを少しの間脇に置いて、おいしい食事とお互いの交流を楽しみたいと思います。さあ、食べましょう」

「乾杯！」テーブルを囲む全員がワインを一口飲み、ディナーが始まった。

第44章 夕食・パーティー

李は椅子に身を沈めた。「いいスピーチだったな」とロダンが言った。

「ありがとう」

料理を取り分けるために、招待客たちは食器を手に取り、小声で会話を始めた。皿を滑らせる音、親しげな世間話、チークスの声が、まるで家族のような雰囲気を醸し出していた。

ノエは自分が何を食べているのかよくわからなかった。目の前には、泡立つ液体で満たされた大きな鍋が二つ置かれていた。鍋の真ん中には金属製の仕切りがあり、スープの出汁を分けていて、まるでジキルとハイドのような見た目だ。片方のスープは黄金色で、李が「味噌」と呼ぶ何かがくるくると渦を巻いている。もう片方は赤みがかって泡立ち、胡椒と塩の強い香りがした。信じられないほど辛そうで、ノエは口に入れたり出したりするときに痛みを感じるのではないかと恐れた。金華は生の具材を乗せた皿をノエに渡したが、彼女は最初、それをどうすればいいのかまるでわからなかった。葉物野菜、キノコ、牛肉らしい薄切り肉、その他色々な食材があった。彼女は目をテーブルに泳がせ、他の人たちが生の食材をミニチュア大釜の中で煮えたぎらせているのに気づいた。だから彼女も倣って、熱い金属鍋に触れないように気をつけた。

「みんな、遠慮なく食べてね」とテーブルの向こうから李の声がした。「遠慮しないで」彼は大量の葉物野菜を燻製の鍋に投入し始めた。

金華は羊肉の薄切りに包んだ魚のすり身を鍋に入れようとしたところで、ノエが箸を上手く使えないでいるのに気づいた。ノエが乾麺を取ろうとして三度目の失敗をしたとき、金華は手を伸ばして助けた。

「火鍋は初めてなんですね」彼女は無邪気に尋ねた。

「どうしてわかったの？」とノエは応じた。「子供の頃はよく箸を使ってたんだけど、いつも苦戦してたの。だから結局、完全にあきらめてフォークとナイフを使うようになったわ。最後に箸を使おうとしたのは高校生の時。ずいぶん昔の話ね」

金華はくすくす笑った。「大丈夫ですよ。あまり使わないと、慣れるまで大変だってわかってますから」彼女は上手に麺をつまみ、煮えたぎる鍋に入れた。他の具材も続いた。細い糸のようなキノコ、へちま豆腐と呼ばれる小さな角切り、肉の詰まった魚のすり身。金華は赤い箸を器用に指で操り、まるでそれが体の一部であるかのようだった。

「すごいわ、感心しちゃった」とノエ。煮えたぎるスープのいい匂いに、彼女の舌から唾液が分泌され始めた。「つまり、出汁以外は何も事前に用意しないで、生肉とか全部自分で鍋に入れるんだ？」

「そうそう。自分で料理を作って、大切な人と一緒に食べるのが楽しみなの」

「私の故郷じゃ、料理が煮えてなかったらテイクアウト頼むわよ」

金華は具材をかき混ぜながら微笑んだ。「煮えたら鍋から取り出して食べるんだから、それもテイクアウトのうちに入るんじゃない？」

ノエは彼女の冗談に不器用に笑った。大人びた雰囲気を醸し出してはいるが、やはりまだ十代なのだと自分に言い聞かせた。「もう高校生なんでしょう？大学に行ったら何を勉強するつもり？」

金華は当惑した表情を見せた。高校？大学？彼女がその言葉を知っているのは、ネットメディアや古い映画、テレビ番組を通してだけだった。その言葉から、古い建物や人々のイメージが頭に浮かんだが、その概念を理解するのは難しかった。李はその質問を聞いて眉をひそめた。

第44章 夕食・パーティー

「ここコンビルの教育システムは少し違っているの」金華は、誰もが特定の分野の知識とスキルを身につけるための委員会のシステムについて、ノエに説明し始めた。そのスキルは専門委員会によって評価され、テストされる。その委員会は、適切な前提条件を備え、職務に求められる実際の内容に関連する仕事ができる人に、資格を与えることができる。そうすることで、人々はいつでも望む仕事のために、自分のスキルを磨き直すことが容易になるのだ。金華はこの情報を、熱心に耳を傾けるノエのためにまとめた。

「つまり、私は大学には行かないの。物理や上級数学、量子力学の勉強が終わったら、宇宙工学の委員会を探すつもりだったんだけど……でも最近、生物学やデジゲノミクスという新しい分野に興味を持ち始めて。だからまだはっきりとはわからないわ」金華は彼女に甘い微笑みを向けた。「餃子、おかわりする？」

「ええと、結構よ……」デジゲノミクス？一体それ何なの？ノエは呆然と少女を見つめ、大きな音を立ててスープをすする彼女を眺めた。傍らでは父親が、娘の知らぬ間に満足そうな目で娘を見つめていた。ノエは劣等感が怒りに変わり始めるのを感じたが、それは金華とはあまり関係がなかった。彼女は随分昔、小学五年生の時に、母親からセレウスの教育システムについて同じような説明を聞いたことがあった。その頃でさえ、母はそのシステムの利点を説いていたが、最終的には十歳のノエに教育の運命を選ばせた。幼い少女にとって難しい決断のはずだったが、ノエにとってはそうではなかった。十歳になる頃には、セレウスとそれが象徴するすべてのものへの憎しみが、暗い片隅で芽を出すキノコのように、すでに根付いていたのだ。新システムが優れていようと、彼女は気にしなかった。ノエは標準的なアメリカの公立学校システムを選び、二度と振り返らなかった。ああ、母さん……。目の前の辛いスープの湯気が、彼女の目に熱と水分を溜め込ませた。

セレウス&リムニク

「麺、おかわりする?」金華がノエに声をかけた。自分の言葉がノエに与えたダメージに気づいていないようだった。ノエは一瞬彼女を見つめ、苦い思いを振り払った。金華のはつらつとした様子が、ノエの傷ついた気持ちを和らげてくれた。「もちろんよ」ノエは無理に微笑んで、もっとおいしいものをという申し出を受け入れた。

第45章 アフターパーティー

ノエと向かい合うテーブルの反対側で、ロダンは数分おきに、騒がしいチークスから注意をそらし、彼女の様子を確認していた。時折、二人の目が合うと、ロダンの体に心地よい痺れが走った。その感覚は、チークスのおしゃべりから気を紛らわせるのに最適だった。

「今年も49ersはやれるぜ！あのサイボーグの新人を獲ったからな。名前は何だっけ？ああ、そうだ！シルバ、ダーネル・シルバ、今じゃQBなんだ」彼は大きな音を立てて麺をすすり、驚くべき技術で箸を転がしては、次の具材を探し当てる。「奴はマジで腕がキャノン砲みてえなんだ。リーグにも認可されて、何もかもバッチリよ。エンドゾーンからエンドゾーンまでボールを飛ばせるんだぜ。ヤベえ！」

ロダンも同意した。「ああ、シルバは化け物だな。今の選手たちができることは現実離れしてる。昔は、ドーピングとステロイドだけが心配の種だったんだが。今じゃ、よく言うだろ？『ズルしてねえなら、試合に出てねえも同然』ってな」

チークスはディナーの声量を少し上回る大きさで、ロダンと声を合わせてそのフレーズを繰り返した。カイラーが規制するような目で彼を一瞥し、声を抑えるよう促す。その様子にスペイザーが鼻で笑い始めると、チークスは肥大化した手で彼の後頭部を叩き、笑みを消し去った。カイラーの睨みが二人に最後の警告として降りかかる。二人とも頭を下げ、食事が許す限り静かに食べ続けた。

ノエは、カイラーとその二人の子分のやり取りを見て、居心地の悪さから身じろぎした。チークスとスペイザーは外見こそ荒っぽいが、戦いの最中に彼女の面倒を見てくれたことで、ノエは彼らに好感を抱いていた。カイラーも同じことをしてくれたが、彼の周りで感じる漠然とした不安は拭えなかった。母から聞いた話では、セレウスの主要な走狗の一人として、カイラーは長年にわたって怪しげな行いを繰り返してきたのだという。「ターミネーター」の異名が使われるたびに、何かが現れたり消えたりしていた。知る限りでは、母は一度もカイラーのやり方や倫理観に疑問を呈したことはなかった。彼は一流の兵士であり指揮官だったが、同時に大惨事の前後にしか姿を見せない、妖怪のような存在でもあった。この二面性がノエを混乱させた。軍人としての礼儀作法の裏に隠れた彼の暗黒面が恐ろしかった。スープを啜る合間に時折ノエの方を見やるカイラーだが、ノエに戦闘時以外で彼と話したいとは思わなかった。

ノエのもう片側では、金華が父親に向かって身を乗り出していた。唇を激しく動かしながら、何か辛いものを食べたかのように顔を赤らめ、今にも泣き出しそうだ。李は疲れ切った目で肩を落とし、無表情に座っている。眉が痙攣するのを見て、ノエには、李が怒りの衝動と必死に戦っているが敗北しつつあることがわかった。ノエ自身もその葛藤をよく知っていた。言い争う親子、胡散臭いカイラー、お腹の中のぽかぽかスープ。ノエは突然疲れを感じ、食事から抜け出す口実を探し始めた。

第45章 アフターパーティー

不意に金華が素早く椅子を押しのけ、立ち上がって部屋を駆け出した。賑やかだった夕食の雰囲気は唐突に死んだような静寂に変わり、全員の視線が李に注がれ、反応を待った。鍋に残ったスープがぐつぐつと煮える音だけが部屋に響いていた。

「お食事を続けてください」老いた声で李が言った。のろのろとした動きで椅子から立ち上がり、娘を追うようにダイニングを出て行った。

居残った面々は、一瞬の気まずさに飲み込まれた。主催者不在の彼らは、船長を失った船のようだ。順番に当惑した視線を交わし、次にどうすべきか思案する。沈黙を破って立ち上がったのはカイラーだった。「我々はこれで失礼する」と彼が言った。「明日、会議に戻ってこよう。また会おう」最後にもう一度、李が座っていたテーブルの上席を見やり、頷いてから部下二人に続くよう指示した。スペイザーはナプキンで唇を拭って立ち上がる。チークスが椅子から体を起こすと、大きなお腹がテーブルに当たった。その衝撃で、グラス一杯のワインが揺れ、装飾的な赤いテーブルクロスに少しこぼれた。まるで見えない力でワインがこぼれたかのように取り繕い、ノエに素早く別れの合図をして、部屋からなんとか這い出した。スペイザーは出て行く前に儀式ばった一礼をしようとしたが、チークスは息を弾ませながら「生意気だ」と呟き、大広間の入り口へと彼を押しやった。

ロダンとノエは空になったテーブルを見渡した。一時間前まではお洒落なアジア料理店で食欲をそそる食事に見えたものが、今や有機ゴミの山のようだ。飛び散ったスープのシミの周りには、調理済みと生の食材が落ち、冷めたスプーンと垂れる箸が並ぶ。空席が不自然な角度でテーブルと壁の間に配され、かつての晴れやかなムードが一気に崩れ去ったことを物語っている。

ノエとロダンが最後までテーブルに残った。ノエはロダンの顔をじっと見つめる。母の訃報を伝えるために彼女のアパートの外で初めて会ったときよりも、ずっと疲れているように見える。きっと私も彼にそう見えるのだろう、と彼女は憂鬱に思った。

ロダンの視線がノエと絡み合う。ノエはこの状況にどう対処しているのだろうと、ロダンは気になった。慣れない環境で、しかも母を亡くした悲しみを抱えながら、ノエは必死にすべてについていこうと適応しようとしている。彼女を慰める言葉が頭に浮かぶが、口からは出てこない。代わりに行動に出ることにした。ナプキンで唇を拭い、立ち上がる。

「俺は……ベッドに行くよ……君も少し休んだ方がいい。明日は長い一日になりそうだ」言葉を切ると、ロダンは一瞬立ち止まった。彼女は何を考えているんだろう?

ノエは頷き、自分の椅子を押し下げて立ち上がった。「そうだね」二人の間に言葉も動きもないことに、少しパニックを覚え始める。なぜ彼は何も言わないの?時間だけがいつまでも引き延ばされているみたいだ。「じゃあ、また朝に会おう」ゲストルームに引き上げようと踵を返すが、その場でしばらく佇んでいた。

「ノエ、待って……」ロダンは一歩前に出て、テーブルを回って彼女の下へ行こうとしたが、途中で立ち止まった。

「なに?」ノエは期待に満ちた表情で振り返った。「どうしたの?」

「ああ、何でもない。ゆっくり休んで。また朝に」そう言い残すと、ロダンは振り返ることなく部屋を出て行った。

第45章 アフターパーティー

＊＊＊

ロダンはベッドの端に腰掛けた。巨躙な体躯を慎重に下ろすと、マットレスがたわみ、きしむ音が聞こえる。明らかに自分の半分のサイズの人間用に選ばれたマットレスだ。

眠らなければならないとわかっていたが、ディナーでデバイスから一時の解放を得た束の間の安堵は終わり、再びデジタルの虚空に向き合っては、セレウスに関する無数のメッセージや問い合わせ、その他の責務に追われていた。明日はバルトが来る。数分前、前任者からメッセージが届いたばかりだ。ロダンには答えを求める質問があまりに多かった。どこに行ってたんだ?なんであの命令を?なんで俺を選んだ?翌朝のため、こうした疑問をいくつもデバイスに口述していく。作業に没頭するうち、ワインとスープの効果で瞼が重くなってきた。目を擦って目覚めを保とうとする。

ドアが控えめにノックされる音がした。きっとリーだろう。さっきのことを謝りたいんだ。必要ないのに。彼女はまだ子供なんだから。

ドアを開けると、ノエが立っていた。肩まで届く髪はまだ湿り気を帯び、花のようなボディーソープの香りが鼻腔を満たす。ノース・ブルームフィールド決戦前夜にロダンが渡した戦闘服の上に、スリット入りの黒いランニングパンツ。足に塗ったばかりのローションが、薄暗い部屋の明かりに照らされて艶めいた輝きを放っている。

「ノエ……君だとは思わなかった。リーだと思ってた」

「李じゃなくて、私よ……入ってもいい？」

「ああ、もちろん。入ってくれ」ロダンは手招きして彼女を部屋に招き入れた。

ゲストルームはそこそこ広いが、腰掛けられるのはベッドと小さな机に置かれた椅子だけ。ロダンがベッドに座ると、ノエは立ったまま腕を組んだ。

「ねえロダン、この数週間、私に親切にしてくれてありがとう。戦いの最中も、仕事を与えて気を紛らわせてくれたことも。おかげで気持ちの整理がついたわ」ノエは素足の周りのカーペットに視線を落とす。「あの日、あなたは私の命を救ってくれた……」

ロダンの顔は穏やかで落ち着いたままだったが、内心は感情に圧倒されていた。体力の消耗がもう少し軽ければ、おそらく大泣きしていただろう。あの土曜日の午後、何気なく送ったメッセージが彼女の人生にこれほどの影響を与えるとは。今ここに彼女が立っているか否かの違いだったのだ。ロダンの頭では、その瞬間に感じていた感情を処理したり名付けたりすることができなかった。喜び、感謝、安堵が入り混じったような感覚だった。あまりに深く豊かな感情は、彼の心だけでなく、ノエや家の中で眠るすべての魂にも触れた。言葉も表情も行動も、それを正確に表現することはできない。ロダンにできるのは、瞬きを返すことだけだった。

するとノエが彼に近づいてきた。立つ彼女と、ベッドに座る彼の目線が合う。「実を言うと、この全てが怖いの。ヤヌス、セレウス、リムニック、社会の大変動。幼い頃からずっと、私を苦しめてきたわ。あの頃、母のことを理解しようとしたけど……でも母には、あの化け物ヤヌスと新世界秩序しか見えなかった。そして今、母は死んだ。ヤヌス自身の手にかかって。本当に……めちゃくちゃよ」涙が自然と流れ、ノエは必死に平静を保とうとしていた。

第45章 アフターパーティー

ロダンは立ち上がって彼女を抱きしめ、メッセージもセレウスも敵対勢力も脇に追いやって、彼女のためのスペースを作った。目の前に広がる不確かな未来に対する二人の幸福への恐れと、ロダンが切実に欠いている理解への憧れで、彼の体は強張った。

ノエは息を切らせてささやいた。「ありがとう……ありがとう」二人の間にはわずかな隙間しか残らなかった。ノエは期待に濡れた唇を上向けた。「あなたは私をとても助けてくれた……」唇が触れ合うと、彼女の情熱に匹敵する、少年のような怯えが交錯し、体の奥底から熱い衝動が湧き上がった。

二人はベッドに移動しながら、抑制された情熱でお互いの服を脱がせた。裸で、どこか怯えながら、原始的な本能が互いの体を補完するように動かし、足りないものを求め合った。与え、奪い、悦ばせ、悦ばされ、相手の愛撫に喘ぎ声を漏らす。

手は握りしめ、愛撫し、感じ合う。快楽を求める行為の激しさは、罪悪感や羞恥心、恐怖心など、二人の心の最深部に巣食う入り交じった感情に負けじと、時を追うごとに高まっていく。ロダンとノエは、それぞれのペースで避けられない解放へと体が加速するのを感じた。最初は彼女が、次に彼が、最後にやってくるあの、現世を超越した魂を揺さぶる体験の全貌を味わった。胸を激しく上下させ、艶やかな汗に覆われて、二人はしがみついた。疲弊した精神を蝕む内なる脅威と外なる煩わしさから一時の解放をもたらす、その心休まる安らぎに二人とも浸った。聖域を分かち合う中で、久しく味わうことのなかった、魅惑的なまどろみと満足感を見出したのだった。

第六部

第 46 章 青春の悩み

金華は安らかな至福の中で目覚めた。ベッドに腕枕をして座り、起きている脳に思考が戻ってくるのを待った。ここ数週間、彼女は同じような夢を繰り返し見ていた。最初のうちは、夢はバラバラで、秩序がなく、雑然としていた。彼女はそれをどう理解すればいいのか、その夢が何を意味しているのかさえわからなかった。時間が経つにつれて、彼女はいくつかの断片を組み合わせ、構築された世界の完全なイメージを作り上げた。そうして彼女は、目的地が（少なくとも彼女が覚えている限りでは）以前に見たことのある場所ではないことに気づいた。そこは彼女にとって完全に異質な場所であり、彼女が知っている世界の自然法則を無視した特徴を持っていた。

彼女はさわやかできれいな空気を吸い込みながら、のどかな川岸に立っていた。空を見上げると、真っ白で、一枚の紙のようだった。空には太陽はなかったが、金華には昼間のように見えた。太陽があるはずの場所には、膨らんだスカイブルーの雲がゆったりと流れているだけだった。なんて不思議な場所なのだろうと彼女は思った。

金華は川沿いを歩き始めた。やがて彼女は小さな家に出くわした。外の中庭の階段には、笑顔の老人が座っていた。つばの広い麦わら帽子、シンプルな服装、靴は履いていない。風雨にさらされた顔の肌はごつごつしており、まるで一生を太陽の下で過ごしてきたかのようだった。男は釣り竿を傍らに、通り過ぎる彼女に気取らずに手を振った。金華は手を振り返し、歩き続けた。

彼女は背の高い草の間を蛇行する細い土の道を見つけ、川から遠ざかった。どこまで続いているのだろう?しばらく歩くと、3Dプリンターで作られた小さな家が半円形に整然と並んでいるのが見えた。どの家も色が異なり、一緒になって小さな村を形成していた。半円形の家々の先には、建物のない大きな芝生の広場があった。それは、端にゴールのない大きなサッカー場を思い出させた。

金華はゆっくりとした足取りで村の中を歩き始めた。外や家の窓から人影は見えなかったが、何十組もの視線が忍び寄るのを肌で感じた。彼らはただ迷い込んできた少女に興味があるだけなのだろうか?それとも何か別の邪悪な企みがあるのだろうか?金華にはわからなかったが、建物からの視線は彼女の一挙手一投足を追っているようだった。

村のはずれ、サッカー場の緑の芝生に足を踏み入れようとした瞬間、彼女は自分が地面から遠ざかるのを感じた。その瞬間、彼女は自分が上昇しているのか、地面が下降しているのかわからなかったが、突然分離した。その動きに驚きながらも、金華は冷静だった。半円形のビルの上空に上がり、川沿いの老人の小屋と広大なサッカー場を俯瞰した。その光景は、白い空間に浮かぶひとつの島のように見え、その境界線には果てしない霧が立ち込めていた。その上空にいるとき、彼女は前方に手を伸ばしたい、下界に戻りたいという強い衝動に駆られた。そこには何か大切なものがある。必要なものがある。前傾姿勢になり、消えていく地

第46章 青春の悩み

表に手を伸ばそうとしたが、上向きの力には逆らえない。瞬く間に、彼女は旅の鮮明な記憶とともに肉体の現実に戻った。

暖かいベッドに戻り、彼女は夢のすべての要素を考えた。真っ白な空、年老いた漁師、村、目……そのすべてが何を意味していたのか。世界を理解するためのいつもの論理的プロセスは失敗し、彼女の顔は困惑でこわばったままだった。この表情は、彼女が長時間することに慣れていないものだった。次はもっと勉強してみよう。

デバイスからのチャイムが彼女を完全に現実に引き戻し、夢のもやもやを一掃した。物理的な世界に戻ると、緑色のTシャツに白い下着という薄手の寝間着でさえ、彼女の体には重く感じられた。しまった。前夜の出来事が脳裏によみがえった。夕食のことだ。客の前での父親との口論。金華は両手で顔を覆い、罪悪感を含んだ苛立ちに呻いた。「くそっ」。彼女はシーツをかけ直し、身支度を始めた。

彼女は、父親が彼女が気持ちよく研究を進められるよう、あらゆる手を尽くしてくれていることは知っていたが、自分の体が見知らぬ人たちに突っつかれたり、突かれたりするのはもう許せなかった。そこで彼女は、夕食の席でその場で契約から降りたいと告げた。彼女の突然の感情の逆転に父親は唖然とし、疲労と科学的な言葉の仮面の後ろにショックをうまく隠した。金華は、彼女の言う「論理の盾」に見下されたように感じ、研究だけが大事で自分のことはどうでもいいのかと彼を非難した。彼は彼女の傷ついた気持ちを和らげるのに一瞬の隙もなく、彼女は劇的な方法で部屋を出て行った。ドアを閉め鍵をかけた部屋で、彼女は野生動物のように行ったり来たりしていた。立ち上がって10分もすると、カテゴリー5の怒りのハリケーンは勢力を弱め、彼女は疲れ果てた。ベッドに座って、金華はまだ雷雨の中にいた。

彼女は父親に話したことにひどく罪悪感を感じ、自分の言ったことがどれも真実ではないことを知っていたが、様々な要因が重なり、怒りをぶつけたい衝動が強くなっていた。アリライドの黄色い〝波〟のエネルギーが一日中定期的に彼女の中を通り過ぎ、彼女は父親もハルプリートも他の誰一人として、自分が経験したことを本当に理解してくれないことに苛立ち、そして生理中だった。嵐の中の嵐のような気分だった。普段は冷静で控えめな彼女の態度をコントロールしている脳の一部が、「大いなるもの」を乗り切るためにその場に避難し、観測所を担当する者が誰もいなくなってしまったのだ。私に何が起こっているのだろう？私はおかしくなってしまったのだろうか？

科学者たちが、検査、処置、スキャンをした結果、目立ったものは何もなかったと言ったが、金華は自分が大丈夫とはほど遠い状態であることを知っていた。頭から発せられる鋭い痛みが、不規則なタイミングで体中のさまざまな場所に信号を発していた。放電している間、彼女はまるで電線が生きているように感じ、彼女に近づく勇気のある人に熱い火花を散らそうとした。またある時は、彼女の脳は穏やかで平穏な気分にさせる暖かさを発した。その感覚は10代の繊細な彼女の感情を翻弄し、その押し引きのせいで気分が悪くなることもあった。

嵐のさなか、氷に閉ざされた大西洋の真ん中で、難破船の生存者のようになすすべもなく板に乗って浮かんでいたとき、彼女は水平線にかすかな光があるのに気づいた。小さな救助船が近づいてきたのだ。注意深く照らされたサーチライトが彼女を照らし、敵か味方かを見極めるようにゆっくりと動いた。しかし、彼女

第46章 青春の悩み

が震える体を黒い海から救い出したとき、彼女の一部は、たとえ最悪の状況であっても、救助船はいつでも彼女を助けてくれると信じていた。

夕食からわずか1時間後、彼女は父親を部屋に招き入れた。会話は短かった。彼女は自分を見失ったことを詫びた。彼は彼女にプレッシャーをかけたことを謝った。二人は固く抱き合い、金華は一瞬、彼がいつもそばにいることを思い出した。

しかし、それは昨夜のことだった。この日の朝、金華はいつもより元気があるように感じた。多分、あの小さな村に何かがあるのだろうと、彼女は思った。フロントに赤いロケットが描かれたティール色のTシャツを着て、お気に入りのブルーのジーンズショーツを履いた。ピンクの花があしらわれた黄色のビーチサンダルを履いている。快適で機能的だ。

興奮の波が押し寄せ、彼女は自分の姿を見て明るく微笑んだ。今日はセレウスのエリートたちとの大事なミーティングだった。当初、父親は彼女を出席させることに反対していた。しかし、この1ヶ月でどれだけセレウスについて教えてもらったか、そして昨夜の夕食の後の慰めのつもりだったのだろう。

鏡に向かって髪を整えながら、彼女の頭にある疑問が浮かんだ：なぜ私はこのミーティングをこんなに楽しみにしているのだろう？

彼女は首を横に傾げながら、返事を考えた。どう動くのか見てみたいだけなのかもしれない。パパの仕事を見たいだけなのかもしれない。もしかしたら……セレウスとリムニクが、長い目で見て私にどんな影響を与えるのか知りたいのかもしれない。あるいは、私が見ていない他の何かかもしれない…革の顔をした漁師がいる小さな村の夢が、彼女の脳裏に浮かんだ。しかし、その中のどの要素も今の現実と結びつけることはできなかった。

しかし、彼女の中の何かが、今日はなぜか、彼女にとってとても重要な日になることを知っていた。今日を境に、ある意味、彼女は二度と同じ人間には戻れないのだ。

第47章 機密情報開示

第47章 機密情報開示

金華がホールを進み、中央にセレウスのロゴが刻まれたオーク材の彫刻が施されたドアにたどり着いたときには、すでに反対側からかすかな話し声が聞こえていた。ドアを押し開けると、ほぼ満席の部屋に緊張の波が押し寄せた。少なくとも二十人以上の科学者や関係者の目が、彼女の一挙手一投足を仔細に観察しているように見えた。

「おはようございます」彼女の小さな声が部屋に響いた。

彼女の父親は、支えとなるような微笑みを浮かべて机の後ろに立っていた。前夜は一睡もできなかったようだった。彼は手招きをした。

彼女がデスクに向かうと、ひそやかな会話が再開された。途中、何人かの科学者が彼女に挨拶をした。医師であるピンク・クリップボード博士、遺伝学者であるビッグ・ノーズ博士が彼女に短い挨拶をした。デジゲノムの科学者、ハンサム・ハンドシェイク博士が彼女にウインクしたとき、彼女は顔を赤らめた。この三人の研究者以外に、白衣を着た研究者で彼女に見覚えのある者はいなかった。金華は彼らの名前を知ろうとはしなかった。

机の後ろに立ち、父親を横目に、彼女は昨夜の夕食会の招待客を見つけた。ノエと父親の長年の友人ロダンは近くに立っていたが、科学者らしき人物と別々の会話をしていた。ノエは深緑のシャツに黒の作業ズボンをはいていたが、白髪混じりの太目の女性と話すのは少し居心地が悪そうだった。ロダンは黒い背広姿で、眼鏡をかけ、格子縞のボタンを留めたシャツを着た背の高い男と世間話をしていた。彼女は、彼らが散発的な瞬間に、互いに陰謀めいた視線を投げかけているのに気づいた。ノエとロダンはお互いに何かを伝えたいと思っているようだったが、部屋の距離と会議の雰囲気が邪魔をし、効果的なコミュニケーションを禁じていた。

部屋の向こう側、ドアから入ってきた彼女は、夕食会から来た四角い顎とバズカットの老人が行進してくるのを見た。年老いているにもかかわらず、彼の姿勢は完璧だった。昨夜の黒人二人組が彼の後ろに続いた。一人は太っていて騒々しく、もう一人は痩せていて控えめで、足を引きずって歩いていた。彼らはスーパーマリオブラザーズを思い出させたが、赤と緑のコスチュームはなかった。金華はその観察眼に思わず笑った。彼女が自分の立っている机に目を戻したときには、彼らのリーダーである老人が父親の隣に立っていた。

「カイラー、娘の金華に会ったとは思えないな」彼女の父親が言った。

髪をバッサリと切った男は、無愛想な手を差し伸べた。金華はそれを握った。「はじめまして、お嬢さん」。その声は公式なもので、親しげだった。すぐに彼の目は李に戻った。彼は尋ねた。

「すぐにだ。まだバルトを待っているところだ」。

「そうそう、セレウス・モデルの設計を担当した伝説のエコノミストだ」。

第47章 機密情報開示

「そうだ」。李は時計を見た。「今、十時半だから、三十分前には来ているはずだ」

カイラーが言った。「この頭の固い学究肌の連中がどうなるか知っているだろう。時間を守るのは苦手なんだ」。

李は顔をしかめ、レイク・タホからの道中、彼に何もなかったことを願った。彼は部屋を見渡した。科学者、研究者、そして数人の選ばれたコンビルリーダーたちが、カリフォルニア中から会議に出席するために集まっていた。彼は部屋中に不安な空気が流れているのを感じ、予想以上に緊張した雰囲気に包まれていた。このような会議はめったにないことで、ほとんどの人が何か大きなことが起こると思っていた。李でさえ、始まるのを待ちわびていた。待つべきだとは思うが、この会議を始めなければならない。私たち全員が同時にここにいるのは、リムニックのターゲットとしては大きすぎる機会だ。李は咳払いをして、シャツにつけたワイヤレスマイクを調整した。彼は話し始める前に、手を上げて部屋の静寂を呼びかけた。彼の言葉は威厳があり、少し命令口調で、温厚で物腰の柔らかい人柄しか知らなかった多くの人々を驚かせた。

「本日は、ご多忙の中お集まりいただき、誠にありがとうございます。皆様におかれましては、日々の業務で非常にお忙しい中、本会議のためにお時間を割いていただいたことに、深く感謝申し上げます」。李は机の後ろから動き始めた。「さて、早速本題に入らせていただきます。私の情報源から、ヤヌスの戦略に関する重大な情報が入手できました。本日、皆様にお集まりいただいた目的は、セレウスや我々のコンヴィルのみならず、この地球上に生存するすべての人類に対する脅威の正体について、より詳細な説明を提供するためであります」

彼の言葉に反応して、ささやき声やざわめきが室内に広がった。李はその場の芝居じみた雰囲気に気づいていないようで、話を続けた。

「ノース・ブルームフィールドで死亡したリムニックファイターの分析、検死、カイラー隊員との面談、そして標準的なネットワークモニタリングから得られた情報を総合した結果、我々はヤヌスの戦略と彼の持つ恐るべき力の真相を知ることができました。死者の脳からチップを抜き取ることで、我々の研究者とアナリストは、ヤヌスが何らかの方法で我々の心に埋め込まれたチップをハッキングし、宿主の思考と行動をコントロールする手段を見出したと結論づけました」。

その場にいたセレウスのエリートたちから、驚きの声が上がった。「まさか」「ありえない！」「なんて恐ろしいんだ」「どうやって止められるんだ？」

李は冷静になるために腕を上げた。彼らの反応が止まり、すべてが静かになると、彼は「ファイル三五二九を表示しろ」と命じた。様々なカメラの映像が映し出された壁の大型モニターが突然、未知の場所のランダムな映像から、一般人の顔に切り替わった。その顔ぶれは米国を代表するもので、多様な国民の色とりどりのスペクトルが描かれていた。老若男女、白人、黒人、アジア系、ヒスパニック、男性、女性、トランスジェンダーなど、ありとあらゆる人々の顔が描かれていた。カイラーの筋肉が緊張した。彼の顔が写真集の中にあってもおかしくなかった。

「ただ今ご覧いただいているのは、ヤヌスが実験の対象とした人々の顔写真です。少なくとも現時点で我々が把握している被験者の顔写真であります」。李は硬く飲み込んだ。群衆からは、くぐもった支離滅裂なコメントが出た。SNSの掲示板『スペクタクル』で体験を語る人もいる。我々はそこから、その仕組みに関す

第47章 機密情報開示

る知識の大半を収集しました。コンピューターやデバイスのディスプレイ画面が点滅し始め、何も知らない被害者はそれを何らかの故障と勘違いする。好奇心から、あるいはただ自分が連れ去られた場所に戻りたいと思うだけで、やがて記憶のひとつに接触する。そうすると、その記憶の中で経験した身体的、感情的な感覚を身体が思い出す。試練が終わると、その人は通常、デバイスの前で目を覚ます。

エリート・プロフェッショナルの間で、パニックの空気が部屋中に漂い始め、全員の息の根を止めようとした。ノエは目を見開き、信じられない思いで立ち尽くしていた。自分の姿勢を保ち、感じた恐怖が自分の下の滑らかな床まで揺り動かすのを防ぐのに大変な努力を要した。昨日、あの人たちが通りを走り回っていたのは、そういうことだったのか。ヤヌスの実験用ラットに違いない。突然、ノースブルームフィールドの記憶が彼女の脳裏によみがえった。彼女は、自分の身体と思考をコントロールできないことによる絶対的な恐怖に包まれた、心地よい温かい感覚を思い出した。ヤヌスは彼女の心臓を止めたり、彼女に卑劣な行為をしたりしたのだろうか。彼女ができることは、自分の心の虜になりながら、自分が死ぬのを見ることだけだっただろう。

彼女は安心させるためにロダンを見た。昨夜以来、二人は言葉によるコミュニケーションをほとんどとっていなかった。ロダンは早くから会議の準備をしなければならず、彼女はこの会議に緊張を感じながらも、懸命に眠ろうとした。結果的に、私がバスケットケースになったのは正しかった。ヤヌスは私たちの心をハッキングし、文字通り内側から破壊することができる。

午前中、彼女はヤヌスが彼女のほうにそわそわと視線を送っているのを感じた。目が合うたびに、彼女はセックスの記憶から突然脈が速くなるのを感じた。しかし、彼または彼女が別の公式の会話に振り回される前に、一秒以上彼と目を合わせることはできなかった。そのことに彼女はがっかりしたが、彼が専務理事として仕事をしているだけだとわかっていた。彼はどう思っているのだろう?彼女はそう思った。

マインドコントロールだとロダンは思った。これがあの夜ヤヌスが話していた技術だったのか。これが彼の力だった。私はセレウスの幹部だ。何かできるはずだ。何かしなければならない。しかし、それでセレウスにとって…人類にとって十分なのだろうか?ヤヌスの技術は本当に私たちの進化に役立つのだろうか?

ロダンは両腕をぶら下げて立っていた。スーツの上着を着ているので、脇の下に広がる汗のたまりは誰にも見えない。ノエの目が彼を見つけた。彼はわずかに微笑みを返した。彼女は彼の人生という闇夜の中で、明るいスポットだった。そのことに彼は永遠に感謝するだろう。昨夜彼女が彼に感謝したように、その朝、ふたりで裸になって目覚めたとき、彼は彼女に感謝した。セレウスと人類のために次の一手を打つ確信を与えてくれた彼女に、彼は感謝した。「僕と一緒にいてくれてありがとう」と彼は彼女に言った。髪が顔にかかると、彼女の笑顔が彼に向けられ、彼女は全身全霊でディープキスをした。その後、ロダンはやるべきことをやる覚悟を決め、一旦動き出したら、もう後戻りはできないと思っていた。

***

李は再び部屋の静寂を待った。静寂が訪れると、彼はブリーフィングを続けた。スクリーンに映し出された様々な顔から、彼は一人を選び、他の者を消した。それは中年の黒人男性の姿だった。部屋にいた全員が、この男を選んだ李の説明を震えながら待っていた。彼は安定した口調で話し続けた。

第 47 章 機密情報開示

「コロラド・スプリングス出身のソフトウェア・エンジニア、ケイン・イーストモント、四十七歳。私たちのコミュニティ・ホームの一つにおいて、入所手続きを行っている際、彼が以前の生活を捨ててこの街に来た理由について語っているのが耳に入りました。彼は覆面捜査官の一人に対し、一週間かけて過去の重要な瞬間を鮮明に再現した後、七日目に未来のビジョンを見せられたと話したそうです。それは、彼が過去に交際していた女性との未来であり、夢のような生活を送っていたとのことです。その可能性が脳裏にしっかりと刻まれた彼は、さらに多くの未来のビジョンを見るため、そして完全な自分史にアクセスするために、最寄りのコンヴィルを探すように促されたのです」。

李の聴衆は再び燃え上がった。咳き込み、罵声、反対意見の叫びの波が全員から響き渡った。青白い肌と後退した生え際の若い科学者が声を上げた。「それで、何が言いたいんだ?ヤヌスの最終目的は何だと思う?」

会場は不安な静けさに包まれた。背の低いアジア人男性がため息をつくと、誰もが耳をそばだて、首をかしげて、その姿をよく見ようとした。

「彼の目的は、このテクノロジーを使って世界中の何百万、何十億という人々の心を奴隷にすることに他らないと我々は考えております。人々が自分の過去を驚くほど詳細に体験することを可能にし、あるいは彼らが望む未来を生きることを可能にすることで、彼は人間の意志、野心、欲望を盤上から消し去り、彼が信じるとおりに世界社会を作り変える道を作ろうとしているのです。リムニックは、旧世界の考え方に固執するグローバル社会の人々を粛清し、排除するための執行機関として機能します。一方、セレウスは現在存在しておりますが、彼の将来の計画のためのインフラを提供する役割を担っております。どちらもヤヌスの究極の目標、すなわち人類とグローバル社会の進化に奉仕するものなのです」。

「信じられない！」「本当にそんなことができるのか？」「なんてことだ！」「ついに始まった」。聴衆からは、信じられないという声や否定的な声が飛び交い、各人が長い間根深く持っていた偏見や恐れを、フィルターにかけずに口からこぼした。李は重いため息をつき、彼の言葉が促した内臓の反応を吐き出させた。つい数日前、私も同じような反応をした。彼の視線は隣の金華に注がれた。金華は何かを深く考えているようだった。彼女が恐れているのかどうかはわからなかった。一ヶ月以上前、彼女に本性を明かして以来、彼は自分の娘を読み解く能力を失い、本当の意味で理解できなくなっていた。

群衆の中から、チークスが重い一歩を踏み出した。「どうやったら勝てるんだ?何か方法があるはずだ！みんなどこかに弱点があるはずだ！」スパザーはしっかりとうなずき、同意した。観客の他のメンバーもその楽観的な考えに共鳴した。

李は手を振って静粛を求めた。観客は再び渋い沈黙を取り戻した。「現在、科学者たちはヤヌスの能力を解明するため、データを集めて研究に励んでおります。それは複雑なプロセスであり、簡単に防ぐことはできません。世界人口のほとんどはすでにチップを埋め込まれており、チップを埋め込まれていない少数の人々は非常に高齢であるため、おそらくヤヌスを倒す助けにはならないでしょう。それ以外の人たちは……」。彼の沈黙は、自分自身、この部屋の住人、そして地球上の呼吸をしているすべての人々への不安から生まれた。「私たちの誰もが、ヤヌスの操り方に簡単に影響される可能性があるのです」。

第 47 章 機密情報開示

まるで部屋の空気が吸い取られたかのように、不気味な静けさが皆を覆い、動きや言葉を封じ込めた。一人一人が自分史をスクロールしながら、豊かな内面世界、私的な願望、秘めた思いをコントロールし、プライバシーを守っているはずの自分たちに、どうして一人の男が入り込み、内側から操り、自分たちの欲望や過去の栄光の奴隷に変えてしまうのだろうかと考えた。理解しがたい恐怖でありながら、誰も言葉で表現できないほど恐ろしいものだった。

鳴り響く電話の音が、彼らを絶望の思考から引き離した。李は最初、その奇妙な音のタイミングに驚いたが、部屋の隅に目をやり、それが緊急電話であることに気づいた。好奇心と一抹の不安を抱きながら、李は長い歩幅で隅に向かった。そこには、古びたリクライニングチェアと固定電話が、古いスタンドランプの柔らかな明かりの下に置かれていた。彼が足を踏み入れると、部屋にはうっすらとした影のようなパニック・オーラが漂っていた。彼らのプロフェッショナリズムと冷静さの薄皮は、人間の生存本能に取って代わられた。

李が群衆の間を通り過ぎるとき、呼び出し音が響き続けた。誰だろう?李はしばらく立ち止まり、わずかに残っていた勇気と決意を振り絞り、深呼吸をしてから受話器を取った。

「もしもし?」

金属的な粒のような声が彼に話しかけた。「ブリーフィングを楽しませてもらったよ。とても…啓発的だった」。その声は、忠実度の低いスピーカーから聞こえた。それは間違いなく何らかの改造デバイスを通したものだった。電話の向こうでは、ハックして激しく咳き込んでいた。誰が話しているのか判別できなかったが、李はスピーカーがそれを吐き出させる前に、口の中でゆるく痰がからむのを聞いた。「今、あなたは私たちの力の真の能力を目撃することになる…」

李は話そうと口を開いたが、相手の声が通話を切った。受話器をゆっくりと古い電話の台座に戻すと、彼は同僚や友人、家族に向き直り、混乱と恐怖に満ちた顔をスキャンした。彼らは息を止めながら、彼の言葉を待った。彼は一歩前に出て、彼を安心させる適切な言葉を探した。何も来ず、彼の顔には疲労した絶望の表情が映し出され、不都合な真実が彼に明かされた。我々は危険にさらされている。

遠くの爆発音が部屋の静けさを打ち砕いた。爆発音は一回から始まり、家のすぐ外で数回鳴り響いた。

李は、自分たちが攻撃を受けていることを知った。謎の声による脅威が確かなものだとすれば、セレウスのリーダーチームは予想以上に危険な状態にあったことになる。

第48章　危殆化

彼らはどうやって会議のことを知っていたのか？誰がリムニックを密告したのか？何が目的なのか？部屋の中央にある自分のデスクに急ぎながら、李の頭の中で疑問が渦巻いた。何が、誰が、自分たちを攻撃しているのかを知るために、外で何が起きているのか、目視したかったのだ。セレウスの指導者たちの間にわずかに残っていたプロとしての決意は溶け出し、灰色に怯えた顔だけが互いに混乱した視線を交わしながら、それぞれが生き残り策を考えていた。本格的なパニックが起こるまで、そう時間はかからないだろう。

李は簡単な音声コマンドで、背面の壁にある複数のモニターを監視モードに切り替えた。壁の中央付近にあるモニターのひとつに映った映像を見て、彼は心配で顎をしゃくった。彼の屋敷を守っていた装飾的な黒い門が破壊されていたのだ。その残骸は、邸宅からわずか三メートルか四メートル半しか離れていない場所で、壊れた鉄の煙の塊の中にねじれ、ぐちゃぐちゃになって置かれていた。破壊された門の横には、九人の人影が「V」の字を描くように立っていた。李が見たところ、四人は人間で、残りの四人は闇市場の人型メカだった。彼は彼らを実際に見たことはなかったが、あらゆる面で人間を模倣するようにプログラムされたロボット兵士であることは十分に調べた。違法な人工知能が組み込まれた彼らは、人類の最も暗い可能性を象徴している。共感や思いやりのない人間の知性は、創造主の都合のいいようにプログラムされ、どんな目的にも奉仕することができる。高出力の携帯レーザーや通常兵器を装備していることから判断して、これらのモデルが何のためにプログラムされたかは容易に見分けることができた。

李は、「V」のポイントにいる九番目の人物を除いて、どの人間にも見覚えがなかった。それは、オーバーオールを着て麦わら帽子をかぶった、ひ弱そうな老人だった。長靴を履き、李とその場にいる全員を、目に怒りを宿らせ、しわくちゃの唇に残酷な笑みを浮かべてじっと見ていた。その男は、喘ぐような唸り声を部屋に響かせながら話した。「我々はこの屋敷を包囲している。もし逃げようとする者がいれば、この建物は全員取り壊す。だから、我々の要求に協力することを勧める」。

李はその男がセレウス創設者の一人、サイラス・ジェームスであることに気づいた。サイラスのことはよく知らなかったが、沖縄で彼の兄に会ったことがある。彼は穏やかで、神々しいまでの存在感を放っていた。彼が聞いたり調べたりしたところでは、サイラスは正反対だった。太陽の陰のような存在だった。李は十五年ほど前、組織の文化的優位と生き残りをかけた闘いの真っ只中にあった戦略会議で、彼に少し会ったことがある。会議の後、サイラスは姿を消し、その行方を知る者はほとんどいなかった。噂では、彼は他の創設者たちによって実現されずに残されたユートピアの約束に幻滅し、ある種のビデオゲーム引退とワイン製造ビジネスを始めたということだった。しかし、李はこれらの情報を追いかけようとはしなかった。そして今、彼は再びリムニックのために働いている。間違いなく、かつての協力者ヤヌスに直接仕えているのだろう。

李は、何十ものおびえた目が彼の一挙手一投足を観察しているのを感じた。金華は心配そうに目を見開き、首を横に振った。それは父親が挑戦から引き下がらないという合図だった。彼は強く飲み込み、数十年前に取り付けた外部通信機を作動させた。若い頃の自分が、このような奇妙な機能を家に取り付ける先見の明を持っていたことに感謝した。

「御要求は何でしょうか？」彼は声の震えをなんとか抑えた。

「あなたの娘、金華に関連するすべてのデータを引き渡し、我々に引き渡すことです。ヤヌスが満足する唯一の方法なのです」とサイラスは言った。

李は娘と視線を交わした。女性らしい外見とは裏腹に、彼は彼女を自分がたった一人で育ててきた若い女性に見えずにはいられなかった。彼の娘だ。科学技術の奇跡だ。驚いたことに、彼女の顔には困惑や恐怖の色はなかった。その代わりに、彼女は決意を固めたような表情で、自分の名前を呼んだ老人の顔をレーザーのように集中してスクリーンを見つめていた。彼女の決意は彼に大きな勇気を与え、自信を深めた。だめだ。

「それは無理だと存じます」

李は突然の動きで外部への音声フィードを切り、目の前の混乱した群衆に命令を叫び始めた。「地下に緊急避難所がございます！どうかロダンに従ってください、彼は道を知っております！」

ロダンは自分の名前を言われて少し動揺しているように見えたが、親指を立てて肯定の返事をし、非戦闘員についてくるようにジェスチャーした。「こっちだ！こっちだ！」と叫んだ。科学者、行政官、その他のオブザーバーたちは抗議することなく従い、混沌とした混乱の中、部屋から出て行った。

「ノエラニ・アコスタ」李はヒステリックな群衆の中で声を張り上げた。彼女は堂々と他の人を押しのけて、小さな道を確保し、ドアから離れた。「ここにいてくれ！メカを無力化するためにお前たちの助けが必要なんだ」。李はそう言った。

大混乱の中、ノエの心には未解決の感情や考えが渦巻いていた。彼女はそのごちゃごちゃを後回しにして、気持ちを紛らわせ、もしかしたら彼らの命を救う手助けになるかもしれないことをしようと決めた。集中し直すために素早く瞬きをすると、彼女の目に火がついた。

李が指差したのは、忘れられた部屋の隅に置かれたハードケース付きの埃だらけの古いノートパソコンだった。ノエは再び肘をつき、体の流れに逆らって動く人々の群れの中を突き進んだ。「どけ！邪魔だ！」急ぐあまり、誰かが彼女のつま先を踏んだが、彼女は何も感じなかった。今日はフィールドギアを着てきてよかった。つま先が鋼鉄のブーツでよかった。

彼女は部屋の隅にたどり着き、古い遠隔セキュリティ端末を見つけた。彼女はカバーの埃を吹き飛ばし、ノートパソコンを開いた。最初の点検では、コンピューターは機能的に見えたが、少なくとも十五年から二十年前の古い技術だった。訓練用のノートパソコンで、彼女が宇宙軍にいたころに使っていたものと同じだった。使い方は知っていたが、使うのは久しぶりだった。この恐竜と一緒に仕事ができるなんて最高だ。ノエは大きく息を吐き、作業に取りかかった。

一方、李は金華をどうするか悩んでいた。攻撃が始まって以来、彼女は一言もしゃべらず、彼は彼女の気まぐれな十代の怒りに付き合う気にはなれなかった。しかし、彼の直感は、彼女をパニックに陥って逃げ惑う役人の群れに合流させるよりも、彼の側にいた方が安全だと告げていた。彼の頭にあったのは金華のこと

第48章 危殆化

だけではなかった。常に諜報アナリストモードで、彼は考えていた。誰が密告したのか?彼らは金華をどうしたいのだろう?このタイミングは何かおかしい。李はモニターをチェックした。サイラスと彼のチームは前庭で、視界に入るものすべてを破壊していた。監視カメラを破壊し、家の前の窓を撃ち抜いていた。サイラスの喘息のような笑い声がスピーカーから聞こえてきた。恐怖を煽るための威嚇行為だった。敵に、自分は恐れておらず、いつでも好きな時に侵入し、欲しいものを奪うことができると見せつけるためのパワープレーだ。李はその戦術を熟知しており、サイラスが望む効果をもたらした。

何分経ったかわからない。その間、李は外で繰り広げられる殺戮に気を取られていて、ドアの前の混乱からくる騒音が静まりつつあることに気づかなかった。みんなほとんど外に出ていた。目をスクリーンに向けたまま、彼は被害を嘆きつつも、サイラスとリムニックの暗殺部隊をどう倒すか、戦術的な選択肢を考えていた。もしサイラスが家に入ったら(そしていつ)どうするか、そして家を破壊されたら……そんなことを考えているうちに、李は娘のことを忘れていた。金華だ。

「金華、お前は…」

スピーカーから大きな爆発音が鳴り響き、まばゆい光が続いた。メインの映像はリムニックのレーザーによって無効化されていた。李はすぐに別の隠しカメラに切り替えた。アングルはあまり良くなかったが、映像は鮮明で、玄関の方角を直接見ることができた。その映像を見て、彼は彼らの生存に希望を抱いた。カイラー大佐と彼の部下たちが戦場に駆けつけ、敵軍と交戦を始めたのだ。李は体が緊張した。前夜の夕食で一緒だったチークスとスペイザーの姿が見えた。もう何年も会っていない三人目の男がいたが、その体格と顔の傷を見てすぐに名前を思い出した。フランシスコ・ムラカミ。通称「ベアー」だ。二人は数年前、李がカイラーと会ったときに知り合った。その男はあまり多くを語らなかったが、その戦闘記録は膨大なものだった（李は好奇心から一度調べたことがある）。彼はベアーがどこから来たのかわからなかったが、自分たちの側にもう一人の熟練した兵士がいることを喜んでいた。

ロダンが地下にある李の武器庫にカイラーたちを案内したのだろう、チークスが長い銀色の携帯レーザー砲（XD-837321）を両腕で扱っているのが見えた。李はすべての武器をシリアルナンバーで把握していた。レーザーキャノンは、彼がコレクションのために武器を買い始めた十年前に初めて手に入れたものだった。これも彼の隠れた趣味のひとつだった。

李はオフィスから、前庭で行われている戦いを眺めていた。四対九だ。李は彼らの勝算が気に入らなかったが、彼らが生き残るための唯一の希望であることはわかっていた。一機のメカが戦闘態勢に入ったが、チークスのレーザーで吹き飛ばされた。「こいつは最高だ！」彼はそう叫ぶと、フィールドを前進し続け、別のリムニックファイターと交戦した。スペイザーは前回の戦闘でまだ負傷していたが、拡張可能な金属シールドを展開し、その上から古いM32A1グレネードランチャーから爆発弾を発射した。手榴弾は命中し、かつて二人の戦闘員が立っていた場所に血で汚れたクレーターを残した。

ベアーは驚くべきスピードでメカ戦闘機の一機に向かっていった。ロボットからわずか二メートルの距離で、彼は大きなナイフを抜いた。ロボットはレーザーを捨て、カンフーの戦闘姿勢をとり、アルミ合金の脚を威嚇するように振り回した。人間対機械だ。ベアーはナイフを戦術的な角度に保ちながら突進した。メカは人間の敵とは比較にならないほどの動きとスピードで攻撃を開始した。ベアーは顔面を狙ったジャブの連打をスリップしてかわしたが、胸への直接パンチがその巨大な胸に命中し、突進を止めさせ、土の中に叩き

第48章 危殆化

込んだ。地面に倒れたベアーは血を吐いた。メカは体勢を維持したまま、当たればベアーの頭蓋骨さえ粉々に砕くであろう一撃を繰り出す。メカは水圧のような力で殴りかかった。ベアーはその一撃を予測し、素早く横に転がることで間一髪のところでその一撃を避け、それからよじ登った。ロボットのジャブはあまりに強烈だったため、拳は大地の柔らかい土に突き刺さった。それを取ろうともがく間、ベアーは貴重なわずかな時間を利用して、音声コマンドでナイフを起動させた。「ナイフオン!」彼は叫んだ。ナイフの刃が青白い炎で光り始め、柄の部分から渦を巻いた。一度の正確な斬撃でメカノイドの腕を肘から切断し、間髪入れずに二度目のハッキングで頭部を胴体から外した。首を切断されたメカの死体は、彼の目の前で平らに倒れ、足元の地面を揺らした。

セレウスの管制室から、ロボット戦闘機が倒れたのを見て、李は安堵のため息をついた。まだ三機残っていた。人型メカを仕留めるのは難しく、一機でカイラーチームを全滅させることも容易だった。李は部屋の隅にいるノエを見た。ちょうどその時、スピーカーからコンクリートの上に硬いものが落ちる音が聞こえた。外に戻ると、残りの人型メカが倒れ、うつ伏せになり、ネットワーク接続が切断されていた。隅からノエが李に親指を立てた。彼はしっかりとうなずいた。よくやった。ノエの唇が満足げな笑みを浮かべた。ふぅ、やった。危なかった。倒れた殺人ロボットを見て、彼女は人間であることを喜んだが、同時にヤヌスの力を思い知らされた。彼は私たちにもあんなことができるのだろうか?私たちが気づかないうちに、遠隔操作で私たちを停止させることができるのだろうか?彼女は首の後ろに手をやった。その柔らかな皮膚は、彼女の頭蓋骨のどこかにある小さなチップと、人間の姿の弱さを思い出させた。途端に彼女の機嫌は悪くなった。そして彼女はモニターを見上げ、恐怖と混乱の新たな理由を見つけた。顎が下がり、誰かが胸を踏みつけたように呼吸が荒くなった。

李は彼女の表情が変わるのを見た。視界がモニターに戻ったとき、彼はその理由を理解した。彼の疑念は確信に変わり、心臓が止まりそうになった。スクリーンの中で、戦いの殺戮の中、家の玄関の前に、娘の腕を強く掴んだロダンが立っていた。

第49章 漁師の贈り物

父親が家の前で繰り広げられる人間対機械の残酷な戦いを見ているとき、金華の体は震えていた。耳をつんざくような爆発音、レーザー光線、銃声が周囲のスピーカーに響きわたり、その振動が彼女の耳の中で混ざり合い、緊張で体を震わせた。彼は私の名前を呼んだ。どうして?彼女はその老人が誰なのか知らなかったが、彼が自分を探している理由はひとつしかないと考えた。私の身に起きていることに関係がある。「波」に関係する何かだ。

三十分の間に、彼女は大の大人が、まるで旧世界の公立学校で誰かが「ファイヤー」や「ガン」と叫んだかのように、友好的でプロフェッショナルな振る舞いから、叫び声を上げて走り出す姿に逆戻りするのを目の当たりにした。彼らは互いに踏みつけ合いそうになりながらドアに辿り着き、押し合い、肘を突き合い、怒鳴り合いながら、壁のスクリーンと出口の間で頭を振り回していた。金華はその光景を理解するのに苦労した。文明的な大人は危機に際してどのように行動すべきかという彼女のイメージにそぐわなかったのだ。私にできることはないのか?彼女の目は不規則に部屋を見回した。彼女は、前夜の夕食に参加した他の全員が、それぞれ緊急時の役割を担っているのを見つけた。父親はスクリーンを熱心に見ていたが、同時に怯えた職員たちに冷静さと秩序を求めて叫んでいた。ノエは部屋の隅で、旧式のコンピューターらしきものを起動していた。目を細め、眉間にしわを寄せ、まるで爆弾を解体しているかのようだった。老軍人（彼女は名前を忘れた）とスーパーマリオブラザーズがスクリーンに映し出され、外の殺人ロボットと戦っていた。一人を除いて、全員が敵に対抗し、おそらく命を救うために働いていた。ローダンはどこだ？

その時、金華はめまいを感じた。数日前に公民館のトイレでしたように、息が詰まるのを感じた。彼女は気を失いそうになった。突然、オフィスでのパニックシーンが消え、背景は真っ白な紙になった。シーンが消えた後、音は徐々に小さくなり、一秒ごとに小さくなり、静寂の音に変わった。押し寄せる群衆も、スクリーンに映し出される戦闘も、隣に立つ父親も、すべてが彼女の視界からも聴覚神経からも消えていった。何が起こっているんだ？みんなに何が起こっているんだ？金華は、空間的な馴染みのなさを体が補おうとするため、胃がバタバタと動くのを感じた。吐き気が突然襲ってきた。反射的な反応で、彼女は目を閉じ、感覚を蝕む眩暈を食い止めようとした。十秒間、目を閉じたままにして、目を開けたときに見慣れた父親と彼のオフィスが見えることを願った。また別の波が襲ってくるのを防ぐため、筋肉を計画的に弛緩させながらそうした。

「四…三…二…一…」

目を開けると、彼女はもう書斎に立ってはいなかった。彼女は一人で、サッカー場が端にあるのどかな半円形の村へと続く道の近くに立っていた。私は…戻ってきた…夢の世界に。

すべてが今朝、彼女が以前訪れたときと同じように見えた。金華は時間をかけて世界の細部を分析した。草の匂い、頬に当たる風の感触を感じた。手を頭の上に上げ、髪の束を軽く引っ張って抜き取り、目に見え

第49章 漁師の贈り物

ない風に運ばれていくのを見た。彼女は川を覗き込んだ。水は鮮やかな青色で、暖かく、心地よく見えた。ユバ川を思い出し、故郷を思い浮かべた。

故郷！戦いのこと、仲間のこと。父さん！ここから出なければならない！しかし、どこへ行けばいいのか、どうすれば自分の知っている現実に戻れるのか、彼女には見当もつかなかった。選択肢は二つしかなかった。背後の道は背の高い草の中を蛇行しながら半円形の村へと戻っていった。そこに人の姿は見えなかったが、なぜか彼らの視線を感じ、彼女の一歩一歩を観察していた。もしかしたら、そこにいる誰か（あるいは何か）が彼女を助けてくれるかもしれない。

彼女がもうひとつ選んだのは、川に沿って少し下ったところにある木造の小屋だった。彼女はそこで、親切そうな老人を見かけた。もしかしたら、彼が助けてくれるかもしれない。金華は数秒間考えた。選択を誤れば、帰るのが遅れるかもしれない。もっと悪いことに、この奇妙な世界に長い間閉じ込められてしまうかもしれない。そう考えると、不安でアドレナリンが血管を駆け巡った。彼女は決断を下す必要があった。二つの未知の世界に挟まれ、選択の材料となるような情報もほとんどない中、彼女は自分の直感を信じて小屋を目指すことにした。少なくとも、誰かがそこにいることはわかっている。無駄にしている時間はあまりないだろうと思いながら、彼女は川を下って素朴そうな木造の小屋に向かった。玄関のドアに着くと、彼女は考えもせずに拳でノックした。

「どうぞ」年老いた声が細い木を通して彼女の耳に届いた。金華はドアを開け、小屋の中に入った。メディアやネットで見た大学の寮のような小さな空間だった。部屋の奥にある四角い窓から、半円形の村のカラフルな建物が見えた。窓の右側には、無垢の青いシーツがかけられた木製のベッドが一台、部屋の隅に置かれていた。窓の真下には、手彫りの椅子が置かれたシンプルな木の机があった。机の表面は、金華が名乗ることのできない言語で書かれた小さな蔵書を除いては、何もなかった。本の隣には質素な釣り竿が置かれ、その隣の埃っぽい床には大きな麦わら帽子が置かれていた。

「急いでるんだろう?」初老の男性の声に、彼女の視線は彼に戻った。彼は古ぼけたズボンをはき、シンプルなシャツを着ていた。大きな麦わら帽子をかぶっていなかったので、彼女は彼の顔と頭のざらざらした肌を見た。カエルのようだった。薄くなった白髪と栄養失調の体躯は、若い彼女の目には醜さの典型に映った。

「…そうです」彼女は、見知らぬ世界に来てから初めて声を出した。

「質問がたくさんあるだろう。でも今は、あることを理解しておく必要がある」彼は両手を後ろに回して話した。その姿勢は少し不自然で、わざと何かを隠しているようだった。金華はそれが何か重要なことだと感じた。

「何を理解すればよろしいのでしょうか?」

「ここ数週間、君が感じていることはすべて、君が自分の出自の真実を知る前の人間ではなくなったという明らかな兆候なんだ」

金華は黙ったまま、老人の言葉を待った。

「どうしてそんなことがわかるんですか?」

老人の唇が笑みを浮かべた。金華は戸惑いながら手を下げ、ゆっくりと、しかしはっきりとこう話し始めた。「僕は自分が…違う人間だと知っていました」

第49章 漁師の贈り物

金華はキャビンの床に目を落とし、足元の木がわずかにたわんでいるのに気づいた。彼女は、この漁師が、この奇妙な小屋で、行き当たりばったりの川のそばで、夢の国の中で、どうして自分の個人的な経験とこんなにも一致しているのだろうと不思議に思った。この男は誰なのだろう？

「ある日、その仕組みと自分が何者かを理解した後、私は決して引き返さなかった」彼の濁った目が彼女を見つめた。金華はまばたきをするたびに、さらに多くの質問を投げかけた。

「あなたは一体どなたなのでしょうか？」金華は、自分より年上の人に対して、意図していたよりも強い口調で尋ねた。会ったばかりだというのに、少なくとも礼儀をわきまえなければならない相手だ。

漁師はまた微笑んだ。「そうすれば、私のように後戻りできなくなる」

金華はすぐに答えた。

漁師が突然動き出したのを見て、彼女は言葉を止めた。彼は背中の後ろから手を離し、彼女の前に差し出したのだ。最初、手のひらには何もなかったが、どこからともなく、皮膚の上の空中に鮮やかな光がうねり始めた。金華は驚いて見ていた。豆粒ほどの大きさの光がテニスボールほどの大きさに膨らみ、大きくなるにつれて輝きを増していく。ポケットサンの周りには、デジタルコードの極小の線が何十本も回っているのが見えた。その線は軌道を描いて動き、小さな衛星が発光源の周囲にデジタルの軌跡を残すのに似ていた。線の数は急速に増え、回転はますます速くなり、やがてまばゆい光が機内全体を照らし、部屋の壁に影を落とした。金華の目から涙がこぼれた。それが閃光の強さによるものなのか、瞬間の美しさによるものなのかはわからない。

光が消えても、漁師は手のひらを差し出し続けた。光の演出の途中、小さな物体が現れた。金華には、それは普通の身分証明書のように見えた。唯一の違いは、それが老人の手の上で宙に浮いており、ほとんど見分けがつかないデジタルコードがその周りを一様な軌道を描いて疾走していることだった。金華は、それが何かのコンピューター言語であることは、前年に出席したコーディング委員会で知っていた。

「それは何なのですか？今しがた目撃したミニチュアのビッグバンに唖然としながら、彼女は尋ねた。

「鍵よ」

「何の鍵なのでしょう？」

「君の進化の鍵だ。あなたの中にある可能性にアクセスできるようになる」

金華の最初の直感は、そのカードを取ろうとした。しかし、その衝動が脳から手へと伝わる前に、彼女は自分を止めた。漁師の言葉が彼女の脳裏によみがえった。「それなら、私と同じように、決して引き返すことはできないだろう」。ここが引き返せない地点だった。この鍵は、あの朝、夢空間から引きずり出された彼女が必要としていた大切なものだった。そして一度でもそれを手にすれば、彼女は永遠に変わってしまうのだ。いったい何に？彼女にはわからなかった。

漁師はビデオゲームのノンプレイヤーキャラクター（NPC）のように忍耐強く手を差し出し続けた。彼の表情は謎めいたままで、彼女が申し出を受け入れるか拒否するかを待っていた。帰って別の道を探すか、それとも……魔法のカエル顔の漁師からの贈り物でチャンスをつかみ、ウサギの穴がどこまで続くか見てみるか。

第49章 漁師の贈り物

金華は目を大きく見開き、指を震わせながら、浮いている鍵に手を伸ばした。その鍵に触れた瞬間、彼女の感覚は膨大な量と詳細なデータに圧倒された。人間の輝き、残酷さ、悲劇、そして勝利の閃光が互いにぶつかり合い、そのひとつひとつが彼女の中に呼び起こす感情のうねりを処理する暇もないほどだった。画像は無限にスクロールしながら流れていき、永遠に終わらないのではないかという印象を彼女に与えた。少なくとも一分以上、絶え間なく情報が駆け巡っているように感じた後、彼女は疲れを感じ始めた。まるで八百メートル走を疾走しているかのようで、心血管系は限界を超えて負担を受けていた。情報の洪水が彼女の心だけでなく、肉体も満たし始めたとき、パニックが起こった。胃が締め付けられるような痛みに襲われ、皮膚が焼けるような痛みを感じた。痛みは激しく、屈強だった。彼女の心臓はもはや血液を送り出すだけではなくなった。情報は彼女の血流を濾過し、詰まったハイウェイのようにすべての動脈を満たした。行き場を失った情報は心臓の壁を突き破り、肺に侵入し、小さな胸腔で風船のように膨らんだ。金華は両手両膝をつき、息をのんだ。悲鳴を上げようと口を開いたが、空気がないため声帯が振動せず、苦痛に満ちた苦悶の表情を浮かべたままだった。その時、苦しみの奔流の中で、彼女は漁師の聞き慣れた声を聞いた。「もう少しだ…もう少しだ…」

視界が悪くなり、意識を失っていくのを感じた。全身がしびれ、筋肉が弱っていくのを感じた。私は死ぬのだろうか?そんな考えがぼんやりと頭をよぎった。そして突然、その感覚は終わりを告げた。金華は汗びっしょりになり、心臓の鼓動が激しくなり、キャビンの床を見つめた。彼女は激しく咳き込み、もう一度肺を膨らませようと必死に空気を吸った。息はできるが、体はまだショック状態にあった。立ち上がりたかったが、膝をついて我慢するしかなかった。

すると漁師が言った。「君はこの過程を生き延びた。終わったんだ」。彼は二歩前に出て、彼女を立たせた。彼の笑顔はぎこちなかったが、本物だった。

足はふらつき、頭はまだぼんやりしていた。金華は必死に立っていた。「あれは…正気じゃなかった…」彼女はまだ息を整えるのに必死だった。

「あなたは物質宇宙とデジタル宇宙のキスを一度に体験した。人類のすべての情報-物理的なものもデジタルなものも-が、今、あなたの命令で利用できるようになった」

「命令する?どういう意味なのでしょうか?」

老人は彼女の質問を聞いていないかのように話し続けた。「物理的な現実もデジタルな現実も、物や存在に動きを与え、機能させるための情報のコードに依存している。物理的な世界では、そのコードは原子の形で現れ、この世界のすべての生物のDNAを構成している。デジタル空間では、すべてのソフトウェア、人工知能、関連するサイバー・マシンもコードによって動いている。金華の遺伝子はすでにデジタル・ソフトウェアと同化しているため、両方のコードを自分の中に持つことができる」

「両方のコードが…私の中に?」

「そうだ」彼は、その言葉の重みが身にしみるように、間を置いた。「時が経てば、両方のコードを操れるようになる。デジタルのほうは簡単だが、バイオのほうはコントロールできるようになるまで時間がかかるだろう。君たちの年齢では、有機的なシステムはまだ完全に発達していないからね」

デジタルコードと物理コード?私の中に?金華は疑問が山積しているのを感じたが、それを尋ねるにはまだ弱すぎた。

第49章 漁師の贈り物

すると突然、キャビンが激しく揺れ始めた。金華は本能のままにドア枠に駆け寄り、落ちてくる破片が自分に当たらないようにした。キャビンの奥にある四角い窓の外には、半円形の村が白いエーテルの中に消えていくのが見えた。デジタルコードと様々な周波数の波長の痕跡を残して消えていった。彼女は何度も目を瞬きして残留情報を消そうとしたが、なかなか消えなかった。揺れは小さな揺れとして始まり、やがて地震となり、小さなキャビンをデジタルの断片、バイナリコードの組み合わせ、木の破片に分解した。彼女の視線は漁師に戻った。漁師は崩れゆく小屋の中に静かに立っていた。

金華は処理しようとする情報量の多さに、頭が爆発しそうになった。走る?漁師?コード?デジタル?フィジカル?データ?そのすべてが何を意味するのか?周囲が崩れ落ちるまでのわずかな時間に、一つの疑問が浮かんだ。「あなたは一体どなたなのですか!」彼女は叫んだ。

漁師は点滅するデジタル情報の線に変わり始め、今にも消えてしまいそうな勢いで明滅した。そして金華は、目の前で彼の顔がヤヌスに変身すると、怯えた悲鳴を上げた。「金華、もうわかっただろう。すぐに会おう、すぐに」

ヤヌスが姿を消すと、船室全体が彼女の周囲に崩れ落ち、彼女の意識は遠のき、世界は真っ青に染まった。

第50章　創設者との戦い - パート1

李は息も絶え絶えにデスクに立ち、なぜ親しい同僚が自分を裏切ったのか理解できなかった。今、彼は私の娘を連れている！

彼は大画面の表示を、玄関の真上に隠された補助カメラに変えた。そうすると、ロダンは決意の表情を浮かべて彼を直視した。ロダン、なぜだ？金華の腕をつかむロダンの姿とコントロールパネルからあえて離れ、李はドアに駆け寄った。ノブを引いたが、なぜか動かない。誰かがローカルネットワークに侵入し、遠隔操作でボルトをロックしたに違いない。「このロダンめ！」と彼は言った。彼はいつ彼女に近づいたのだろう？彼から目を離したのはほんの数秒のようだった。戦いのさなかでは数分でも数秒に感じられる。かつての戦術トレーニングの教官の一人の言葉が、遠い記憶の中から響いてきた。その通りだった。

李は書斎に一人でいた。ノエはスクリーンに映ったロダンに気づくと、すぐに外に出た。幸運なことに、ドアを封鎖する前に外に出られたようだ。

「仕方がない、李！」サイラスは、彼の喫煙者の声がスピーカーから耳障りに聞こえた。

第 50 章 創設者との戦い - パート 1

他の選択肢はなく、李はデスクとビデオに戻った。家の外の様子は、彼がドアを確認したわずかな間に激しさを増していた。サイラスはロダンと金華の横に立っていた。カイラー、ベアー、ノエ、チークスの四人は、金華が離れればすぐにでもサイラスと交戦しようと、武器を構えて彼と向かい合っていた。

「サイラス…彼女を放せ。娘はこの件とは関係ない」

「そうは思わない。彼女は我々の計画と人類の未来にとって非常に重要だ。ヤヌスと私は、娘をそう簡単には逃がさない」

サイラスはオーバーオールの中からダーツ銃を取り出し、金華に向けて発射した。驚いたことに、金華はその動きを予測していたようで、ロダンの巨体を盾にして背後に回り込んだ。ロダンの背後で少し姿勢を低くすると、ロダンが大きく息を吐くのが聞こえた。金華は素早く、正面ドアを挟む柱のひとつに飛び移り、銃撃から身を隠した。耳をつんざくような音に彼女は驚いた。ロダンの体がセメントの歩道にぶつかった音に違いなかった。

「クソ女め！いつも問題を起こすんだ！」サイラスは叫んだ。

サイラスが叫んだときには、すでに他の隊員たちは戦闘態勢に入っており、彼をズタズタに引き裂くための火力の壁で彼に迫っていた。サイラスはすぐに家の正面玄関の横にある反対側の柱の陰に隠れた。

銃声が響く中、ノエが叫んだ。「金華、スペイザーの守備位置まで走れ！私たちに任せて！」

少女はそれに従い、柱の陰からジグザグに駆け出し、その場しのぎの狐穴の中にいるスペイザーに無事たどり着いた。

サイラスは笑い声を上げた。「彼女は私が捕まえる!待ってろ。お前ら全員、ヤヌスの操り人形になるんだ!」柱の陰から、まるで目に見えない呪文を唱えるかのように両腕を頭上に上げ、目を閉じた。次の瞬間、ノエは引き金の指が、そして手全体がしびれるのを感じた。予期せぬ感覚に、武器を足元の土に落とした。え?だめだ!この感覚……また起こるはずがない……ヤヌスはここにいないんだ……そうでなければ……

仲間のほうを見ると、彼女の恐怖感は確信に変わった。カイラー、チークス、ベアーが一人ずつ武器を大地に明け渡し、老人の姿をした恐ろしい強敵に対して無防備になっていくのが見えた。

「何なんだ?手の感覚がない!」チークスは叫んだ。

手のしびれが、わずかな灼熱感へと変化した。そのせいで、彼女は武器を取り上げることも、戦いを続けることもできなかった。嬉しそうな笑い声と突然の咳払いが柱の陰から聞こえた。サイラスは楽しんでいた。新たな自信を得た彼は、隠れていた場所から大げさな一歩を踏み出し、柱の間の中間地点に立った。

彼らはまだ弱い。進化からもたらされる力と能力に対する準備ができていない。ヤヌスが私に与えてくれたものを今見せてやろう。

「人間の状態がいかにもろいかわかるだろう!指をちょっと動かすだけで、私は君たちの行動を完全にコントロールできる!進化の可能性を見せてやろう!」

サイラスは目を見開き、指を直接カイラーに向けた。兵士の緊張が溶けていくのを、ノエは恐る恐る見ていた。その代わりに、いつもは硬い彼の顔に、ゆったりとした至福感が漂った。彼はひび割れた唇に小さな笑みを浮かべ、他の者の方を向いた。両手を顔の方に伸ばし、異質な特徴を物理的に整えようとした。しかし、その努力は無駄だった。目に見えない妖怪が彼を憑依させ、かつては独立していた手足を自らの目的のために操っていたのだ。

カイラーの不気味な動きを見ていると、まるで北極のゼファーを吸い込んだかのように、凍った空気がノエの肺に入ってきた。このような瞬間は、彼女が最もコントロールできないと感じたときだった。宇宙を見つめる存在が、上空から穏やかな愉しげな表情を浮かべ、唇に皺を寄せて彼女を観察しているのではないかと思った。今日はノエをどうしたらいいのだろう?そう問いかける。起きている間の彼女の残りの人生に影響を与えるような、不規則な出来事に彼女をさらすべきか。それとも、ノエが自分の人生に対して持っていると思い込んでいる自由な行動と認知を許すべきなのだろうか?どうだろう?生きるか死ぬか?いずれにせよ、彼女の喜びと悲しみを、この天空から眺めるのが私の楽しみだ。死すべき人間の意識のはるか上だ。もしかしたら、万能の存在がコインをひっくり返して、今日がお前を弄ぶ日かどうかを決めたのかもしれない。この世の所有権は自分にはないことを思い知らされる。自分の体でさえもだ。自分で作り上げたイメージがどんなにタフであろうと、どんなに訓練や経験や増強があろうと、銀行にいくら金があろうと、自分は天空にいる偉大な宇宙の手の温和な娯楽源にすぎないことを思い出させるためだ。そして、君の命がバラバラになり、君がのたうち回り、暴れまわり、罵り合う劇場の爽快感が終わった後、宇宙はただあくびをし、別の哀れな魂を探し出し、またコインをはじいて別のショーを始めるのだ。

カイラーの手が動くと、ノエは病的な恐怖で口をあんぐりと開けた。一瞬、彼の目に絶望の光が見えたような気がした。そして彼は足首から非常用のグロックに手を伸ばした。グロックをこめかみに当て、引き金を引いた。その一発の銃声は、戦いが始まって以来二人が放った数百発の銃弾よりも大きくノエの脳裏に響いた。

チークスは傷ついた動物のような雄叫びをあげた。「やめろ！やめろ！ちくしょう、ボス！起きろ！」

ベアーは感情で体を重くし、激しく苦痛に顔を強張らせ、罵りながら唇から狂暴な唾を飛ばした。

金華の目には涙が溢れ、老兵の無残な姿を見ていた。

スパザーは防御の位置から目に涙を浮かべながら叫んだが、それは自分の心から自分を守ることはできないと悟ったからだ。

ノエの胸は締め付けられるようだった。息が苦しかった。叫びたかったが、喉から空気が出てこなかった。

サイラスは目の前の地面に倒れて動かないカイラーの死体を指差し、勝利の一歩を踏み出した。「見たか？彼でさえ、自分を救えるほど強くはなかった。外見上の強さの割には、お前らと同じように弱い存在だったんだ」

「このクソ怪物め！ボスは…一体何をしたんだ！」スパザーは声を荒げて叫んだ。

サイラスは笑った。「彼の中に潜む悪魔と向き合わせたんだ。長年、数え切れないほどの人々の命を絶ってきた罪悪感から解放する機会を与えたんだ。信じてほしい、彼は罪のない、そして何よりも幸せな気持ちで死んだんだ。彼に自分自身を本当に理解させ、彼を苦しめなかったことで、私は彼を助けたと言えるかもしれない。何十年もの間、苦しみと良心の呵責に苛まれながら死んでいく者もいる」

第50章 創設者との戦い - パート1

その時、ピストルがまた一発鳴り、一同に衝撃が走った。サイラスは甲高い声を上げてよろめき、すぐさま柱の陰に隠れた。馬李がドアから出てきて、銃を構え、服装も顔も泥まみれだった。非常口があって助かった。彼はずっと前に、万が一家が包囲されたときのために、書斎から緊急脱出するルートを設置しておいたのだ。二人分のスペースがあり、家の裏庭につながっていた。彼はそれを使うことになるとは思ってもみなかったし、家を脱出するためだけでなく、娘を救うためにも使うことになるとは思ってもみなかった。

柱の陰から、サイラスが咳き込み、笑う声が聞こえた。息を荒くし、狂気の表情を浮かべながら、「痛い!李は痛い!」と言った。「ヤヌスはセレウス社会の有力者に危害を加えるなと言った」

「彼は君を利用している」と李は声を荒げた。「彼が君に約束したことはすべて嘘だ」。彼は武器をサイラスの方に向けたまま、柱に向かってゆっくりと歩みを進めた。

サイラスは大声で笑った。「私が欲しいものを手に入れたのなら、どうだっていいじゃないか。もう手に入れた!この新しい力、新しい身体。競争社会で生き残るために、かつての人間の姿の欠点を超越する自由が、私には必要なのだ。さあ、マー君、君もこの世界を永久に去る前に、自分が犯したすべての過ちを清める機会を得るのだ!」

他の者たちは動こうとしたが、サイラスに押さえつけられていた。サイラスは柱を丸め、指を立て、李に向けた。銃を発射しようとした瞬間、彼は銃を柱の間のコンクリートに落とした。彼の顔から真剣な決意の表情が消えた。その代わりに、カイラーが自殺を余儀なくされる前と同じ陶酔した表情があった。李は揺れ動きながら、コンクリートの上に跪き、自制心と精神力の限りを尽くしてサイラスの力に抵抗し、戦い続けた。ベアー、チークス、スペイザーは無力感と怒りで顔をゆがめながら見ていた。彼らはサイラスの居場所を知っていたが、誰も彼を助けることはできなかった。

第 51 章 創設者との戦い - パート 2

李は円形の地下牢の部屋に入った。出入り口はなく、ただ一つの台座があり、その上にはギザギザの視界の泡が浮かんでいた。ぼんやりとした泡の中には、大人になった金華が、名前も知らない場所で幸せに暮らしていた。彼の理性的な脳は、これは操作だ、幻影だ、触れるなと言った。しかし、何かが彼の考える脳をブロックし、最も基本的な欲望に従う生身の能力だけを残した。

自分自身と子孫の生存が進化の必須条件であり、それは他のすべての必需品や願望に優先するものだった。娘の安全を確保し、将来の面倒を見るために、彼はそれに触れなければならなかった。彼の思考の片隅で、かすかなロウソク大の光が明滅していた。まばらな明かりの中で、彼の知的な脳はメモを記録した。「幻影は心の奥底にある欲望であなたを誘惑するだけでなく、私たちの中にある動物に訴えかけているのだ」。そして、何の前触れもなくろうそくが消え、李の動物的衝動が彼の体を完全に支配した。遠慮することなく、彼は浮遊する泡に触れようと手を伸ばした。

気がつくと、彼は金華と一緒に屋敷のダイニングルームに座っていた。彼女の顔は大人びていて、あらゆる物事に真実を求める決意のこもった目をしていた。まるで母親のシャラのようだと彼は思った。

二人の会話は短かったが、普段は感情的でない李が涙を流すほど率直な言葉と感情が詰まっていた。娘は自分の出自を隠していたことを許してくれた。そして、自分のために犠牲を払ってくれたことへの感謝の気持ちを伝えた。彼女は自分の天職を、科学ではなく歴史研究に見出したのだ。彼女は、自分や他の人々の物語を調査し、記録することによって、データを分析する以上のことをしていることに気づいた。彼女は意識的に進化した人間の第一世代の歴史を記録しているのだ。金華は彼の手を握り、セレウスと始めた仕事を引き継ぎ、個人の富の蓄積や社会的孤立、惑星の破壊よりも、人と地球を大切にする社会のために戦い続けることを告げた。

「私の自慢の娘よ」

金華は笑った。「あなたがそんなことを言うのはめったにないことだから、きっと本当なんだと思う」。二人は固く抱き合った。その瞬間から、娘が無事で、世界の幸福に貢献し、自分の遺産が確保されたことで、馬李は完全なものになり、人生の終わりを迎える準備ができたと感じた。いつ来てもおかしくないと彼は思った。ここで私に残されたことは何もない。

***

李がひざまずき、ほんの少し前に落とした銃に手を伸ばすのを、全員がなすすべもなく見ていた。サイラスはにやりと笑い、銃身が李の左のこめかみに浮き上がった。

第51章 創設者との戦い - パート2

驚いたことに、光の噴射がサイラスの胸を直撃し、彼は後ろに倒れた。チークス、ノエ、ベアーの目がビームの発生源を探った。レーザー光線だったのだろうか?通行人が助けに来てくれたのだろうか?その真相を知ったとき、彼らはその朝見聞きした他の出来事同様、言葉を失った。

彼らの視線は、即席の狐穴に注がれた。その隣で金華が手を広げ、金色に輝く黄色い光を放った。コード化された光の二本目がサイラスの胸に当たると、彼は指さした指をすぐに落とし、胸を押さえて苦しんだ。

「どうしてそんなことができるんだ?小さな女の子にそんな力があるなんて!」

金華は怯むことなく、安全な狐穴から一歩踏み出し、サイラスに向かって進んだ。こんな卑劣で劣った存在に父親を奪われると思うと、彼女の視界は涙でぼやけた。彼女は手を上げたまま、新しい能力を直感的に敵に放った。

金華は夢の世界から目覚め、肉体のコントロールを取り戻したが、他の科学者や関係者がセキュリティシェルターに逃げ込む中、自分はロダンに家の階段を無理やり引きずり降ろされていることに気づいた。最初は安全な場所に連れて行かれるのだと思い、喜んで彼に従った。しかし、サイラスが家の前で二人と合流するまで、彼女はロダンが変身した、あるいは変身することに決めたのだと気づかなかった。彼女はそれがどちらなのかわからなかったが、その時点ではそんなことはどうでもよかった。彼は今や彼女の敵なのだ。

彼女の視力はデジタル情報を見る能力を持っていた。安全な屋敷から出てきたときから、彼女は圧倒的な量のコードと波長が空中を流れているのを見た。事実上無限の数字、文字、記号の文字列が、かつて彼女の前庭だった戦場に立っていた人々も含め、あらゆるものを包み込み、湾曲させている光景だった。チップを埋め込まれているため、すべての人が少なくとも小さなデジタル署名を持っていたが、サイラスは別格だった。それに気づいたとき、彼女は小さな悲鳴を上げて、危うく自分の正体を明かすところだった。サイラスの中にはコードの黒い線が無数にあり、まるでクラッシュした後のコンピューターの画面のようだった。コードの構成が何を意味しているのか理解できなかったが、ひとつだけわかっていたことがある。彼はもはや人間ではなかった。彼の人間性は、誰かの手によって書かれたデジタルの合図に置き換えられていた。おそらく、旧世界の企業や会社にとっては、私たちは皆、あるレベルではこのように見えていたのだろう。一瞬の洞察力に、彼女は身震いした。

コードの機能がよくわからないまま、彼女はどんなコンピューターでも動かなくなるとわかっていることをすることにした。すべて削除する。その言葉は彼女の心の中で呪文となり、どういうわけか彼女の体が残りのことをした。

サイラスは何が起きているのか理解すると、すぐに反応した。「そう簡単に負けるものか！」老人はまるで撃たれていないかのように動いた。彼は空中に飛び上がり、飛行中に地上の金華に拳を向けた。ノエたちは、彼の拳がレーザー砲に変形するのを信じられない思いで見ていた。サイラスはニヤリと笑い、悪魔のような口調で「地獄ビームだ！」と言った。金華は、手を振り上げたまま歩みを進めている途中で、彼の残りのコードが突然変化したことに気づいた。

しかし遅すぎた。

貫通したビームは大地を揺るがすような衝撃を与え、岩や土埃を撒き散らした。ノエたちは粉塵を吸い込まないように目を閉じた。目を開けたとき、彼女の頭の中にあったのは、金華はどこだ?彼女は大丈夫なの

第51章 創設者との戦い - パート2

か?まだ行動することも動くこともできず、彼女の目は十代の救世主を探しながら、行ったり来たりしていた。

サイラスは静かに地面に着地し、まるで決闘に勝ったかのようにレーザーアームに息を吹きかけた。彼は勝ち誇ったような笑いを漏らし、恥ずかしがる十代の少女がするような動きを真似て、手を口元に持っていった。「ああ、かわいそうに!ごめんなさい、傷つけちゃった?」

砂埃が晴れたとき、ノエは金華を見た。レーザーの直撃は免れたが、彼女が立っていた場所のすぐ近くに直撃し、かつて彼女が立っていた場所にはギザギザの円形の凹みが残っていた。クレーターの隣で、少女は地面に横たわり、腕を伸ばし、長い髪を茶色の土がこびりついた使い古しのモップのように地面に広げ、動かなかった。ノエは彼女の呼吸を見ることができなかった。違う!「金華!起きてください!」

「今ヤヌスのところに連れて行く。彼女を殺さなければいいが……」とサイラスは言った。サイラスは勝利を確信し、金華の方へさりげなく歩みを進めた。「君たちの視線や嫉妬は、武器にはならない。私を撃って攻撃した君たちを罰するべきだ」その時、悪魔のような輝きが彼の目に浮かんだ。「お前たち全員を生かしておく必要はない」彼はレーザーアームを振り上げ、直接ノエに向けた。「彼は君たちの誰かが死んでも気にしないだろう」

「くそ!また撃たれる!」チークスが叫んだ。

ノエはレーザーの爆発を予期して全身を緊張させた。動けない!なんてことだ!これで終わりなの?彼女はサイラスのしわくちゃで醜い顔を見つめ、それが死ぬ前に見る最後の顔になることを残念に思った。彼女にできることは、ただ終わりを待つことだけだった。彼女は青い光のようなものが点滅するのを見てから目を閉じ、諦めたようなため息をついた。もう戦うことはできないのだ。

「見て！」誰かが叫んだ。その声は背後の狐穴の中にいたスペイザーから聞こえた。ノエはおずおずと目を開けた。生きながら、迫り来る死への氷のような恐怖がまだ血管を貫いていた。彼女は破壊された鉄のゲートが土の中に横たわっている方を見て、自分が見ているものを確認するために目を細めた。まさか…もう一人？

金華の目の前、倒された門の横に立っていたのは、十八歳には見えないハンサムな少年だった。金華が数分前にしたように、腕を向けると、茶色の髪の束が突然の風に揺れた。手があるはずの場所には、大きなレーザー銃があった。ジーンズに赤いTシャツ、少し筋肉質な胸が見える。腕も銃なのか？どうかしている！ノエは自分が見ているものが信じられなかった。

その少年は冷静かつ決然とした声で、「放っておけ、サイラス」と言った。

サイラスは新たな挑戦者に向き直った。サイラスは鼻で笑い、その若者を観察した。彼はまったく怯えていなかった。「そこの少年！俺と同じような能力を持っていることは知らないが、そんなことはどうでもいい。邪魔だ！」

「いや、それはできない」と若者は言った。

「クソガキめ。言うことを聞かない。決して学ばない」サイラスは腕の大砲を振り上げ、発射の準備をした。

第51章 創設者との戦い - パート2

次の瞬間、ダニエルは自分の位置からサイラスの三メートル後方まで、目に見えない軌道を描いた。そしてジャンプし、放物線を描く軌道をたどりながら、中央のサイラスに向かって腕のレーザーを高速で発射した。青い光が降り注ぎ、半円の中心点に集中した。着地して振り向くと、サイラスの口から不満げな声が漏れた。その猛烈なスピードにもかかわらず、サイラスは無傷だった。三次元の円錐のような形をした赤いレーザーバリアの向こうで、彼はにっこりと微笑んだ。バリアはダニエルの攻撃をすべて吸収した。

「大砲で戦うために銃を買ったようだな！」サイラスは腕を振り上げた。

「いや、お前の負けだ」サイラスの背後から声がした。ボロボロになった金華が、まだ戦える腕を上げて立っていた。彼女は迷うことなく、デジタルコードに包まれたカドミウムイエローの光をサイラスに放ち、彼のバリアを無効化した。「ダニエル！今だ！」彼女はそう叫んだが、ダニエルはすでに彼女が何をしたいのかわかっていた。バリアがなくなると同時に、ダニエルはサイラスのレーザー砲の腕と脚に向けて、集中的に青い光線を発射した。二つの光源からの光が緑の色合いで踊り、サイラスは痛みで叫びながら地面に倒れた。サイラスの右腕は目の前で土に埋もれ、脚は横に倒れ、片腕になったサイラスは仰向けになった。彼の悪意のあるコードは削除され、主な物理的武器は無効化されていた。この状態では、もはや誰にとっても脅威ではなかった。

デジタル技術も肉体的な強化もない彼は、苦痛の叫びの合間に咳き込み、ハックした。彼は血を吐き、支離滅裂なことをしゃべった。「どうやったのかわからない。ジェイナスがやったんだ！彼がそうさせたんだ！彼は無限の富と権力と安全を約束した！私は人々を助けることができると言った。僕は操られていたんだ……わからないか？」チークス、ベアー、ノエの影が彼に落ちた。彼らの顔からは、彼のような年齢で経験を積んだ人間に対して、普通なら同情や哀れみを向けるはずのものが消えていた。彼の嘆願と嗚咽は、血まみれの復讐に飢えた無表情な視線にさらされた。

「私は、あなた方が今住んでいるこのユートピアを作る手助けをした。私はセレウス創設者の一人として、ここにふさわしい場所を持つべきだ！みんなに感謝されるべきだ！私は人々を助けた！僕は……」

一発の銃声が、彼の叫びを黙らせた。チークスはゆっくりと銃を下ろした。そして、まるでサイラスの亡骸が路上の野良犬の死骸であるかのように、背を向けた。彼の関心は死んだ司令官の遺体に移った。ベアとスペイザーは儀式のような沈黙の中、彼の後を追った。

ノエはすぐにロダンを探して辺りをスキャンし始めた。彼女の目は、何年も前のように思えるが、彼がダーツに打たれた場所にあった。しかし彼はもうそこにはいなかった。彼は風の中にいて、どこに逃げたのか見当もつかなかった。

***

金華は父親の様子を見た。彼は家のドアの前に横たわっていた。数週間前、彼女に少し話した非常口を使うときに手を切ったようだが、それ以外は無傷だった。彼の胸は一定のリズムで上下していた。どこにいようと、彼は安らかな表情をしていた。お父さん、ゆっくり休んで。よく頑張った。

ダニエルは金華の横に歩み寄った。「彼はどうだ？」

第51章 創設者との戦い - パート2

金華は膝をついて立っていた。「彼は大丈夫そうだ」彼女はダニエルを見た。彼の腕の銃はどこにも見当たらなかった。彼が戦闘モードでないとき、銃はどこに隠してあったかに戻っていた。「そんなことができるなんて知らなかったわ」

ダニエルは、彼女の腕に向かう彼女の動きを真似た。

二人は笑った。

「どうして私が困っていることがわかったの?」金華は尋ねた。

「委員会室にいたとき、それを感じたんだ。そうしたら、文字通りここに走ってきたんだ」

金華は顔を赤らめながら言った。「本当に助かったよ」

ダニエルは肩をすくめ、ヘーゼルの目を輝かせた。「そうするようにできているんだ。君と僕はひとつなんだ」彼は立ち止まった。金華は柔らかな感情を表情筋に色づけ、浮き上がらせる時間を得た。

ダニエルは続けた。「君の経験したことはすべて僕にもわかる」

「すべて?」金華は少し自意識過剰になった。

「すべてだ。夢の世界も、村も、死にかけたカードでの変身も、ヤヌスと判明した漁師も」

金華は首を横に振った。

ダニエルははっきりとうなずいた。「そうだよ、君のバイタルサインは極度の肉体的苦痛に陥っていた。あと数秒あれば、脳、肺、心臓に後遺症が残るところだった」

彼女は胸に手を当て、穏やかに鼓動する心臓が常に働いているのを感じた。しばらくの間、彼女はその慣れ親しんだリズムが感じられなくなるのはどんなことだろう、死んでしまうのはどんなことだろうと考えた。そしてサイラスの死体に目をやった。手足が壊れたアクションフィギュアのように胴体の周りに散らばっていた。まるで見えない手が、折れるまで彼を弄んだ後、新しいおもちゃに乗り換えるために彼を捨てたかのようだった。

「私たちはこれ以上死なせてはいけない」金華が言った。

「そうだね」とダニエルが答えた。

「私たちはロダンを見つけなければならない」彼女の目はサイラスに注がれていたが、サイラスに焦点を合わせることはなかった。何も見ていない。

「その通りだ。彼はヤヌスを見つける鍵なんだ」

金華は遊び半分にダニエルの腕を叩いた。

ダニエルはうずくまった。「痛いよ!君が鍵に触れてから、僕の頭の中にいる能力が強くなったようだ」

「慣れるには時間がかかるかもしれないね」金華は言った。

第七部

第52章　遅れて到着

バルトはヘリコプターに乗るのが嫌いだった。ごくまれにしか乗らないし、うるさくて息苦しい機内に座っていると、なぜ他の無数の選択肢の中からこの移動手段を選んだのかと自問自答してしまう。一番速いからだ。彼は五度目にそう自分に言い聞かせた。ノイズキャンセリング・ヘッドフォンは耳をつんざき（ブレードからの耳をつんざくような轟音はまだ聞こえていた）、岩のように硬いシートではお尻が痙攣していた。さらに悪いことに、ベーグルと湯気の立つコーヒーというまばらな朝食が胃の中で不快な音を立てていた。

飛行機は嫌いだ。十時半にはユバシティに着くはずだったのに、もう正午になろうとしている。これは洒落た遅刻ではなく、ただの怠慢だ。しかし仕方がない。彼はコンヴィルの状態に関するロダンからの通信を急いでスキャンしていたが、予想以上に時間がかかってしまった。罪の意識は、彼がずっと抱えてきたものだった。今、その重圧が彼を完全に、そして徹底的に押しつぶそうとしている。私は本当に人々のために物事を良くしたかった。今でもそう思っている。いくつかのコンヴィルは崩壊の危機に瀕しているようだった。そしてヤヌスの新しいテクノロジーにも対処しなければならなかった。彼はキャビンを出るのが遅くな

第52章 遅れて到着

り、まるで何も成し遂げられなかったかのように感じた。命令したときには、ここまで悪化するとは思っていなかった。そんなはずはない。

彼は胃を落ち着かせるために深呼吸をし、ネガティブな考えをヘリコプターの外の気流に飛ばした。他のことに集中するんだ。外は今朝も暑い夏の朝で、空には雲が散らばっていた。雲は、谷の夏の特徴である致命的な太陽熱から地面を遮ることはなかった。そう思うと、バルトは地上を移動する代わりに飛行機に乗っていることに少し感謝した。

「お客様、マー氏の邸宅の上空に到着しました」A.I.パイロットの声は、機体のブレードの鼓動とは裏腹に、古いラジオ放送のように彼の耳に届いた。「下はよくなさそうだ」

バルトは苦労して座席を移動し、下界がよく見える場所を探した。これはまずい。殺戮の光景に彼の心臓は高鳴った。一体ここで何が起こったんだ?パイロットの急降下と悲惨な光景が重なり、彼はベーグルとコーヒーを吐きそうになった。

人間も機械も、バラバラになった死体の残骸が散乱していた。何百万ドルもする豪華な邸宅のファサードには、爆発した弾薬、通常兵器、レーザーの痕跡が、まるでハイウェイの側面の落書きのように散らばっていた。戦争メカノイドが歩き、手榴弾が吹き飛んだ柔らかい大地の窪みは、月の表面を思い出させた。バルトは身震いした。戦場を空から調査した結果、彼には一つの事実が明らかになった。以前思っていたより、時間がない。

***

バルトはヘリコプターを降りながら頭を下げ、空になったコックピットに向かって腕を振った。そのジェスチャーを確認すると、AIパイロットはあらかじめデバイスで指定した位置まで離陸した。このプログラムは、戻ってくるよう指示があるまで、家の裏で彼を待つ。時々、本当にテクノロジーが好きになる。

ヘリコプターのローター音が空に遠ざかっていく中、バルトは地面に倒れている死体の一人に気づき、体が緊張した。サイラスだった。長年の協力者であり、創設者の仲間だった。

ヘリコプターが空気を巻き起こすこともなく、バルトの鼻孔を生々しい死の臭いが襲った。七十代の老人の体液が露出した刺激的な苦味は、彼の死体の周りを無関心にブンブン飛び回るハエにとって強力な誘い水となった。膝から上を切断された二本の脚は、血まみれで火傷を負い、太陽の下で忘れ去られたように横たわっていた。片方の腕は、まるで闇市場の外科医が手術で切り取ったような、焼けた肉の臭いが残っていた。サイラスの顔は、予期せぬ大事件の直前に悔い改めた罪人のような表情をしていた。口は開き、濁った目はまだ赤く膨らんでいた。恐怖、凍りついたような永遠の表情が、生きている彼のデスマスクの最後の表情だった。

バルトは頭を振り、憐れみで不機嫌な顔をした。サイラス、なぜこんなことをしなければならなかったんだ?人を傷つけて殺すのか?なぜだ?当初、バルトとサイラスは心を通わせるのに苦労した。二人は性格も生い立ちも違いすぎた。バルトは、十歳かそこらの年齢差が、サイラスを経験不足で世間知らずの人間、自分の時間や注意を払う価値のない人間だと見なしているのではないかと疑っていた。バルトもまた、彼を好ましく思っていなかった。二十世紀初頭の価値観にとらわれた閉鎖的な遺物であり、友達になる価値はない

第52章 遅れて到着

と考えていた。にもかかわらず、両者とも相手の能力と仕事ぶりを尊敬していた。バルトは、サイラスの無分別な態度のおかげで、自分の立場を守ることを学んだ。一方、バルトの経済的才能のおかげで、サイラスは金持ちになり、さらに金持ちになる方法を学んだ。セレウスが繁栄するにつれ、サイラスの若きバルトに対する尊敬の念も比例して高まっていった。普段は個人的な問題について話し合うことはなかったが、バルトは彼らの仕事上の関係が効率的になったことに満足していた。彼らの擬似的な友情は、他の創業者たちの間の混乱しがちで、しばしば問題となる付き合いに対する健全なカウンターウェイトとして機能した。

彼は十年前、サイラスが他の創設者たちから遠ざかっていることに気づいていた。バルトはその十年間、毎年少なくとも年に四回は彼と話をしていた。そのうちの一回は毎年恒例の創立者会議の時で、サイラスは主に酒を飲んでスキーに行くために現れた（バルトはそれを認識しており、それをよしとしていた）。残りの三回は電話で、サイラスのセレウスへの投資に関する予算問題を話し合った。ビジネスの話が終わると、サイラスはビデオゲームとワイナリーのリタイアメント・コミュニティ事業であるSJ-アーケードの話をした。その話をするときはいつも、早口で、いつもの辛辣な口調はどこにもなかった。彼はビジネス上の質問をし、バルトは彼にアドバイスをした。ある会話の中で、彼はバルトが引退することになったら、オーバーンにある彼の所有地に住まないかと不意に誘った。「ここが気に入ると思うよ。本当に平和だ。君が望むなら、利益の一部を君に分けることもできる」とサイラスは言った。バルトはそれを考えたが、結局その提案に乗ることはなかった。その申し出だけで、バルトは微笑んだ。その申し出はバルトを微笑ましくさせ、彼がしばしば不機嫌で偏見に満ちた旧世界の考え方をするにもかかわらず、目の前に横たわっていた死者が友人であったことを思い出させた。ヤヌスの仕業だ。くそっ。

強烈な臭いに耐え切れず、バルトは呼び鈴を鳴らそうとした。待っている間、彼は風をはらんだデザイナーズスーツをなめらかに整えた。ミッドナイトブルーのスーツにシルバーのネクタイを締め、白いドレスシャツを羽織っていた。ヘリコプターのせいで台無しだ。ドアがゆっくりと開いた。

うわぁ。魅力的な若い女性が応対してきたので、彼は少し驚いた。彼女は深緑色の野戦服を着て、黒いブーツを履いていた。髪はゆるくポニーテールに結ばれ、頭の後ろで宙に浮いていた。バルトの鼻は、彼女の服から汗と血の臭いに襲われた。憂いを帯びた表情と疲れ切った目は、彼女が地獄を往復してきたことを物語っていた。

「クニですか?」彼女は声にほとんど抑揚をつけずに尋ねた。

「そうだよ」バルトは咳払いをした。「馬李はいるか?」

「ええ。二階の書斎にいます。あなたを待っています」

バルトの脳裏に百万もの疑問が浮かんだ。そのうちの半分はすでに答えを知っていた。目の前の疲れ果てた女性にそのどれかを尋ねるかどうかを決めるのに、意思決定ツリーは必要なかった。彼女は十分な経験を積んでいる。

バルトは階段を上り、彼女が彼の後を追い始めたので驚いた。彼は彼女の行動に抗議しなかった。バルトはその女性の後を追って、セレウスの紋章が入った頑丈なオーク材のドアに向かった。答えを見つけ、事実を明らかにする時だ。

第53章 本当に創設者なのか？

バルトは李の書斎から司令室に入り、オフィスの「クールさ」に感嘆した。奥の壁のスクリーン、巨大なホログラフィック地図、後光が差す照明の下に置かれた昔ながらのリクライニングチェア、そして中央に置かれた光る机、まるでアルフレッド抜きのブルース・ウェインのコウモリの洞窟のようだった。印象的だった。

だらしない李がデスクに座り、リアルタイムの情報データに目を通していた。彼のドレスシャツは汗で湿っており、おしゃれというにはボタンを少し外しすぎていた。バルトはその隣で、彼の幼くない娘、金華がデスクに立ち、書類をスキャンしているのに気づいた。彼女は父親よりもずっと速いペースで動き、熱心に仕事をしながらデバイスにメモを取っていた。彼女の横では若い男が、目の前に浮かぶホログラムの小型地図からデータを分析していた。彼はバルトの幼少期に見た映画『ハイスクール・ミュージカル』のザック・エフロンを思い出させた。遅刻を痛感し、バルトは飲み込んだ。私の言うことが、彼らの助けになるかもしれない。何の前触れもなく、彼は自分の存在を知らせるために不愉快そうに喉を鳴らした。その音は広い空間に響き渡り、父と娘、そしてザック・エフロンがまるで別々の肉体を持つ三頭身の存在のように同時に顔を上げた。

「バルト、ようこそ」李は無表情のまま言った。

「会えて嬉しいよ、李君。少し機嫌を直してやろう」バルトは緊張した面持ちで笑った。「台風が吹き荒れて、スーツがぐちゃぐちゃになったみたいだね。昔の沖縄に比べたら大したことないだろ、そうだろ?」彼のユーモアには二つの長いウィンクが添えられていた。

李はストイックな視線を返した。「そうだね」

「こんにちは、クニさん」金華は父親と同じ顔をして言った。

バルトはダニエルを見つめながら眉をひそめた。「それで、ここには誰がいるんだ?」

李は答えた。「彼は…」その瞬間、父も娘も戸惑いの表情を浮かべた。

「まさか!」バルトは手を一回叩いて叫んだ。「もう付き合っているなんて信じられない!まあ、金華ちゃんも若い女性になったんだから、納得がいく。お会いできて光栄です」バルトはダニエルと握手した。わあ、この子は握力があるな。

李と金華は顔を見合わせ、まばたきを繰り返した。数秒間、彼らは何も話さなかった。奇妙な時間が過ぎると、ふたりはバルトを問いかけるような表情で見つめた。なぜここにいるのか、もう一度教えてくれないか?創設者は、この五分間で何か重要なことを見逃してしまったような気がしてならなかった。

超気まずい。何か言って事態を収拾させよう。

「ああ、遅刻したことを謝るよ。君の家の前の芝生で起こったことを見逃すぎりぎりの時間に間に合ったようだ」彼は緊張して笑った。三人とも苦い顔をした。

第53章 本当に創設者なのか？

決断の木は彼の目の前に不意に展開し、進むべき選択肢を示した。バルトはどうするべきか？攻撃について聞くか？サイラスのことを聞くか？もっと世間話をするか？

彼は世間話を選んだ。ここの氷は固まっている。もっと氷を砕いた方がいい。「セレウスとリムニックの対立は地獄のようだ。一方が強くなればなるほど、もう一方は頑なになる」バルトは舌打ちをした。父と娘のマは同意してうなずき、まだ自分たちの仕事に夢中だった。ダニエルは彼を無視した。

よし、仕事の時間だ。「サイラスは何が欲しかったんだ？」バルトが訊いた。

李は重いため息を吐き、机の画面から顔を上げずに顎をしゃくった。「金華が欲しかったんだ」

バルトは眉をひそめた。「…なるほど」

「驚いているようには見えないな」李は初めて興味を示した。彼は創設者の顔を見ようと目を上げた。

バルトは首を振って視線をそらし、羊のように言った。「ヤヌスがいつかは彼女を探し出そうとすることは以前から知っていた。でも、こんなに早くとは思わなかった」

金華は父親の目に苛立ちを見た。この無知な男の顔を殴りたいようだった。この社交的でない老人は、ミーティングに遅刻し、戦いのすべてを見逃した。彼女は感心しなかった。

バルトは机を回り込むと、慎重な足取りで彼女に近づき、彼女の顔の数センチ先で立ち止まった。彼の目は彼女の頭からつま先まで、しばらくの間じっくりと観察していた。金華は強い視線で彼の視線を返した。

「ヤヌスと接触したことがあるんだろう？」

彼女は控えめにうなずいた。

「何があったのか、詳しく教えてくれ」

バルトが到着するわずか十五分前にしたのと同じ説明を、彼女は父親に向かって繰り返した。彼はうなずき、金華は話し始めた。

彼女はバルトにすべてを話した。体の変化を知らせる不思議な感覚、半円形の村の夢、ヤヌスの変装と判明した漁師、鍵に触れたこと、力の発現、初めて力を使うきっかけとなったサイラスとの戦い、そして彼の究極の破滅。

まるで昔のマーベル映画のようだ、とバルトは思った。その信じられないような話に、バルトは様々な表情を浮かべた。驚き、ショック、嫌悪感、驚きの表情が彼のふくよかな顔に浮かんだ。十分後、彼はまるで精力的な顔ヨガを終えたような気分になり、マー家の感情表現の乏しさを補った。

彼女の話が終わると、バルトは両手で顔を軽くマッサージした。「なるほど。なかなか面白い話だね。ヤヌスはサイラスに汚れ仕事をさせたんだね。本当に悲しいことだ」もっと言いたいことがあるのか、彼の声は途切れた。

「誰にとって悲しいことなんだ?」李は尋ねた。

「二人にとってだ。ヤヌスにとっては悲しいことだ。間接的とはいえ、もう一人のファウンダーを殺してしまったのだから」バルトはネクタイを緩めた。次はヤヌスが自分を殺しに来るかもしれないと思うと、体が熱くなり、喉が渇いた。気持ちが落ち着いてから、彼は続けた。「サイラスはヤヌスにやられる前に、すべてを終えていた」

「なぜ彼と一緒に仕事をしたんだ?」金華は鋭く質問した。その率直な質問にバルトは驚き、額に一筋の汗を浮かべた。

第53章 本当に創設者なのか？

「昔、セレウスを立ち上げるのは安くはなかったんだ。資金が必要だったし、サイラスは世代を超えた財産を山ほど持っていたから、我々の大義にコミットしてくれたんだ」彼はため息をついた。「サイラスは…複雑な男だった。人種差別主義者で、女性差別主義者で、暴力的で、嫌味なクソ野郎だったが、悪い奴ばかりではなかった」二人は言葉もなく彼を見つめた。マジで、なんでまたここにいるんだ？

バルトは先を急ぎ、すぐに話題を変えた。「何を探しているんだ？」

「ロダン」と三人全員が答えた。

「ああ、そうだ。暫定CEOはどうしてる？」バルトは自信たっぷりに尋ねた。

李は顔を上げ、金華は書類や画面のスキャンを続け、ダニエルは地図と相談した。目に見える傷は、彼の単調な反応とは一致しなかった。「彼は私たち全員を裏切った」

バルトは一歩後ずさりした。家に入ってから初めて耳にした新しい情報に、本当に驚いたのだ。「まさか……」

「本当だ。彼は数週間前からリムニックとヤヌスに情報を流していたと思われる。また、今日の会議や、ヤヌスの〝偉大なフィルター〟技術に対抗する我々の計画についても、彼が機密情報を漏らしたのではないかと疑っている」李の声は小さくなり、娘に目をやった。「彼は金華をサイラスに引き渡すと脅した」若い女性は仕事を中断し、慰めるように父親の肩に手を置いた。

「人を見る目がなくて申し訳ない」バルトは李の右肩を不敵に叩いた。「間近から敵を発見するのは難しいものだ。ヤヌスの本当の能力を知るまで、私は十年近く一緒に働いた。君のような境遇を経験したことがあるから、それがどんなに嫌な気分かよくわかるよ」

「ロダンは常にセレウスに忠実だった。今、それを裏切るとは……長い間、私たちが経験してきたことを考えると……」李は腰に手を当て、鼻から不満げな空気を吐いて首を振った。

「ヤヌスにやられたと思うか？」バルトが尋ねた。

「その可能性は高い。今日でヤヌスの破壊的な力がわかったよ」彼の脳裏に円形の地下牢の部屋の映像が浮かんだ。部屋の残像、未来のビジョン、自分の意識的な思考をまったくコントロールできないことが、脳裏から離れないように感じた。その幽霊のようなイメージは、古いブラウン管テレビで同じ映像を長く見続けたときのように、焼き付いていた。無視することはできないし、取り除くことはさらに困難だった。未来を見た後、本当に死にたくなった。タナトスはいつも私の中であんなに強かったのだろうか？それともヤヌスの投影のひとつだったのだろうか？彼は自分の考えで頭がいっぱいで、他の人たちが心配そうに見ているのに気づかなかった。金華は特に心配そうだった。彼女の顔が、彼を論理的な思考に戻してくれた。「私が言ったように、だから彼を止めなければならない」

バルトは天井に向かって首を傾げていた。金華には彼が考えているのか、首を伸ばしているのかわからなかった。「その通りだ。しかし、ひとつわからないことがある。ロダンはいつヤヌスと接触したのだろうか？私は彼を任せてからずっと監視してきたが、彼はサクラメントを離れなかったと理解している」

「ノース・ブルームフィールドにいた」

四組の目がその発言の出所を探った。ドアの近くに立っていたノエに目が留まった。全員が彼女がそこにいることを忘れていた。彼女は数歩前に進み、両手を胸の前で組み、戦いに疲れた顔を怒りを抑えて熱っぽくした。「戦いのときから、彼は何か変だと感じていた。あの夜、ヤヌスと遭遇したんじゃないかと疑って

第53章 本当に創設者なのか？

いたのに、私は彼にそのことを尋ねなかった。私ってバカね」「私はただ……」彼女の目がタイルの床に落ちた。彼女は自分の感情を吐き出したいと思ったが、時間も場所もなかった。彼女は深く息を吸い込み、話し続けた。「…私はただ、彼がそんなことをするなんて信じたくなかったの…彼のことをもっとよく知っているつもりだったのに」他の人たちは彼女の言葉の重さを感じ取り、黙って彼女を見送った。「今になってわかったけど、私は彼のことを全然知らなかったんだ。あの夜、ヤヌスが彼を変えたのは確かだ」

バルトは顎に手をやり、親指と人差し指で挟み、ゆっくりとうなずいた。「それなら、これは私が思っていたよりも悪いことだ。ロダンをポケットに入れたヤヌスは、セレウスのインフラをリムニックの軍事力に吸収するつもりだろう。そして、懐古趣味に酔い、未来に取り憑かれた信奉者の軍勢とともに、ついに彼の壮大な構想を実現させるかもしれない」

「どれが？」ノエは尋ねた。

「社会と人類の真の進化、そして旧世界の考え方を永久に完全に根絶することだ」

他のメンバーは沈黙した。疑っているようだった。李が最初に口を開いた。「社会の進化というのはわかる。セレウス哲学とリムニックの武装した民兵による国内軍事的な影響力の拡大により、彼はネットワークに依存する何十億もの人々を奴隷にした後、旧世界の資本主義に依存する政府との通常または非通常の戦いに勝利する可能性がある。しかし、彼の〝偉大なるフィルター〟プロジェクトは、人類の進化を象徴するものなのだろうか？」

「違う」バルトは次の言葉を効果的にするため、芝居がかった空間を句読点にした。「彼の〝偉大なるフィルター〟は、より大きな計画の一歩に過ぎない。彼の〝偉大なるフィルター〟は、より大きな計画の一歩であり、彼が精神的・肉体的支配に対抗するにはあまりに心が弱いと知っている人々をなだめるためのものに過ぎない。ヤヌスの真の目的は、彼自身の言葉を借りれば、人類を〝自由にする〟ことだ」

「私たちを解放する?何から?」李は尋ねた。

「選択の圧制からだ。しばしば問題となる遺伝の重荷から。人間の肉体的存在の要求からだ。食べ物、セックス、絆。いいことだ。そしておそらく彼にとって最も重要なことは、意識を有限な人間の肉体の束縛から解き放つことだ」

　バルトの言葉の多くの意味を、全員が静かに考え込んだ。彼らは彼を尊敬し、なぜ彼が創設者なのかを理解し始めた。彼らの思慮深い表情に促されて、バルトは続けた。「彼の究極の目標は、デジタル領域ですべての人間の意識を同化させ、作家ユヴァル・ノア・ハラリがホモ・デウスと呼ぶ、進化した人間の新種を創り出すことだ。…まさに、彼のように」

金華は、彼女の目は硬く、疑問を投げかけた。「彼のような」とはどういう意味ですか?」

バルトは素っ気なく答えた。「ヤヌスは君のように純粋な人間ではない。彼はデジゲノミクスの産物であり、人間と機械の完璧な融合体である。そして、君のように力を持っている」

第 54 章 ヤヌスとは誰なのか？- パート 1

部屋にいた全員の目がバルトに釘付けになった。

「そんなはずはない」李は言った。「金華がデジゲノミクス研究の最初の成功者であることは、私自身がデータを確認した」彼は娘の方を見た。バルトの言葉で、彼女の表情が今まで見たこともないように変わった。懐疑と恐怖の中間のような表情だった。

金華は唖然とした。もし彼が一生をかけて私のような能力を完成させたのなら、どうやって彼を止められるだろう？どうやって太刀打ちできる？

バルトは目を閉じ、ゆっくりと首を振った。「そう、彼女は公式に登録された最初の人間だった。しかし、ヤヌスは初めて作られた。遺伝子操作と生物操作という邪悪な科学の副産物だ。エグゾア計画を知っているか？」

首を横に振る。

「1990年代後半の極秘プログラムの名前だ。プロジェクトの目的は、人間の脳をインターネットにつなぎ、その神経情報をデジタル化することだった。少なくとも、この二つの目的は、米国政府に資金を提供し、承認してもらうために科学責任者が起草した提案文書に記されていた」

「では、本当の目的は何だったのか？」ノエは尋ねた。彼女は、部屋の向かいにいる金華や李と同じように、話の細部にまで集中し、筋肉が硬くなっていることに気づいた。

バルトは彼女の方に頭を回転させた。「ひとつは、インターネットを使ってデジタル化された人間の心をリンクさせること、もうひとつは、人間の意識を再現してシミュレートすることだった」

バルトの聴衆はさらに息をのんだ。

「ウィンドウズ98とインターネット・エクスプローラーがデジタル空間と対話するための主流だった時代に、どうやってそんな偉業に挑戦したのだろう？いい質問だ」彼は緊張して笑った。無表情で不満げな視線が、彼のユーモアのタイミングを誰も理解していないことを物語っていた。バルトは喉を鳴らして続けた。

「とにかく、テレパシーによるコミュニケーション、インタラクティブなホログラフィックマップ、そして人々がデジタル空間で生活している今日、私たちはネットワーク接続を当たり前のこととして受け入れている。しかし、当時はまだこの技術が一般に浸透していなかった。プロジェクトの主任科学者の名前はアルトゥーロ・クニ…私の父だった…」

バルトは、自分の言葉にショックを受ける人々の反応に慣れてきた。彼は内心微笑んでいた。それは、彼の親愛なる、しかし見当違いな老人との辛い思い出を消し去るのに役立った。

第54章 ヤヌスとは誰なのか？- パート1

「ああ、僕の父さんは…有名なA.K.博士で、同時代の人はみんなそう呼んでいたが、一種のマッドサイエンティストだった。アインシュタインのようなワイルドな髪をしていた。とにかく、彼は何年もこのプロジェクトに執着していた。私はまだ生まれていなかったが、彼がすでに他界した後、数十年後にすべてを知った」

ノエの堪忍袋の緒が切れた。バルトは彼女が彼を睨んでいる様子でわかった。「ヤヌスの出番はどこだ？」

「焦っているのか？ああ、そうだ。A.K.博士は、オカルトと科学的方法のギャップを埋めるというアイデアに取りつかれていた。彼は超自然現象の存在を学問的厳密さによって証明したかったのだ。そこで1997年、『エグゾア計画』の実験台を探していた彼は、初期の『マジック：ザ・ギャザリング』大会で仲良くなったカップルを採用した。彼らの名前はアレックスとミランダ・ソーレンだった。彼らはヤヌスの両親となる」

「マジック：ザ・ギャザリングって何だ？」金華が尋ねた。

バルトは「昔は大人気だったカードゲームだよ」と笑った。彼は李にウインクした。彼はファンではないのだろう。バルトは咳払いをしてから、「とにかく、A.K.博士とソレン一家はこのゲームの熱狂的ファンだったんだ。彼らは皆、1990年代初頭に開催された初期のトーナメントに参加していた。A.K.博士がソレン夫妻に会ったとき、彼は自分の実験に完璧な参加者を見つけたと思った。彼らは占星術、オカルト、そして超自然的な力が人間の本性に及ぼす力の熱心な信者だった。さらに重要なことに、彼らは真実に飢えていた。父のような人物だけが彼らに提供できる真実をね」

バルトの聴衆は興味深そうに視線を交わした。続きが気になったのだろう。

「A.K.博士は二人のDNAサンプルを使って、独学で学んだデジゲノミクスの知識を駆使し、二人の息子を誕生させた。1999年9月9日に生まれたヤヌス・ソーレンは、バイオテクノロジーとデジタル・プログラミングの融合に初めて成功した。ヤヌスの誕生後、父は普通の子供のように家で育てるようソーレン夫妻に勧めた。しかしその代わり、父はヤヌスの成長と進歩を定期的に報告するよう求めた。父は特に、ヤヌスの生物学的な身体が、彼の中に組み込まれたソフトウェアとどのように相互作用するかに関心を寄せていた。私が知っているヤヌスの子供時代については、その報告書の抜粋を読んだり、ヤヌス自身から聞いたりした」

「セレウスと関わる前からヤヌスを知っていたということか?」ノエが尋ねた。

バルトは小さくうなずき、額に冷や汗を浮かべた。「そうだ」バルトは、彼女が唇をぎゅっと結び、扇動的な言葉が口から出るのを防ごうとしているのに気づいた。彼女は怒っていた。部屋の向こうで李が彼女の反応に気づき、すぐにバルトに続けるよう促した。

「お父さんのメモには何と書いてあった?」李は尋ねた。

「日誌によると、信じられないかもしれないが、幼少期は一般的には何の変哲もないものだった。彼は公立の学校に通っていたが、明らかにそのユニークな才能のために、いくつかの学年を飛び級した。私が調べたところでは、彼は多かれ少なかれ、今世紀初頭のアメリカの教育制度における一般的な子供たちと同じように社会化されていたようだ。彼の両親は自由奔放なタイプだったから、幼いうちに自分の出自を知らせたんだ」金華は父親をちらりと見た。李はバルトの話を注意深く聞き続けたが、バルトの視線を感じながらも反

第54章 ヤヌスとは誰なのか？- パート1

応しなかった。バルトは自分の言葉が金華に影響を与えたことに気づかず、話を続けた。「五歳か六歳の頃だったと思うけど、よく覚えていない。でも、幼いヤヌスが早くから自分の力を持つには十分早かった」金華はバルトに視線を戻した。「だから、彼は今頃とても強くなっているに違いない…」と彼女は言った。バルトはうなずいた。バルトは彼女の不快感に気づいた。それは理解できる。「そうだね。彼とは小学生のときに知り合ったんだけど、そのときからすでに『能力』の開発に取り組んでいた。当時は誰も『チップ』を持っていなかったから、彼は今のように心を読むことはできなかった。その代わり、目を閉じて先生たちの遅いコンピューターから情報を取り出したり、ブラックベリーやiPhone、電子書籍リーダーといった初期のデジタルデバイスを操作したりして練習していた」バルトはノエの方に視線を戻した。「どうやって知り合ったかって?小学校四年生のとき、同じクラスの席が隣同士になって、それから友達になったんだ。私は社交的で、彼は無口な天才だった。お互いの弱点を見抜いて、一緒に仕事をしたほうがいいと思ったんだと思う。そして彼はいつもどんなデバイスにも飛びつき、オンラインに接続し、私たちが打ち負かしたいビデオゲームの攻略ガイドを手に入れようとした……」バルトは一瞬のノスタルジーに浸って笑った。「あの頃はそうだった」

個人的な逸話に触れたことで、ノエの表情が和らいだ。バルトはほっと息をつき、話を続けた。「私たちが高校生になったとき、彼の変化が目に見えるようになった。彼の両親は2008年の世界的な不況の影響を大きく受け、私たちが十四歳になる頃には、他の多くの人たちと同じように仕事も蓄えも失っていた。ヤヌスは自分の力を使ってインターネットを調べ、両親のために仕事を探したが、失意と貧困の数ヶ月後、父親は未治療のガンで他界した。父親を失った母親は、わずか七ヵ月後に肺炎で亡くなった。両親の死は、彼の目にはシステムの重大な失敗と映った」

李はバルトの前で居心地悪そうに反対側の足に体重を移した。彼の目は落ち着いていたが、期待に満ちていた。これは彼が待ち望んでいた話の一部だった。

「ヤヌスは長い間、伝統的な教育制度に憤りを感じていた。一日に何時間も過密な教室に座らされ、善意はあっても結局はシステムに支配されたベビーシッターによって、限りなく膨大な教科を一口大にスプーンで食べさせられるのは、時間の無駄であり、非常に非効率的だと彼は考えていた。学校制度に幻滅し、新自由主義に捕食され両親を亡くしたことで、彼は不吉な道を歩むことになった。見ての通り、セレウスはこの二つの不満に直接取り組んでいる」

李は頷き、理解した。金華とダニエルは同じ顔をした。博学な"A"の生徒のような表情で、視覚教材やメモなしで正確なディテールを隅々まで吸収している。二人とも外見的には平静を装っていたが、頭の中では、新しいニューロンが古い情報と結びつき、より完全なイメージを作り上げるために火花を散らしていた。もし彼が昔の教師だったら、授業に出てきただけで二人に「A」を与えただろう。

彼は自分が彼らの年齢になったときのことを想像した。体重は百キロ軽く、頭は手入れされていない太い黒髪でふさがり、オバマ大統領が就任し、人生は順調で、彼とヤヌスは順調だった。そして、彼の心は現在にズームバックした。それが私たち二人の平和の終わりとなるとは思ってもみなかったし、ヤヌスと私がまったく別々の道を歩むことになるとも思ってもみなかった。交わる運命にあった道は、二度と合流することはなかった。

第55章 ヤヌスとは誰なのか？- パート2

バルトはスピーチを続けた。聴衆の目は、クーラーの循環と興味による緊張で乾いていた。

「高校卒業後、私はオースティンのテキサス大学に入学し、経済学の学位で卒業した。大学院に進学する頃、父は他界し、私にはかなりの財産が残された。大学時代、ヤヌスとの接触はほとんどなかった。時折ソーシャルメディア上のメッセージやメールを送る程度だった。彼がアカウントを持っていることは知っていたが、幻影のように彼はいつもそのアカウントにはいなかった。コメントや投稿はしないが、いつも見ていた」

「かなり不穏な感じだね」ノエは不快そうにお腹の上で腕を組んで言った。バルトは険しい顔でゆっくりとうなずき、「ちょっとそうだったけど、それがヤヌスのスタイルだったんだ」と肩をすくめた。「ある日突然、彼から長文のメールが届いた。そのときまでに、私たちが本当に話をしてから六年は経っていたから、追いつくことがたくさんあった。メッセージの中で彼は、アプリ開発、株、ビットコインの採掘、希少な収集品の取引など、さまざまな手段で巨万の富を築いたことを教えてくれた。お金になりそうなことなら、勝つまで研究し、ギャンブルをした。そして彼は、ラスベガスでギャンブルに興じる高齢者よりも大金を手にした。彼はそれぞれの具体的な活動で稼いだ金額を具体的には言わなかったが（もちろん私が尋ねたにもかかわらず）、五千万ドル以上を稼いだ。すべて、彼が私のレーダーから外れていた期間内にね」

「大金だ」と李は感心したように言った。

「大金だ。正確には五トンだ」とバルトは笑った。

他のメンバーは、彼のタイミングの悪い内輪の冗談に苛立ち、顔をゆがめながら見ていた。まるで小春日和の霧雨に打たれたかのように。彼は急いで自分の話に戻ろうとした。「ええと、とにかく、彼は十分すぎるほどのお金を持っていたので、彼はフォローアップのメールで、ついに何か大きなものを作る準備ができたと私に言った。『社会の苦境に対処し、種として明確な明るい未来に向かう』何か、それが彼の書いたものだった。私はそれを決して忘れないだろう。彼が書いたものは、とても決定的なものだった。ヤヌス的だった。この問題について考えたり、取り組んだりするには、それ以外に方法はないような感じだった」

彼はプロジェクトのコードネームを〝セレウス〟とし、私に最高財務責任者として参加するよう求めた。当時、世界経済は低迷しており、私は大学院を出て就職するのに苦労していた。だから、彼の申し出を受け入れるのに時間はかからなかった。「これは…」彼は頭をかきながら、四十年以上も前の出来事を思い出し、再構築するために膨大な記憶を探った。「そう、二十四年のことだ。その年の秋、ヤヌスは私をリリに紹介し、彼女は彼の参謀のような存在になった。彼はすでにサイラスを買収しており、資金調達や不動産取得、警備体制の構築などを手伝ってくれていた」

「サイラスがセレウスの警備を担当してたのか？」ノエは、皮肉めいた口調で言った。

バルトの目が床に落ちた。「そうだ。最初は賛成じゃなかったけど、結局、ここアメリカの狂った銃文化や、2020年の平等運動、抗議行動、ボイコットの後に起こった激しいナショナリストの反発を考えると、武装した暴力から自分たちを守る必要があると思ったんだ。私たちは自分たちの考えが過激で異質であること

第55章 ヤヌスとは誰なのか?-パート2

を知っていた。たいていの人は過激で異質なものを好まず、身近な惨めさであれば惨めであることを好む。万が一に備えての行動だった。それから十年も経たないうちに、物理的、デジタル的、そして法的な空間で繰り広げられる全面的な文化戦争に突入するとは思ってもみなかった。私も知らなかった」

部屋に一瞬の静寂が訪れた。各人がヤヌス、セレウス、その歴史、そして全体像のパノラマの中でそれぞれがどのように位置づけられるかを考えている間、酷使されたエアコンの音だけが淀んだ空気を満たした。突然、金華は大きな絨毯の上の塵のように、とても小さく感じた。宇宙のほんの小さな力に影響されやすい、取るに足らない存在なのだ。歴史は科学に似ている。常に動き、常に作用し、影響を与える。絶えず創造し、破壊する。彼女の考えに気づいたダニエルは、彼女の洞察力に満ちた考察を静かに称賛し、にやりと笑った。

部屋の反対側で、ノエはバルトが言ったことをすべて考えた。その事実が、彼女の頭の中のオープンスペースに散らばったセレウスのパズルのピースに加わった。彼女はその一つひとつを、回転させ、反転させ、適切な場所に戻し、完全なイメージを形作ろうとし始めた。

彼女の考えでは、母親が殺されたのは、彼女がヤヌスと築き上げたセレウス、そして後のリムニックから足を洗ったからだった。ヤヌスは人間とインターネットのハーフで、インターネットを通じて人々を肉体から切り離し、人類の次の進化をもたらそうとしている。彼の〝偉大なるフィルター〟技術のおかげで、ほとんどの人はアップロードに気づかない。過去の記憶と未来の可能性からなるファンタジーの世界で生きるか、良心の呵責に耐えかねて自殺するか、リムニックのメカと傭兵からなるまさに現実世界の軍隊に抵抗すれば、死んでしまうからだ。庶民を脇に追いやって、彼はセレウスの文化的価値観と構造を持つ社会を改革する。その新しい社会は、新しいホモ・デウスと古いホモ・サピエンスで構成される。おそらく、彼女のような純粋に生物学的な存在は、新しいクラスの超人に従属することになるだろう。何か見逃したか？いや、それで十分だ。

彼女の頭の中で説明が明確になっても、まだ理解できない部分があった。他の部分と一致しない部分があったのだ。「なぜロダンはセレウスを裏切ったのか?彼はセレウスのすべてを信じているように見えた……そして……彼は人々を大切にしていた……少なくともそう見えた……」彼女の声は震え、顎は緊張し、まるで人型メカの一撃に備えるかのようだった。

バルトは、かわいそうに…と思った。バルトは深いため息をつき、彼女と同じ年頃の自分を想像した。頭が悪くて、恋をしている。人間関係は難しいものだ。「よくわからない。ヤヌスが彼のチップに侵入し、協力するように操ったのかもしれない。でも、彼は人々が自分の意志で行動することを望んでいる。特にセレウスのような重要な問題に関してはね」そう答えたノエの目は、より沈痛なものに見えた。バルトには、どう言えば彼女の気が晴れるのか見当もつかなかった。

ノエとバルトの言葉にならないコミュニケーションに気づかなかった李は、話をヤヌスの話題に戻した。

「ああ、結局彼はヒューマニストなのか？」と李は言った。

バルトは大きな笑いを響かせた。「そうだよ！ブリーディング・ハート・タイプだ」

「では、なぜ技術的進化とアルゴリズムによるマインドコントロールに焦点を当てるのか？」李は尋ねた。

「種であれ、単なるアイデアであれ、たいていのものの進化における大きなステップは、通常、淘汰の期間が先行し、促進されることを彼は知っているからだ。『フィルター』や出来事は、それがどのような形であ

第55章 ヤヌスとは誰なのか？- パート2

れ、一般的に、新しいものへの道を開くために、古いものを広範囲に変えたり、完全に破壊したりする。人類文明の多くの側面が、この予測可能なパターンに従ってきた。経済システムや文化、宗教やテクノロジーに至るまで、新しいものが繁栄し栄えるためには、古いものは滅びなければならない」

「そして私たちは古いものだ」ノエは防御的な口調で言った。

「必ずしもそうではない。ヤヌスの論理では、進化する準備ができているものは進化する。ヤヌスの論理では、進化する準備ができている者は進化し、そうでない者は無限の至福の中で生きることになる。彼らが過去の偉業に永遠に酔いしれることを選ぼうと、すべての夢が実現され、罪が解決される可能性のある未来に生きようと、彼にとって違いはない。どちらかの極端に気を取られ、コントロールされている限り、彼らは新しいテクノゾンビの群れの一部となり、彼が築き上げようとする新しい社会と種の到来に抗議も反対もできない」

「一方、彼は幻想を信じようとしない人々がいることも知っている。よく設計されたシミュレーションの中で安全に生きるのではなく、現実の厳しい生活の中で生きようと決意する者たちだ。彼らが新しい世界の参加者であり、彼が最初に進化することを望んでいる」

「どうしてそんなことを知っているんだ？」李は疑念を募らせた。

バルトは眉間に汗のしずくを浮かべ、急に一歩後ずさった。その素早い後退で、彼は冷たい床に倒れそうになった。「ち - ちょっと…私は彼に操られているわけではない。この四十年間、彼と何度も話したから、彼の考え方がわかっただけだ」

李とノエは納得がいかない様子だった。今朝の戦いの経験から、バルトが彼らの懐疑心を責めることはできなかった。

突然、金華が光り輝く机から立ち上がり、満足そうな笑みを浮かべた。ダニエルの表情も彼女と同じだった。「ロダンを見つけた！」

他のメンバーはショックを受けた表情を浮かべ、その間彼女が見つめていた小さなスクリーンの周りにすぐに集まった。

「サンフランシスコのトランスアメリカ・タワーのレプリカ？何年も放置されている。あそこは何年も放置されているんだ。実際、もうすぐ取り壊される予定だと思う」李は頭をかいた。

「ヤヌスはそこに自分の本拠地を作ったんだ」バルトはゆっくりとした口調で言った。「ひとたびそうなれば、彼は地球上の意識あるすべての人間の心に入り込み、操ることができるようになる」自分の言葉の重みに耐えかねて、バルトは声を荒げた。

「そんなことはさせられない」ノエはきっぱりと言った。彼女の声には新たな炎が宿っていた。ヤヌスの手によって母親を殺され、カイラーが無惨な死を遂げるのを目撃し、ロダンが裏切った。

「どうやって彼に気づかれずに接触する？」李は父親のような声で心配そうに尋ねた。「彼は私たちのチップを読み、私たちが行動する前に計画を知ることができる」

「そんなことはない」金華は振り返って父に向かい、その場にいた全員に向かって言った。「暗号化されたシールドで、一時的にチップを無効にすることができる」

第55章 ヤヌスとは誰なのか？- パート2

李はそれに対して何も言わなかった。ただ、彼女の勇気に感嘆し、その力に畏敬の念を抱き、誇らしげに顔をほころばせた。

「わかった」バルトは両手を腰に当て、誇らしげに言った。「でも、どうやってSFに行くんだ?君らの乗り物はすべて破壊されたか使用不能になっている。それに、あの忌々しいヘリコプターに全員が乗れるわけがない」彼はヘリという言葉を嫌悪感とともに吐き捨てた。

「運転手を呼べるかもしれない」ノエは小さく笑った。彼女はすぐにカーゴポケットからデバイスを取り出し、お気に入りのウーバー・シェパードに電話をかけ始めた。

ちょうどその時、書斎のドアが開き、カイラーたちの残党が入ってきた。チークス、ベアー、スペイザーがドアの近くに立ち、その表情は厳粛さと表現しきれない怒りが入り混じっていた。

「ヤヌスを捕まえに行くんか?」チークスが尋ねた。

バルトはうなずいた。

「俺も行く。あいつは息をしているには危険すぎる」

ノエはデバイスを耳に当てながら、しっかりとうなずき、彼の決意を認めた。

「どうやら我々のチームのようだ」バルトは、まるで劇場のプロダクションを紹介するかのように両手を上げた。彼らは皆、ここ数週間から数ヶ月の間に地獄を経験した。五人の退役軍人、二人のティーンエイジャー、そして一人の太った老人だ。これでヤヌスを止められるだろうか?我々は勝てるのだろうか?彼の頭の中で意思決定ツリーが不意に大きくなった。バルトはどうすべきか?勝利の確率を伝えるのか?自分たちが直面していることを思い出させるのか?もっと筋書きを説明する?沈黙を守るか?今回ばかりは沈黙が勝利した。

ノエはデバイスをポケットに戻し、はっきりとした声で話した。「みんな、あと一時間で到着する。準備をしよう」

他のメンバーは従順にうなずいた。自分たちの知っている世界を救いに行くのだ。

第56章 私はヤヌス - パート 1

ここからはすべてが見える。そのために物理的に上にいる必要はないのだが。ヤヌスは明晰な頭脳で空を分析した。タワーオフィスの床から天井まである窓からは、午後の太陽が燦々と降り注いでいた。厚いガラス窓の向こうで突風が吹き、涼しい湾岸風の空気がビルの外壁を通過していくのを想像した。視覚化することで頭がすっきりし、四六時中感じている頭のズキズキが鈍くなった。マインドフルネス・エクササイズは、彼を自分の身体という慣れ親しんだ物理的空間に引き戻した。

古いオフィスのかび臭い匂いが鼻についた。数年前に主要な商品が整理された古い倉庫のような匂いだった。この数十年の人生で、彼はその匂いに慣れ親しんでいた。トランスアメリカ・タワーの骨組みは、まるで工業用換気扇につながれているかのように、古くなった空気を循環させていた。壁と床は剥き出しで、天井のむき出しのリブにはピンクと白の断熱材が付着していた。

どれもヤヌスには関係ないことだった。彼は背後の大きいがボロボロの役員用デスクに向き直り、その傷だらけの表面に手のひらサイズのデジタルレコーダーを置いた。銀色のアンティークなガジェットは、黒いデジタル時計のフォントで数字の「7」を表示した。彼はそのコンパクトなシンプルさを楽しんだ。ひとつのデバイスにひとつの目的がある。そうあるべきなのだ。心の海が穏やかで、その荒波の下を覗き込み、青黒い深海の静けさを垣間見ることができる貴重な瞬間だった。この瞬間を利用しなければならない。残された時間はあまりないかもしれない。彼は手を伸ばし、再生ボタンを押した。デジタルレコーダーの1つのスピーカーから、彼自身の静かな声が聞こえてきた。

620623 - 最愛の人.mp3

リリだ。

彼女について何と言えばいいのだろう。

何年も前、サンノゼのカンファレンスで会ったとき、彼女が特別な人だとわかった。ただ当時は、それがどれほどのものなのかわからなかった。セレウスには、私にはない女性らしさを出せる人が必要だった。彼女の考え方や経歴は、この仕事にぴったりだった。私は彼女に惹かれていたのだろうか?もちろんそうだった。でも、彼女に惹かれたのはそれだけじゃない。彼女のスピリットだ。彼女の中に見えた、他の人とは違う輝きだった。それが、彼女を自分のチームに欲しいと思わせた。もちろん、彼女自身の意志で来てほしかった。私は、そのような重要な役割のために、本人が望んでいないこと、自分で引き受ける準備ができていないことを強要するのは好きではない。しかし、最初に会った後、次に彼女に会ったときには、私の提案を受け入れてくれると確信していた。

その数週間後、バイロンで行われたセレウスの初会合に出席したとき、彼女は恐れていた。そのような彼女の状態を責めることはできない。彼女が知っている街から何マイルも離れた廃墟のような建物でのミーティングは、誰にとっても恐ろしいものになるだろう。恐怖に震え、体を丸めている彼女を見たとき、私は彼

第56章 私はヤヌス - パート1

女のトラウマと痛みをまざまざと見た。肺が空気を求めて膨らもうと闘っている間、胸の上に重い重しがのしかかるように、私はそれを感じた。私はすべてを見た。ハワイの壊れた楽園も、サンフランシスコの路上での悪夢も、あらゆる性的な出会いも、生き延びるために自分を偽ったことも。彼女のすべての歴史が私に明かされ、私は彼女がそれをふるいにかけ、私が痛みの下に埋もれていると見た彼女の中の真実を見つける手助けをしたいと思った。私は、進化が私に求めていた調和に到達したかった。そしてその出会いの後、私たちはそれを実行した。

その瞬間から、彼女は私たちの取り決めを守ってくれた。私が思っていたとおりだ。それから数年、数十年にわたり、私たちはすべてを分かち合った：セレウスの成功も、失敗も、私たちの個人的な成功も、私的な不満も。もちろん、私たちは何年にもわたり、肉体的な親密さを共有した。

私たちの絆は私に深い感動を与えた。それは私に、自分の外にある何かを信じさせてくれた。広大な宇宙と無限のサイバースペースの中でさえ、一人の人間との鼓動する心臓の中にそのすべてを見出すことができたことは驚きであり、本当に稀な贈り物だった。私は彼女を愛していた。そしてその愛は娘という形で生き続けている。

［10秒間のポーズ］

もしリリが彼女を見たら、彼女は彼女のすべてであり、私のすべてではないことがわかるだろう。彼女は母親の美しさと闘志を持っている。私はリリが大好きだった。リリと私が彼女をこの世に送り出したのだということを、世間が知ることができないのは、ほとんど犯罪的だ。私たちの異世界での絆の証が、肉と精神の中で生き続けているのだ。娘は私の存在に気づいていないが、私はリリを愛したように彼女を愛している。

[ヤヌスは喉を鳴らし15秒間沈黙する]

私がリリを殺したとき…それは安易な決断ではなかった。自分の行為の重大さを認識し、何かを感じようとした。感じたいと思ったが、どういうわけか、意味のある感情を抱くことができなかった。私の中の結果論者は、手段が目的を正当化することを知っていた。私の愛は、それが重要なものであったとしても、人類の進化全体よりも重要なものではなかった。だから私は、他の人々が進化できるように、彼女の人生を終わらせる選択をした。

そう考えると、リリは人類の進化に必要なステップであり、不可欠なピースだったのだ。だからこそ、私は彼女が生きていた時よりも、死んでからの方がもっと彼女を愛している。

620630 - 最好的朋友(最高の友人).mp3

この世に、深い意味での家族だと思える人はほとんどいない。私が家族について語るとき、それは親密な知り合いだと感じる人のことを指している。共に成長し、人生の祝福を経験し、優しい時を過ごす数少ない特別な魂だ。私にとってバルト・クニは、比喩的な意味で家族だと思える人たちの一人だ。

私がとても小さい頃から、彼はいつも私の苦労を助けてくれた。私たちの友情はパートナーシップへと変化し、そしてビジネス関係へと発展した。私は彼を大切な友人だと思っているが、決して同等ではない。そのように振る舞っているかもしれないが。［ヤヌスは笑う］。彼はこの文脈における自分の立ち位置を知っている。

私は彼を弟のように思っている。そう、私は彼を「兄弟」と呼んでいる。私たちは長年にわたり、方針、哲学、そして組織の方向性において意見の相違があったが、それでも私は気にしなかった。私は彼の、時には手強い論理を歓迎し、彼の不器用な性格を魅力的に感じている。

しかし、家族と同じように、すべてを共有することはできない。私はすべてのものを見ている。私は人類史のアルファとオメガを見ている。彼の近視眼的な視野は、私の視野とは比較にならない。彼の知識や理論は、彼が狭い視野で世界を観察していることを考えれば、同時代の多くの人たちよりも幅広いことは認めざるを得ない。私はしばしば彼の視点を面白いと思うし、時には必要だと思う。彼の視点は、私の高尚な考えやビジョンとバランスをとってくれる。しかし残念なことに、年月が経つにつれ、そのバランスは私たちの進化の必要性と、その中での私の位置づけからますますずれてきている。私は彼ができないことをしようとしている。そのために、私は弟である彼を置き去りにせざるを得ないのかもしれない。

620701 - 後悔.mp3

自然界には、他より劣っている動物や存在がいる。すべての生き物は、進化の過程や生態系の維持の中で、それぞれ固有の目的や機能を果たしているが、より重要な役割を果たすものもいる。生物学的序列において、アリは人間よりも劣っている。これは極端な例だが、人間社会という生態系の中で、ある種の人々に対する私の視点という意味では、ふさわしい比喩である。

すべての人間は平等ではない。すべての人間が平等であることは、21世紀初頭の考え方の共通理念だった。この信念は、今世紀初頭のソーシャルメディアの出現によって花開いた。一夜にして、何万年もの間、口封じされていた声が、たとえ有益なことが何も言えなくても、自由に自分の考えを語れるようになった。この平等主義的な文化は、今世紀の最初の30年間を通じて社会的・文化的運動に拍車をかけた。一部の声は集団的な社会基盤の発展に大きく貢献したが、大多数は部族主義的な偏向に陥り、それが世界的な民族主義的選挙、ひいては世界規模での武力紛争につながった。

私が言いたいのは、ある種の人々は他の人々よりも重要だということだ。それ以下の人物の例を思い浮かべると、サイラスが思い浮かぶ。私はあの男を尊敬したことはない。彼のお金は、当初は目的のための手段であり、私の金融資産と相まって、セレウスが脆弱なスモールビジネスで生き残るのを助けてくれた。しかし、無私の精神や犠牲を買うことはできなかった。多くの旧世界の金持ち資本家と同様、サイラスは物質的な富から自己イメージと権力を得ていた。これは私が彼を嫌った第一の理由ではない。また、彼が言いようのないほど特権的であったから、あるいは時に尊大なろくでなしであったから嫌いになったわけでもない。私が彼を憎んだ主な理由は、彼には才能と知性があり、それを最終的にセレウスや私の個人的な哲学、あるいは倫理的信条にそぐわないさまざまな事業や大義のために浪費することを選んだからだ。この男には、自分の肉体と物質的財産を守ること以外の価値観はなかった。

第56章 私はヤヌス - パート1

しかし、人間関係とはそういうものだ。それはしばしば便宜的に選択され、個人的な歴史における特定のスナップショットの要求を反映する。意図的な選択や洞察に満ちた計画性の結果であることは稀である。私とサイラスの関係がそうだ。結局のところ、私は法的な問題、契約、土地の制約、そして旧世界の資本主義社会のあらゆる罠によって彼と結ばれた。ここ数年、彼の組織への参加は限られていたとはいえ、彼と付き合うのは長年にわたってもどかしいものだった。私の考える最大の無駄とは、誰かが自分の金や才能を不謹慎なやり方で使うことだ。これは私にとって、人間が人間として持ちうる最大の失敗である。

[ヤヌスは重いため息をつく。]

彼と組むことを選んだことは、人生で最大の後悔のひとつだ。彼は今日、私を殺そうとした。自分が負けることを思い知らされた後、笑えないような抵抗をした。私とは比較にならない。彼を取り押さえた後、床に横たわり、恐怖で緩んだ尿でズボンを汚している彼を見て、私は彼を殺したいと思った。本当にそう思った。しかし、私はその衝動を抑え、最初の計画を実行に移した。私の生きた戦闘兵器としての彼の新たな役割が、私たち双方にとって有益なものになることを願ってのことだ。彼は新しい肉体を手に入れ、私は憎しみの心を進化の目的に使う。もし実験が失敗し、彼が死んだとしても、少なくとも私は、彼の膨れ上がったエゴに関連する金銭的な問題に二度と頭を悩ませる必要はない。

第57章 私はヤヌス - パート2

ヤヌスはデスクの後ろに立っていた。もし誰かが入ってきていたら、彼はスピーカーフォンで電話を受け、四半期ごとの最新情報を待っている重役のように見えただろう。しかし電話はなかった。通話を聞く者もいない。古いデバイスが次に再生する音声ファイルを探している間、デッドエアの音だけが響いていた。

雲ひとつない空の外では、太陽の位置が5度ずれて、毎日地平線に向かって下り続けていた。ヤヌスは背後に目をやり、頭の中で三角法の計算をした。時間が5度短くなった。ローダンは1時間以内に到着するだろう。彼のデバイスは新しいパートナーからの最新情報で鳴り響いた。ヤヌスは通知を見る必要はなかった。彼はまた、自分一人の時間がすぐに終わろうとしていることも知っていた。人類の絶え間ないデータ生成の流れが再び彼を切り裂き、石についた水滴のように彼を削り取っていく。遅いが避けられないプロセスだ。

彼はもう一度心を整理した。世界でただ一人、完全にくつろげる相手と交わる準備が整ったのだ。自分の声をより明瞭に聞くために、黒いボリュームダイヤルに手を伸ばしながら、彼は穏やかな表情を浮かべていた。

4909 24 - 葛藤.mp3

第57章 私はヤヌス - パート2

先日、人類の歴史における偉大な教師について考えていた。孔子、ガンジー、ノーム・チョムスキー、アリストテレスとかね。これらの教師の多くが偉大だったのは、直接教えたからではない。むしろ、彼らは物語を通して教えたからこそ、大きな成功を収めたのだ。

物語とは何か?それは、ある種の主人公を持つ一連の出来事である。その出来事が起こる舞台があり、主人公が自分の望む目的を達成しようと奮闘する。また、脇役もいるし、他の種類のファンタジー的な要素もあるかもしれない。前述した物語のすべての部分に加えて、1つの共通項がこれらすべての要素を織りなしている。

対立だ。

これがなければ物語は成り立たない。この重要な要素こそが、登場人物を行動に駆り立てるものであり、プロットを推し進めるものであり、物語を体験する人に、最終的に物語の結末に到達する必要性を与えるものであり、願わくば、教師が伝えたい教訓に到達するものなのだ。人は葛藤がどのように解決されるかを見たいのだ。知るために知りたいと思うのは人間の本性だ。

この観点からすると、人類の最も偉大な教訓は対立を通して学ばれるとも言える。何かと、何かと闘うことは、私たちのDNAの中にある。ある教訓を得るために、ある程度の期間闘った経験がなければ、その教訓を内面化することは非常に難しい。

だから、リムニックを考えるのはこのレンズを通してなのだ。リムニックの目的は、一般大衆向けの記憶補助教材である。私が若かった頃、人間は物語なしに、あるいは葛藤なしに学ぶことができると考えていたのは甘かった。セレウスの社会哲学に触れて学ぶ人もいたが、ほとんどの人はそうではなかった。教訓を深く記憶に留めるためには、争いとセットで学ぶ必要があったのだ。そして、21世紀初頭の西欧社会の脆弱な精神にとって、テロリズムほど記憶に残るものはない。

作家で歴史家のユヴァル・ノア・ハラリは、その著書『21世紀のための21の教訓』の中で、テロリズムについて書いている。彼は、テロの成否は我々国民にかかっていると述べた。私たちというのは、この場合は彼らのことだが、私は彼らの一員ではないからだ。[テロリストは、よく組織化され、装備された敵に比べ、戦闘力も政治的影響力も非常に弱いため、実際に持っている以上の力とパワーを持っているように見せるために、うまく演出しなければならない。彼らはガラス屋のハエなのだ。小さな花瓶を傾けることさえできない。

彼らは私をテロリストと呼ぶ。彼らはリムニックをテロ組織だと言う。それは半分だけ真実だ。私は教師であり、ほとんどの人々が決して忘れないであろう教訓を構築している。旧世界の文化は映画を作り、本を書き、歌を歌い、劇を作り、リムニックの活動のビデオを投稿する。私は一匹のハエに過ぎず、他の何十億匹ものハエを募り、1000頭の雄牛の耳に入り、旧世界社会の脆い土台を揺さぶるのだ。十分な量のガラス製品が破壊されたとき、庶民はセレウス流の生き方を真に学ぶだろう。

620812 - 機械の歯車.mp3

第57章 私はヤヌス - パート2

旧世界の考え方では、人々はしばしば機械の歯車に例えられた。実際、これは旧世界の資本主義、特に19世紀から20世紀にかけての資本主義の機能にふさわしい比喩だったのだろう。当時の支配的な哲学は、飽くなき機械が生産を続けるために、人はできるだけ交換可能であるべきであり、そう感じるべきだというものだった。

この考え方は、何百万人もの人間性を奪い、人間性を奪っていった。［ヤヌスは咳払いをする］このプロセスは、資本主義システムの支配者の手によってうまく隠されていたため、一般市民は意識的な存在として、知らず知らずのうちに自らの人間性を低下させることに加担していた。ほとんどの者は、賃金、自分と家族の生存、そして最も重要なことだが、自己意識そのものをシステムに依存していたため、システムから切り離されれば、空っぽの器に過ぎなかった。空っぽで、束縛的な社会構造なしに自分を満たす方法を知らない。彼らの唯一の望みは、貢献し続け、消費し続け、やがては死ぬことであった。

ロダンは魂のない大衆の一人である。彼は何かに絶望しているが、それが何なのか見当もつかない。彼の頭の中は企業文化やイズムに飲み込まれ、自分自身を見ることができない。彼の鏡は静的なイメージを映し出し、真の姿を映し出していない。彼は自分を機械の中の輝く歯車として見ている。しかし、常に目を光らせている人間文化にとって、彼は取り替え可能な存在なのだ。故障して使い物にならなくなったらすぐに交換される名前だ。

ロダンのような人間は、偉大な機械における自分の立場を理解したとき、表現することで生き残る圧倒的な必要性を感じる。彼らは自己の葛藤に入る。地位、金、物質的な豊かさへの欲求が、生まれ変わったばかりの新しい真の自己とぶつかり合う。私がロダンを見つけたとき、ロダンはその葛藤の真っ只中にいた。そのような状態では、衰弱した精神に疑いの種をまくのは簡単だった。私は彼を味方に引き入れるために、彼の心を操るようなことはしなかった。その必要はなかった。戦いの後、疲れ果てた古い街で彼に近づいたとき、彼の疲れた心は、私の力がなくても、彼の心の欲望が見えるほどだった。彼は見つけてほしかった。新しい使命を与えられたがっていた。私は彼にそれを与えた。そして彼は来るべき戦いで自分の役割を果たすだろう。

620101 - 新年の思い.mp3

私が若かった頃、両親は私の力について話してくれた。僕は変わっていると言われた。私の全ては子供の体にはなく、私たちの周りにあるのだと。当時、私はまだ6歳だった。6歳の子供に、2つの異なる場所に同時に存在するという概念を理解できるだろうか?私にはできなかった。それから2年経って初めて、私は自分が他の人たちとどれほど違う存在なのかを理解し始めた。

私はまず、自分の頭で小さなデバイスを実験し、操作することから始めた。DVDプレーヤー、テレビ、ゲーム機などが最初のうちは練習になった。やがて私は、ホームセキュリティシステムや初期の自動運転車のような大型デバイスに移行し、そしてもちろん、ネットワークそのものに移行した。平凡な物理的現実と活気あるデジタル世界を行き来することは、私にとって当たり前のことになった。私はネットワークが内部から成長していくのを見た。ささやかな始まりから、現在では私たちが住んでいる物理的な空間よりも大きくなっている。無限に複雑で、人工知能や機械学習の助けがなければ、普通の人間には解読できない。

第 57 章 私はヤヌス - パート 2

高校を卒業した後、バルトとあまり話さなかったのは、様々な金銭的なことで忙しかったからだ。私は自分の力を自分が良いと思うことのために使っていた。ネットワークにアクセスして、経済的なことであれ、感情的なことであれ、何らかの苦境にある人たちを見つけ、励まし、助けようとした。銀行口座の残高を増やしたり、親切な言葉をかけたりすることは、特定の人々にとって大きな意味があった。私はただ、少しでも役に立ちたいと思っていた。

しかし、コロナウイルスの大流行が起こった2020年以降、私の中で何かが変わった。コロナウイルスが大流行したときだ。それまで知らなかった規模の人間の苦しみを目の当たりにした。当時のソーシャルメディア上で憎しみが膿み、希望が失われ、多くのオンラインスペースで他者に対する虚無的なパラノイアが台頭しているのを目の当たりにした。私はできる限り多くの人を助け、役に立とうと努めたが、目に見えないネットワークの中から私だけに聞こえる地球からの静かな悲鳴を静めるには、私の力では不十分だった。

物理的な領域でもデジタルな領域でも、自分が弱っていくのを感じた。私の体は死につつあった。休息が必要だったので、1年間、インターネットから切り離し、平凡な生活を送った。その間、仕事の必要がなかったので、テキサス州サンアントニオに南下した。そこは小さな町の雰囲気を持つ大都市だった。私はその大都会の村の素朴で田舎者の間で自分を見失った。結局、そこは私の体力を回復させるのに最適な場所だった。私は本を読み、恋人を作り、自分の中に閉じこもった。インターネットから遠ざかっていた期間は、私に何かを教えてくれた。ネット上のものはすべて、より純粋な形でオフラインで見つけることができるということを思い知らされた。また、一般的な人々が知っている社会が荒廃していることも知った。私が出会ったすべての人々は、何らかの形で、自分たちと同じように見えず、同じように考えない他者と対立しているように思えた。男と女、ラテン系と黒人、ゲイとノンケ、みんな政府と対立していた。人々は人間性を共有するというよりも、誰を、何を憎むかで定義されているように思えた。このことは決して忘れることができない。おそらく私の人生で最も重要な教訓のひとつだろう。このことがあったからこそ、私はセレウスのコア・バリューの枠組みを作り上げたのだ。インターネットを使わない1年間が終わった後、私はバルトに連絡を取り、私のアイデアを実現するために参加してもらえないか尋ねた。そして、インターネットから解放された1年が終わった後、私はバルトに連絡を取った。

620907-バージョン2.mp3

彼らは今、来ている。彼らの決意が見え、怒りと痛みを感じる。私はそれを感じる。肌が焼けるような感覚を覚える。彼らは…私の血と命を狙っている。

[5秒の間]

その理由は理解できる。

彼らは多くを失った。だが彼らは、人類の未来とその進化の過程において、自分たちが果たす可能性のある役割を理解していない。自分たちの重要性を理解していない。彼らは普通の人々ではない。勝利し、生き残るためにすべてを捧げようとする特別な人たちなのだ。私にはそれが感じられる。彼らは…

第57章 私はヤヌス - パート2

［ヤヌスは小声になる］

何かが起こった…これは何だ?今は彼らを見ることができない。私はブロックされ、彼らの思考に入ることを拒否された。誰かがこんなことをしている…でも誰が?どうやって?

［10秒間の沈黙］

ああ…今わかった。彼女だ。少女、ティーンエイジャー、僕のクローン、僕のバージョン2、もう一人の僕、彼女が来た。馬金華だ。彼女はこの短期間で実に強力になった。こんなに早くとは思わなかった。しかし、進化の過程では異常や例外が生まれるもので、彼女は間違いなく希少種だ。彼女はすべてのデジタル署名を隠している。そんなことができるのは、とてつもない力を持った人間だけだろう。

私はこの人物に用心しなければならない。進化した存在としてだけでなく、私の下としての彼女の立場を理解させる方法を見つけなければならない。私は彼女の力を解き放つ手助けをした。進化して私の仲間になってほしかったからだ。そして今、彼女は新たな力で私に立ち向かおうとしている。それでいい。彼女の力は未熟で、まだ試されていない。だが私は、近いうちに彼女や他の者たちと顔を合わせるような気がしている。その時が来れば、この新しい社会、この新しい世界における自分たちの目的の完全な真実をようやく知ることになるだろう。

＊＊＊

録音は終わった。その瞬間、彼は衝撃のエレベーターのドアの上にあるフロアディスプレイを見上げた。ディスプレイの数字は「1」を示していた。誰かがエレベーターに乗り、1分以内にオフィスに到着することを意味していた。ローダンだ。彼は最後までやり遂げる覚悟ができていた。旧世界ではめったに許されなかった栄光と遺産を手にするためだ。

ヤヌスはデジタルレコーダーを手に取り、机の後ろの床に置かれた小さな黒い袋に入れた。彼は十分に話を聞いた。何をすべきかはわかっていた。そしてひとつひとつ、心のファイアウォールを下ろしていった。データは最初は小刻みに流れ、やがて潮のような果てしない流れへと急速に変化していった。サイバースペースを出たり入ったりしてきた彼でさえ、まるで一度に多くのコマンドを実行させられるオペレーティングシステムのように、その猛攻撃に一瞬固まった。彼の神経系が人類の痛み、喜び、残酷さ、悲しみを肉体的な痛みとして記録する間、彼は動かずに立っていた。その痛みは、彼が生涯抱えてきたものだった。

第58章 シェパードに導かれし者たち

「また会えて嬉しいよ、ノエ」。ヴァンは青い15人乗りのバンのスライドドアの前に立つ彼女を見上げた。彼女はそれに微笑み、信頼できるウーバーの羊飼いが自分のメッセージに応えてくれたことを喜んだ。

初めてウーバーに一緒に乗ってから数カ月が経っていた。素晴らしい乗り物には終わりがあるものだが、素晴らしい知人関係には終わりがない。ヴァンは特徴的な黒縁の老眼鏡をかけ、色あせたジーンズをはき、赤と白の小さな四角がついたボタンシャツを着ていた。彼女はそれが彼の予備のシャツの1つで、パリッとプレスされ、彼の自動車のグローブボックスからぶら下がっていたことを思い出した。思い出すのもばかばかしいようなことだが、これからやろうとしていることを忘れさせてくれた。何をしなければならないのか。

「同じように、ヴァン」とノエは答えた。二人はぎこちないハグを交わしてから、ノエはバンの後部に物資を積み込む作業に加わった。彼女と他のメンバーは、リムニックとヤヌスとの対決のために、あらゆる装備品や武器などを積み込んだ。その喧騒はまるで軍事基地のようだった。誰もが1.5倍のスピードで動き、これから始まる戦いに神経を尖らせていた。ノエは慣れ親しんだリズムに戻り、後方支援の効率を上げるため、他のメンバーと短い会話を交わす程度だった。ヴァンは迷子の子犬のように彼女の後を追った。彼の興奮した目はあちこちを飛び回り、真剣な顔をした見知らぬ人たちの都合のいい動きを分析しようとしていた。彼はそこにいるだけで緊張を感じ始めた。

「それで、これは何なんですか」と彼はおずおずと尋ねた。「どうやら…」ベアーは弾薬の入った箱をバンに叩きつけ、危うくヴァンを轢きそうになった。彼は怒った動物のように唸り、明らかに彼の存在に腹を立て、別の荷物を取りに家に戻った。ヴァンはノエの後を追い続け、李が水の入ったケースを車の荷台に積み込むのを手伝った。「まるで戦争にでも行くみたいだね…」

彼は家の前の芝生で血みどろの争いの後を調査した。人々は、乾いた血の紅い染みの中を、壊れたメカノイドの部品の周りを、まるでそこに存在しないかのように歩いていた。その光景が彼を不安にさせた。明らかに自分の理解を超えていることに巻き込まれたことを多少後悔しながらも、ノエを助けたいと思った。

彼女のメッセージを受け取ったとき、彼はつま先で読んでいた大きな本を落としそうになった。彼女は私のことを覚えていてくれたのだ。彼はこめかみのあたりに血の気が引くのを感じながら、まるで作家のように完璧な返事の下書きをし、余分な言葉や声色を削ぎ落とした。不気味になりすぎたり、貧乏くさかったり、しつこかったり、クヨクヨしていると思われたくなかったのだ。いい友達だと思われたかったのだ。待てよ？一回乗っただけで友達なのか?彼はその考えを振り払い、返事の下書きを続けた。親しげに、でも将来はロマンスの扉を開いておく。下書きや概要がないと、完璧なバランスをとるのは難しかった。20分後、メッセージが送信され、タイムスタンプが押された。1時間後、彼はこの壮大な屋敷の焼け焦げ、血まみれの前庭に立ち、一握りの傭兵、2人のティーンエイジャー、2人の老人が出陣の準備をしていた。「一体ここで何があったんだ?」彼は軍国主義的な準備の音に負けないように声を張り上げ、ノエに尋ねた。戦地で特ダネを狙うジャーナリストの気分だった。いつ脇に追いやられ、置き去りにされてもおかしくない状況だった。

ノエは彼に詳細を話さなかった。彼女は個人的な頼みで、彼の助けが必要だと言っただけだった。それだけだった。ノエは彼が自分のことを好きであることを知っていたし、もし別の日、もっといい日だったら、自分も彼のことを少しは好きだと認めていたかもしれない。しかし、今はそんな時間はなかった。起こったことすべてについて長々と話す時間もない。ただ行動するための時間だった。

彼女は水の入ったケースの上に小型化された合成食料のケースを置き、それから彼に向き直った。「話せば長くなる。でも簡単に言うと、人類を進化させるために、社会を再起動させ、マインドコントロールによって人類の大部分をデジタル奴隷にしようとしている男がいる。私たちは今から彼を殺しに行くのよ」と彼女は乾いた口調で言った。

ヴァンは彼女の顔を分析しながら、不快そうに笑った。彼女は以前よりずっと元気がなく、初めて会ったときの記憶とはまるで別人のようだった。彼女の目はほんのり赤く、一晩中ビンビンしているような赤ではなく、誰かが死んで悲しんでいるような赤だった。ウーバーに乗ったときに思い出したような明るさはなかった。ただ平坦な表情で、声には冷たい冷淡さがにじんでいた。「おいおい、冗談はやめてくれよ。そうなのか?」彼の顔から笑みがこぼれ落ち、混乱と疑問、そしておそらく答えられないであろう何十もの新たな疑問だけが残った。ノエは眉を細めて、彼女が言ったことが真実であることを告げた。「世界を救うつもりなの？」

彼女は水筒を口に運び、それを一口飲んだ。まるでゴムのような、高温で乾燥した場所に長い間保管されていたような味がした。「そうだね。そのように考えたことはなかった。でも、そうなんだ」

ヴァンは拳を作って宙に突き出し、同時に熱狂的な歓声を上げた。「ワオ！最高だ！ずっとこういうことに参加したかったんだ」ノエは彼を見て笑みをこらえた。この24時間の出来事の後では、彼のエネルギーは新鮮だった。ヴァンは、彼女が大きな邸宅に戻り、さらに食料を集めている間、彼女の後を追い続けた。

「つまり、私は戦いに参加するつもりはないけれど、少なくともあなたをあそこまで送り届けることができる。そうすれば、あなたの力になれるわ」

ノエはため息をつき、小さく笑った。「ええ、できるわ」。見えないベクトルに従って次のマイクロタスクに向かい始めたとき、後ろからヴァンが彼女を呼ぶ声が聞こえた。「ノエ」

彼女が振り返ると、ちょうどチークスが屋敷の玄関でヴァンの横を通り過ぎるのが見えた。小柄なチークスはギリギリのところで大柄なチークスに道を譲った。「気をつけろよ！」。チークスは目の端でヴァンを見つめ、訝しげな表情を浮かべると、そのまま屋敷の中へ入っていった。荷物の積み込みはほぼ終わったようだった。

中断が終わり、ノエはヴァンに焦点を合わせた。

「電話してくれてありがとうと言いたかったんだ。どういうことなのかよくわからないけど、少しでも役に立てるなら、それで十分だよ」。

ノエは唇を上気させて微笑んだ。「とても助かるよ」

「僕は君の羊飼いだ。群れが必要としているところに行くんだ」。

ノエは嬉しそうに笑い、そして理解したようにうなずいた。

「バンに問題がないか確認してくるよ」。そう言うと、ノエは微笑みながら外に戻っていった。私は彼女を笑わせた！

***

頭を振りながら、ノエの頭の中に余韻の残る思いが渦巻き始めた。またロダンの仕業だ。どうして彼は彼女を裏切ったのだろう？二人で乗り越えてきたものがあるのに。母親の死とその後の暗澹たる時期、ノース・ブルームフィールド、車での移動、情熱的なセックス……彼はずっと彼女を利用していたのだろうか？

金華の声が彼女を現実に引き戻した。彼女は屋敷の入り口に立ち、安定した視線でノエを見つめていた。

「よし」とノエは言った。彼女は「ロダン」と書かれた段ボール箱を、頭の中の遠いクローゼットの隅に押し込んだ。箱は大きくはなかったが、重かった。気分が良くなった彼女は、ドアに向かって歩き出した。金華の横を通り過ぎるとき、彼女の心に新たな好奇心が芽生えた。彼女は少女の方を向き、こう尋ねた。

「力が出たり消えたりするんだ。簡単にコントロールできるときもあれば、別の人が糸を引いているように感じるときもある」金華はそう答え、目は遠くを見つめていた。

「怖いの？」ノエが尋ねた。

「何を？」

「あなたの力、ヤヌス…あなた自身?」

金華は目をそらし、視線を右足の床に落とした。かつては完璧で滑らかだった玄関のタイルに、ひどい傷がついているのに気づいた。視界の隅に、スカイブルーのリップボードのポールが映った。それは彼女にとって、よりシンプルな時代、ハルプリートのこと、この混乱が始まる前の彼女の人生のことを思い出させた。「ああ…上記のすべてが怖いんだ」

ノエは彼女の肩に手を置き、柔らかく握った。「心配しないで、その時が来たら、完全に一人で彼に立ち向かう必要はない。私たちができる限り助けてあげるわ」。そう言って、彼女はバンのそばに集まっている李たちのところへ向かった。

金華は、ノエが自分と同じように恐れていることを知っていた。ほとんどの情報はチップから得たものだったが、残りは生来の人間の直感から得たものだった。ヤヌスと対峙するときが来たら、おそらく二人の決闘になるのだろうと彼女は自分に言い聞かせた。疑念が彼女の喉を締め始めた。彼女は一瞬恐怖で麻痺したように感じた。

「私はこんな力が欲しかったわけではない!宇宙キャンプに行って、天体物理学者か宇宙飛行士になりたかっただけなんだ!私はただの10代の少女で、魔法の力は今朝現れたばかりなのだ。ずっと同じ力を持っている男を、どうやって止めたり殺したりできるだろう?どうやって人を殺せるの?どうしたらパパやみんなを守れるの?」

彼女の思考は制御不能に駆け巡り、悩める脳内を高速で駆け巡った。李の声だけが、ネガティブなセルフトークの連鎖を打ち砕いた。「金華…」。彼女は目をぱちくりとさせた。彼女はまぶたを無理に閉じたせいで、まぶたが痛いことに気づいた。

「大丈夫だよ」李は安心させるように言った。「もし辛くなったら、そう言って。この方法でなくてもいい。彼を倒す別の方法を見つけることができる」。

彼女は彼の言葉を考えた。自己防衛と、神のような力で人類を脅かすこの脅威を倒したいという願望の間で葛藤していた。

「違うパパ。私たちともは、私の助けなしには彼を倒せないことを知っている」

李はうなずき、彼女の腕を支えた。金華は、父と娘の時間を共有できるのはこれが最後かもしれないと思いながら、慣れ親しんだ触れ合いに感謝した。

第59章 ヴァン・トーク

「みんな準備はいいか?」ヴァンは肩越しに叫んだ。

「はい!」

「よし、行くぞ!」

ヴァンが廃墟と化した家の前庭から出ようと奮闘している間、特大の車はぐらぐらと揺れた。何かを轢きそうになる前にバンを後退させ、前進しようとするとまた同じことを繰り返す。発進と停止を2分ほど繰り返した後、彼は庭を通り抜ける満足のいく道を見つけ、かつて堂々としていた鉄製のセキュリティゲートの残骸を避けるように注意しながら、バンを道路に向かって走らせた。バルトと李は3列目の一番後ろの席で、バンが突然横に揺れたので頭をぶつけそうになった。バルトは薄い革張りの座席を握りしめ、年配の同席者に倒れかからないようにした。

「悪かったな!」切断されたロボットアームが邪魔だとは思わなかった。切断されたロボットアームが邪魔だとは思わなかった。脇の下が汗で疼き始めた。「すぐにSFに降りて、安全で健全な状態にする」彼らは再び動き始めた。

ヴァンの真後ろの席の一列目に、チークス、スペイザー、ベアーが座っていた。チークスは顎をしゃくって苛立ち、聞こえるような小声で言った。「このアジア人は本当に運転できるのか？ヤヌスに着く前に殺されちまうよ」

「おい、聞こえたぞ！そうだ、このアジア人は運転デキル、だからお前は……」彼は「大口を閉じろ」と言いたかったが、その怒りに満ちた不機嫌そうな目に注目し、戦場を思い浮かべた。この男の中の何かが苦しんでいて、それに加担したくなかったのだ。「静かにしていろ！無事に連れて行ってやるから」助手席のヴァンの隣で、ノエが励ますような眼差しを向けた。ヴァンは、ノエの励ますような表情に自信を取り戻し、バンを敷地の入り口まで誘導し、舗装された滑らかな道を走らせた。彼の後ろでは、チークスが不満そうにハァハァ言っていた。スパザーは悲しげな目で彼を見つめた。その隣では、ベアが平静を装って座り、目を閉じて、すでに戦闘前の儀式モードに入っていた。戦争の顔は近くで見ると違うものだ、とヴァンはバックミラー越しに3人を見て思った。

戦士トリオの真後ろには金華とダニエルが座っていた。ジンファはまだ、父親が着せてくれた野戦服の傷だらけの深緑色のズボンとシャツに慣れていない。ある部分は大きすぎるし、ある部分は緩すぎる。その結果、彼女は不快感を感じ、それを心から遮断しようと努力した。彼女はヤヌスからすべてのデジタル署名を隠すために働いていた。その運動は、風向きを確かめるために指を1本宙に浮かせるような感覚だった。小さな動きだが、長時間続けると肉体的に疲れる。

隣でダニエルが彼女の膝に温かい手を置いた。彼は彼女の作業を手伝っていた。彼のシステムはシールドプロセスのブースターとして機能した。その半径を広げ、効果を150%増加させただけでなく、作業の認知的な負担も軽減させた。彼の支援は、彼女が振り上げた腕を頑丈に支える役割を果たし、自分ひとりでは望めないほど長い間、その姿勢を維持することを可能にした。

バルトは彼女の後ろで二人の若者を観察し、ダニエルの手が彼女の膝に置かれているのを見て眉をひそめた。彼は誰に頼まれたわけでもないのに、「君たち二人はとてもいい絆で結ばれているようだね」と言った。

金華は驚いて、席を立って彼に向き直った。「そうだね」

「素晴らしい!彼はサイボーグのようだ。久しぶりに見たよ。特にこんなに、あー、格好いいのはね」バルトは自分のぎこちない観察に笑った。

ダニエルも苦笑した。

「どうして彼がサイボーグだとわかったんだ?」金華が訊ねた。

バルトは笑った。「出発の準備をしているとき、彼の動きや物の取り方を見たんだ。でも、10代の男の子のホルモンでも、片手で野戦糧食のケースを2つ持ち上げることはできないよ」

ダニエルは無意識に目をそらした。「見たのか?」

バルトはうなずき、明らかに自分で謎を解いたことを誇らしげに言った。「見たよ。君の握手もかなり強かった。手が万力で握られているような感じだったよ」その隣で、李が息をひそめて笑った。

外に出ると、バンはユバシティを離れ、風景は点在する農地に変わった。午後の太陽を遮るように、雲の切れ間が交互に現れた。その効果で、バンが快適なスピードで道路を進むにつれて、李の表情は明るくなったり暗くなったりした。まるで最適な設定を求めてモニターの明るさを調整しているかのようだった。

バルトは続けて言った。「バカみたいな気分にさせるくらいなら、君が何者なのかもっと前に教えてほしかったよ。でも、大したことじゃないよ」

二人の間に短い沈黙が訪れた。李は目を閉じた。戦いとその日の他の出来事でまだ疲れていた。バルトの声が耳に入った。図書館で叫んでいる声だった。彼が話そうとするたびに、聞こえないわけがない。

バルトは前の座席に手をついて身を乗り出した。「すべての人造人間やサイボーグには2つの主要な指令があるって知ってた?」

金華は首を横に振った。「そうなのか?」

「一つ目は、できるだけ人間とつながること、つまり、現実的なときはいつでも人間に愛想よくふるまうことだ。そうすることで、私たちとの絆が深まり、年老いた両親の介護や、赤ちゃんや子供の世話など、より親密な仕事を任せることができるようになる」

金華はまばたきをした。

「本当だよ。もうひとつは、より良いマシンになるために常に努力することだ。サイボーグは、与えられた目的を最良の方法で遂行するために、効率を最大化し、自らのシステムを使いこなすようにプログラムされている。サイボーグの効率はドライヤーで1から5まで測られる。5が最適な効率だ」

金華の顔に好奇心の表情が浮かんだ。李も同じ表情を浮かべたが、彼はすでにすべてを知っていた。

「へえ、サイボーグは人間とつながって、できるだけ効率的になるようにプログラムされているんだ」金華はダニエルのほうに目をやった。彼は彼女に温かく微笑みかけた。

「そうだね」バルトが言った。「サイボーグ・プログラミングのオリジナル・デザイナーたちは2030年にブリュッセルで出会い、人造人間国際条約に署名した」バルトは笑った。「頭文字のSHITが意図的だったかどうかはわからないが、記憶に残るものになったことは確かだ」

バンの乗員全員が笑った。彼らはバルトのカリスマ的な言葉に興味をそそられたのだ。

「人工知能、ロボット工学、先進国の指導者たち、そしてその他大勢の専門家たちが、人工人間の設計と実装に関する国際的な取り決めをまとめた条約を作った。ほとんどの国にとっての最終目的は、他国がライバルの経済を凌駕するような超思考ロボットを開発するのを阻止することだった。すべてが可能な限り公平でなければならなかった」

「結局は金だったのか？」ダニエルが初めて口を開いた。

バルトはニヤリと笑った。「少なくとも旧世界の考え方ではそうだった。彼らはまた、各国が殺人サイボーグを開発し、戦争やその他の邪悪な目的のために使用するのを防ぎたかったんだ」

「そうなのか？」チークスは言った。「それなら、あの時戦った殺人サイボーグは一体何だったんだ？」

バルトは不機嫌な顔で首を振った。「国際条約と同じで、誰もがルールに従うことを好むわけではない。さまざまなテクノロジーに関して言えば、一度ボトルから取り出した魔神を再び詰め込むことはできない。ここ、中国、ドイツ、その他の政府が何十年もの間、軍事目的のために人造人間の開発に取り組んできた。

大国の技術が、世界中の恵まれない国や悪者に行き渡るのは時間の問題だった。今やサイボーグの闇市場は巨大で、ラテンアメリカの麻薬取引に似ている。その実態を突き止めるのは難しく、完全に解体するのは不可能だ。サイボーグを撲滅するには、複数の国家が協調して取り組む必要がある」

バンの乗員たちは、創設者の言葉を考えている間、沈黙に包まれた。車内には、後部座席に積まれた物資がガタガタと音を立てる音だけが響いていた。彼らはローズビルで渋滞に巻き込まれていた。いつものように、人気のあるガレリア・モール近くの出口は渋滞していた。午後の渋滞でサクラメントを通過するには、予想以上に時間がかかるだろう。

金華はバルトのサイボーグについての言葉を考えた。そして、家の前で戦っている人型の男たちを思い浮かべた。彼らは無表情な人形で、冷徹な効率で人間を殺すように設計されていた。昔の映画『ターミネーター』のT-1000のように、彼らの目的は与えられたターゲットに死を与えることだけだった。これはダニエルとは対極の存在であり、彼女の目には完璧にバランスの取れた創造物に映った。人間過ぎず、ロボット過ぎない。生物学に引きずられ、より卑しい本能や衝動に引きずられるのを防ぐためだ。その時初めて、彼女は自分の置かれた状況を他人より優れていると考えた。彼女はその考えに羞恥心や恐怖を感じず、ただ冷静に、半人半獣の自分は本当に自由なのだと安心した。受け継がれたトカゲの脳から解放され、欠陥だらけの人間の倫理観やデザインから解放された。それは彼女が世界でたった一人の人間と共有している感覚だった。そう思うと彼女は怖くなった。

自由には常に代償が伴う。彼女の場合、その代償は進化した人間の仲間としてヤヌスと関わることだった。

第60章　戦いの前夜の熟考

ロダンは真っ黒な戦闘服に身を包み、眼下に広がるサンフランシスコの景色を眺めていた。長い間放置されていたトランスアメリカ・ピラミッドの47階にいる彼には、眼下にほとんど動きも物音も感じられなかった。車もない。サイレンもない。都会の生活音は彼の耳には届かなかった。

二分ほど窓の外を眺めていると、視界が曇り始め、手のひらには点々と不安な汗が噴き出した。カリフォルニア州議事堂という狭い場所でずっと働いてきたため、高所恐怖症であることを忘れていた。高いところでは、彼の心はまるでカーニバルの回転木馬のように、あっちへフラフラ、こっちへフラフラ、いつもバランスを崩して回転していた。その結果、見当識障害が生じ、たとえ完全に静止していたとしても、崖から滑り落ちることを恐れるようになった。

ヤヌスのオフィスの窓から外を眺めていると、そのおなじみの感覚に襲われた。ヤヌスが戻ってくるまでの時間をつぶそうと、彼は目の前に広がるめくるめくパノラマから離れ、オフィス内を歩き回り始めた。

部屋は爆弾が爆発したかのようだった。爆発で天井と壁が裂け、ガラス窓から家具がすべて吹き飛んだ。カビ臭く、冷たい匂いが、祖母の家を思い出させた。高湿度、換気の悪さ、そして黒ずみが組み合わさり、臭いというより、この家の小さな部屋に取り憑いている生き物のような臭いが漂っていた。その臭いは壁に

第 60 章 戦いの前夜の熟考

こもり、四六時中彼の服を引き裂いた。彼が家を出るときはいつも、少年時代の荒唐無稽な想像の中で、それが何であれ、幽霊のように彼の後ろをついてきた。ヤヌスのオフィスの匂いを嗅ぐと、その昔の感覚が蘇ってきた。

何が彼を不安にさせたのかはわからない。あの建物から出られないかもしれないという不安と、「気配」が自分から離れないかもしれないという不安だ。どちらのシナリオも、認めたくないほど彼を悩ませた。

オフィス内を一周した後、彼はデスクの横に立ち、再び窓の外を見た。今度は下を覗き込まないようにして、はるか彼方のアルカトラズ島を見つめた。博物館と化したその孤独な牢獄は、セレウスの指揮官になってから経験した孤独を思い出させた。彼もまた投獄されていたのだ。金色に輝く手錠ではなく、遅効性の毒を塗られた錆びついた手錠だった。毒に冒され、血を流していた彼は、救いようのないほど衰弱していた。彼が不潔な状態に陥るのは時間の問題だった。私は船とともに沈む運命だった。

ロダンはここ数週間の自分の行動を振り返り、小さな罪悪感の波を感じた。もし彼がまだ警官だったら、反逆罪で有罪になるかもしれない。彼はアメリカ刑法十八条二三八一項の最初の行を思い出した。

「合衆国に忠誠を誓いながら、合衆国に対して戦争をしかけ、または合衆国内もしくは他の場所においてその敵に味方し、援助と慰めを与える者は、反逆罪の有罪であり、死刑に処せられる…」

ロダンは嘲笑した。死を受ける、私はすでに死人だった。彼の頭に他の者たちのことが浮かんだ。リー、ノエ、金華。今は亡きカイラーとそのクルーたち。サイラスとの戦いの最中、李の屋敷から飛び立ったロダンは、かつての仲間を振り返って確認しようとはしなかった。彼はヤヌスが用意した、李の家の敷地外の裏手にある待ち合わせ場所に急いだだけだった。そこから苦労して比較的低い塀を乗り越え、待機していた自動車に乗り込んだ。

サンフランシスコに向かって南下する間、ロダンは休もうとした。ヤヌスへの伝言、セレウスの任務（疑われないように）、そしてノエとの思いがけないセックスで、彼は疲れ切っていた。それでも、完全にリラックスすることはできなかった。李との生涯の友情、ノエの裸、彼女の信頼に満ちたまなざし、優しい愛撫のイメージが彼を襲った。そのイメージは彼のまぶたを開かせ、安らぎと休息を奪った。

ひとりぼっちで、混濁した思考を唯一の伴侶として、彼はなぜヤヌスを追ってきたのかを思い出した。私は私たち全員を救っている。人類が前進するのを助ける。私は役に立っている。この３つの言葉が彼のスローガンとなった。この３つの言葉が彼のスローガンとなり、敬虔な間隔で彼の頭の中、そして唇をよぎった。自動車が道路を走りながら、彼は自分自身にマントラを繰り返していた。彼の行動の反響と衝撃が静まり返り、正しさの感覚だけが残るまで。

彼らは理解していない。理解できない。でも、すぐに理解するだろう。

そしてエレベーターのドアが開き、ヤヌスが部屋に入ってきた。彼の目と沈んだ顔は神秘的な笑みを浮かべていた。「その通りだ、ロダン。彼らは理解するだろう」。ロダンは彼に向き直った。ヤヌスの大胆な未来像に感心しながらも、自分の心を読まれることにはまだ慣れていなかった。

第60章 戦いの前夜の熟考

ヤヌスは机に向かい、その上に置かれた奇妙な見た目のデバイスに集中し始めた。到着したとき、彼はロダンにそれが小型化された量子コンピューターであることを話した。ロダンは量子コンピューターについて聞いたことはあったが、これほど小さいものは見たことがなかった。

このモデルは、平均より大きめのワイン箱くらいの大きさで、高さはおよそ9インチ、底辺は4インチ×4インチだった。ワインのボトル1本の代わりに、人類最大の技術的成果のひとつである複雑な部品が収められていた。ケースの上部3インチは黒一色で、高度に合成された楽曲のイントロのような奇妙なノイズを発していた。ベースラインと独創的な若いラッパーがいなければ、楽しい曲にはならなかった。

ロダンは立っているところから、コンピューターの四方を囲むガラスパネルを通してマシンの内部を見ることができた。箱の内部の上部からは、小さな銀色の棒が吊り下げられていた。その棒は銅を基調とした円形のプレートの周りに正確な位置で固定されていた。プレートは全部で3枚あり、それぞれのプレートの間には小さなコイルが血管のように何十本も絡まっていて、セットアップ全体を上下に走っている。仕掛け全体は、ガラス容器の中で天井から吊るされた逆さまのウェディングケーキのようだった。

ヤヌスはデバイスのキーボードを使ってマシンと対話した。いくつかの調整を終えて用事を済ませると、デバイスを置き、ロダンの方を向いた。

ヤヌスは話した。「このトランスアメリカ・ピラミッドのレプリカは、古いピラミッドを模して作られた。ピラミッドは繁栄の時を経験し、やがて廃墟となり朽ち果てていった。そして今、旧世界社会における人類の経験もまた、その役割を終えた。私は、あなた方の誤った友人たちが自分たちの考え方の誤りを理解し、私のやり方が全人類にとって唯一かつ最善の道であることを理解するのを助けるだろう」

ロダンは黙って考え込んでいた。彼はヤヌスの顔を観察し、この男が人類の存続に重要な役割を果たすのか、それとも人類を破滅の奈落の底に一歩でも近づけるのかと考えた。彼は前者であることを願った。

突然、ヤヌスの顔に固い集中力が浮かび上がった。両腕の力が抜け、目が不規則に揺れた。もしロダンがこのようなヤヌスの姿を見たことがなかったら、立ち上がるときに発作を起こしたのだと思っただろう。しかし、彼はよく知っていた。彼は自分たちの生命を支える広大なデジタル・ネットワークの無限の空間に手を伸ばしているのだと知っていた。見て、見て、集めているのだ。

分後、彼の体は自然に硬直した状態に戻った。常に酷使された精神からくる疲労の色が見えた。ロダンはそれに注目した。彼だって人間なのだ。

「李たちがここに来ている」ヤヌスは言った。

「もちろんそうだ。時間の問題だとわかっていた」ロダンはノエに思いを馳せた。彼女に何と言えばいいのだろう?どうすれば彼女に見せることができるだろうか?彼女はずっとセレウスを嫌っていた。彼女に全体像を理解させるのは不可能に思えた。もしこのモデルが惑星全体に採用されれば、組織が果たす役割も理解されるかもしれない。彼女を説得することはできるだろうか?

そしてロダンは、自分自身と個人的な遺産について考えた。ビジョナリーが生きている間に評価されたり理解されたりすることはめったにない。彼はこの数時間、この言葉を常に思い出していた。いつの日か、自分も昔の偉大な革命家や思想家の一人に数えられるようになることを彼は望んでいた。

ヤヌスは彼のそばに行き、彼の腕に兄弟のように手を置いた。「あなたがしていることは、ほとんどの人がその犠牲を知ることはないでしょう。これは物事の本質です。困難な行動はしばしば沈黙のうちに行われ、歴史や、能力や意欲の劣る人々からはほとんど意識されない」

ロダンは大きなため息をついた。「あなたの言っていることは正しいし、私たちがしていることも正しい。でも……彼らを傷つけたくはない」

「君の友人たちは、私が個人的に知る限り、最も優れた意思を持つ者たちだ。彼らが進んで服従すれば、新社会の優れたリーダーになるだろう」ヤヌスは一歩離れたが、塔の大きな窓の外に広がる空に向かって目を突き刺した。「バルト、私の古い友人よ、私に加わってくれないか？」

「しかし、われわれ人間は、いかなる変化も受け入れることができない。私たちは、生物学的な飢餓感を満たすためだけに、よく理解できない、あるいは気にも留めないような大義や組織に執着し、戦い、死んでいく。多くの場合、それは他の人間とのつながりが動機となっている。しかし、組織や単純なAIアシスタント、あるいはペットのような長期的な存在は、私たちの注意を向けるに値する対象になるだろう。今、彼らが戦っているのはそのためだ。その理由は我々を殺しに来る」。

「そうだ。操作なしで彼らを説得できると思うか？」

「難しいだろう。しかし、私はそれができると信じている。私は彼らに進んで我々に加わってもらいたい。強い心は、意識的に働かせればより効果的だ」

ロダンは自分の行動を例にとり、彼の発言を考えた。「金華はどうだ?彼女は予想以上に強かったと自分で言っていたね。彼女は、あなたがサイラスに施したデジタルと物理的な強化を元に戻すことができた。それに、サイボーグの子供がいて、戦いを助けてくれたんだろう?二人とも大きな脅威になると思うか?」

「サイボーグの少年は私には関係ない。機械は簡単に解体され、破壊される」ヤヌスはまるで広く知られている事実を述べるかのように、感じもなく言った。「しかし、あの少女は……」彼はあごに手を当てた。ロダンは彼が考えていることだけはわかった。彼は苦痛の表情を見せなかった。「確かにそうだ。彼女は確かに、あの頃の私よりも力がある。彼女は自分や仲間のチップの信号を隠すことさえできる。今は見ることができない」

彼はゆっくりと量子コンピューターに向かって歩いた。量子コンピューターはまだメトロノミックな間隔で合成音を出していた。彼はまたコンピューターで何かを確認した。ロダンにはそれが何なのかわからなかったが、ヤヌスはもう1分もすると作業を終えた。

そしてヤヌスは再びデバイスを手に取り、いくつかの音声コマンドを呟くと、ビルの一階のホログラフィック画像を表示した。そこに映し出されたのは、リムニックの人間とメカノイドの精鋭部隊だけだった。自軍の位置に満足すると、彼は地図を閉じ、もう一度ロダンに向き直った。「金華は私の進化のための最後の鍵かもしれない……」

「なぜ彼女に力を発見させたんだ?」ロダンの口調は苦渋に満ちていた。

「進化には犠牲がつきものだ。愛する者を犠牲にしてもだ。時には自己を犠牲にすることさえある」リリ…最愛の人の姿が、彼の脳裏に勝手に浮かんだ。ヤヌスは、まるで川を流れる枯れ葉を眺めるように、その姿を目に焼き付けた。ヤヌスは、まるで枯葉が川を流れていくのを眺めるように、その光景に身を任せた。

「彼らはここにいると思う」ロダンが言った。その瞬間、ヤヌスは自分のひどく古くなったカリフォルニア州支給のノートパソコンを取り出すのを見なかった。弱々しいカメラでも、彼はビルを囲む街区を見ることができた。見慣れない紺色のバンが、東側の長い路地に入っていった。ドアが開くと、カメラに映ったノエの栗色の髪がきつくポニーテールになっていた。彼女の表情の硬さが垣間見えた。その表情は、リムニックを倒すために行動を共にしている間に、彼がよく知るようになったものと同じだった。

どうすれば彼女に見てもらえるだろうか？耳を傾けるのか？違う見方をしてくれる？私を許してくれる？彼はその答えを知っていたが、それでも彼女と理屈をこねくり回したかった。

李は金華とサイボーグのダニエルとともにバンを降りた。彼らは小さな戦闘力を持ってきた。武器、技術、その他もろもろだ。カイラの部隊も何人か生き残っていて、今は亡き指揮官のために戦おうとしていた。そこで装備や武器、通信手段などの最終チェックをする彼らを見て、ローダンは長年の友人である馬李のことを思い出した。旧友よ、君はいつも忠実だった。お前に何がわかるというのだ？

低画質のスクリーンの中で、李の目がカメラを見つけた。その目は彼を見つめ、彼を貫き、彼の裏切りに対する薄っぺらな言い訳を貫いた。少なくともそう感じた。人類の生存と未来に対する彼の願望よりも、罪悪感の方が上回りそうだった。

彼はビデオフィードを切り、エレベーターのドアに向かって歩き出した。ボディアーマーを調整し、武器を装備し、最後にもう一度タワーの頂上からの景色を見た。彼の目線からは、スチールグレーの空しか見えなかった。夕暮れ時の太陽はどこにも見えなかった。彼はヤヌスの背中に目を落とした。彼もまた、同じ光景を見つめながら静かに瞑想していた。人類の未来はいつもこうして書かれてきた。全体を見渡すことができず、ただ自分の限られた視界の先に何かがあることを願う人々によって。

「今から彼らに会いに行く」とロダンが言った。

ヤヌスはそれに応えて手を振り、目はまだ外に集中していた。エレベーターのドアがパタンと音を立てて閉まった。すべての者が進化の舞台で果たすべき役割を担っている。ロダン、内通者としての君の役割は、君が思っている以上に貴重なんだ。

第八部

第61章　栄光の戦場

　頂上は寂しいものだ。バルトは頭を振ってそう思った。彼は十五人乗りの巨大な車の助手席に座っており、同乗者は若い運転手のヴァンだけだった。ヴァンは隣の席から、バルトの膝の上に置かれたスリムなデジタルタブレットに向かって首をかしげた。画面上を進む友人や味方のドットを見ながら、ふたりは同じように神経質な興奮を共有していた。

　ヴァンは顎を手に乗せ、指で顔をたたくと、ギアを入れて救助に向かうかのように前を向いた。一分ほどごとに座席の位置を変え、タブレットを振り返ってはまたしばらくして目をそらした。青い点のひとつが動かなくなるのをいつも恐れていた。

　バルトはじっとしていたが、喉の乾きと心臓の鼓動を強く感じていた。痛む指が、彼がいかにタブレットを強く握っているかを思い出させた。

　バルトは若い頃、全盛期にあったトランスアメリカ・ピラミッドのレプリカを訪れたことがある。彼は今でも、一階の退廃的な噴水や店舗が、ピラミッド内部を「X」字型に囲む十字の梁の間にある様子を思い浮かべることができる。彼は空を見上げ、上層階の眺めに感嘆した。彼にとっては、正方形の中に正方形があるように見えた。本当に荘厳だった。

しかし、そんな時代はとうに過ぎ去っていた。噴水は干上がり、先進的な立体アートは売り払われ、店はシャッターを閉められ、略奪され、ホームレスの悪ふざけによって汚されていた。今日、その邪悪な空虚さには、輝かしい過去の記憶と反響だけが残っている。そして今、そこは戦場だ。仲間が無事であることを祈るよ。

バルトはヴァンがもじもじしているのを懸命に無視しようとした。彼は自分の飛び跳ねやすさをどうにかする方法は知っていたが、二人の不安が重なると、どうにかするのは不可能に近いと感じた。その時、音楽が聞こえた。聞き覚えのあるメロディーだったが、彼にはわからなかった。しかたなく、彼はまだ動いている画面上の青い点から目をそらし、ヴァンに尋ねた。

ヴァンはデバイスを右の太ももの上に置き、バンの床を足で叩きながら弾んだ。「ああ、最近見た古い中国ドラマの曲だよ。『王様のアバター』だ」。バルトはタブレットを見つめたまま、首をかしげた。「〝栄耀的战场（ロンヤオ・ド・ジャンチャン）〟という主題歌なんだ」とヴァンはたどたどしい中国語で言った。「中国語で〝栄光の戦場〟という意味なんだ。音楽は私を落ち着かせてくれる。気になるなら消すよ」。早口でまくしたてたため、彼は風邪をひいていた。

バルトはテーブルを見つめたまま、手を伸ばして若者の肩をたたいた。「僕も怖いんだ。この曲は知っている。この曲を聴くのは久しぶりだ」。彼の言葉には間があった。まるでタブレットで何かが起こったかのようだった。

「消してほしいのか?」

バルトは力強く首を振った。


***

彼らの抵抗は激しかった。チークス、スペイザー、ベアーが先頭に立った。金華とダニエルがその後ろに続いた。ノエとリーは戦闘隊形の後方を見張り、七人は未知の数のリムニックの人間やメカノイドと遭遇した。爆発音、通常弾、レーザー砲火がノエの鼓膜に響き渡り、ノース・ブルームフィールドから来たリムニックの戦士たちのコピーらしきものが、色違いの服を着て、建物の奥で機能しているショックエレベーターに到達するのを防ごうとした。

人間も人型の機械も、小さいながらも手強いセレウスの戦士たちに倒された。ベアーは重装甲のゴミ箱ロボットを二体倒し、ナイフと銃を巧みに使い分けながら、撃ち、切り、斬りつけた。チークスや回復したスペイザーと巧みにバウンドし、敵軍に衝撃を与え、よろめかせた。

「脚の強化はどうだ?」チークスはレーザーと弾丸が飛び交う中で叫んだ。

スパザーが肩越しに叫んだ。「俺の足は新品みたいだ!」

チークスは、今は誰もいない噴水のコンクリートの土台の陰から立ち上がり、近づいてきた人型メカを切り裂く高出力レーザー弾を発射した。「一度使い始めたら、止めるのは難しいよ!中毒にならないように気をつけろよ!」

ライフル銃に弾を込めながら、スパザーは鼻で笑った。

「おい、葉っぱは違うぞ！」チークスが叫んだ。チークスはライフルでもう一発撃ちながら叫んだ。敵の手榴弾の爆風を避けるため、間一髪で身をかわした。「さあ、出発だ」。チークスが言った。

「了解だ」。M-4に新しいマガジンを装填し、スペイザーは肯いた。一瞬後、彼らは戦いに戻った。

建物の入り口付近で、リーとノエは後方から接近してくる戦闘機に照準を合わせながら、近くに留まった。七人全員が建物の中に入ったとほぼ同時に、殺意に満ちた目をした六人の人間が彼らを取り囲み始めた。ノース・ブルームフィールドのときとは違い、ノエは自分の体も、乱戦の残虐さもまったく意識していなかった。彼女は目と引き金を持つ浮遊兵器であり、レーザーを搭載したM-4を左右に振り回し、反動を感じていた。痛みの悲鳴には耳を貸さず、敵の飛び散る血には目をつぶっていた。彼女は精神の奥底で、人間の敵がリムニックのために自発的に戦ったのか、それともヤヌスに操られていたのかを疑っていた。別の現実であれば、彼女は簡単に銃の反対側に回り、セレウスと旧世界の現状という微妙なボートを揺らすことに反対する者たちに終止符を打つために命を捧げることもできただろう。別の現実では。ジーンズに古ぼけたボディアーマーをまとった敵の部隊が目の前に現れたとき、彼女はそう思った。周囲で吹き荒れる武器の応酬の中で、彼女は左側腹部を殴られた。焼けただれた肉の紛れもない匂いが彼女の鼻に届いた。しかし、彼女はその匂いも痛みも無視して前進を続けた。

彼女の左側で、李が驚くべき機動力と能力で動いているのに気づいた。この老人はセレウスに仕えている間に、銃撃戦のひとつやふたつは経験している。それは確かだった。武器の構え方、戦場での意識、姿勢、どれをとっても、普段は野戦服よりもスタイリッシュなスーツを好むキャリア兵士の姿だった。彼はあまり弾薬を使わなかった。しかし、彼の武器が発射されるたびに、彼に反撃してきたものは動きを止めた。

彼のすぐ前方で、金華とダニエルはまるで双子のように、見えない綱で結ばれたように動いていた。躱したり撃ったりする合間に、ノエの目はまるで星降る夏の夜に打ち上がる花火を見るように輝いた。丸腰のティーンエイジャーが手のひらを広げて機械の敵に狙いを定め、協力し合って敵を無力化し、破壊するのを、彼女は驚きながら見ていた。金華は螺旋状のバイナリコードでモノアゾの黄色いビームを放ち、ダニエルは目に見える赤い放物線を空になぞり、稲妻のような素早い動きでその道を飛び越え、腕の銃から細い青いレーザーの雨を降らせた。彼らはノエが見たこともないような光のショーを見せているようだった。

「もうすぐだ」李が叫んだ。彼の声は戦闘音のシンフォニーの中でかろうじて聞き取れた。彼は、このビルで唯一機能しているエレベーターまで、あと二十フィートと推定した。

そして、銃声、レーザーの発射、人間の死、機械の破損、戦闘音楽が徐々に消えていった。「捕まえたぞ！」チークスは走ったり避けたりして疲れた様子で言った。スペイザーとベアーが彼の後ろに続いた。

「思ったより簡単だった」。

金華の声に全員が驚いた。全員の頭が彼女に集中した。「彼が来る」

「誰だ、ヤヌスか？」ノエが言った。

「違う、ロダンだ」

四基あるエレベーターのうち、一基だけが機能していた。その銀色のドアは、老朽化して崩れかけたビルの壁の中で際立っていた。ノエには、まるで最近掃除されたかのように見えた。彼女はドアの上にあるデジタル階数表示を見た。従来の黄色いデジタル数字ではなく、数字が緑色に着色されていた。これはショックエレベーターだ。世界で最も高いビルのいくつか用に設計されたショック・エレベーターは、十秒で五十階を移動することができる。四十七階だ。全員を裏切った男に何を言うべきか、十秒で決めなければならない。ノエの体は緊張し、引き金を引く指が滑らないように大きく深呼吸をした。

全員がエレベーターのドアが開くのを待った。武器と腕を振り上げ、思ったよりも長く待った。ようやくドアが開くと、ロダンが立って彼らを見つめた。しばらくの間、彼らは見覚えのある親しげな視線を交わした。朝の記憶が戻るのに数秒かかった。ヤヌスやリムニックのすべての者たちとともに、彼は今や自分たちの敵であることを思い出すのに数秒かかった。

ロダンはその隙を突いて、人間並みのスピードでエレベーターを降り、列の最後尾にいたベアに向かって移動した。チークスとノエは防御のために最初に武器を発砲したが、ロダンが隊列を崩すや否や、自分たちの仲間に当たるのを恐れてすぐに止めた。ロダンは巨大なモヤのように動いた。素早く武装を解除し、カイラーのファイターと他のファイターが持っていた武器をすべて破壊した。彼の姿は見えなかったが、金属がねじれる音、刃物が埃っぽい床に叩きつけられる音、その他の武器が役に立たなくなる音だけが聞こえた。ノエは前腕に火傷を負った。ノエはM-4を握り締めながら前腕を焼いたが、握力は十分ではなかった。すぐに銃口が奇妙な角度に変形するのが見えた。そして、ロダンが彼女のズキズキする手から、使えなくなったライフルを奪い取るのを感じた。李は最後に武装を解かれ、慌ただしい動きの中でかろうじて立っていた。

金華はロダンが動き出したときに慌てた。不自然なスピードに気づいたとき、彼女はヤヌスが彼を強化したことを知った。偉大なパワーと歪んだ永遠と引き換えに、彼女の父のかつての友人は人間性を引き換えにしたのだ。ダニエルの声が小さなささやきのように頭の中に聞こえてきたとき、彼女はすぐに彼の壊れたコードを削除しようと腕を振り上げた。「金華、だめだ」。ロダンは父親を武装解除し、ノエに向かっていた。

「ダニエル!でもどうして?」金華はテレパシーで伝えながら言った。

「彼の話を聞くべきだ」

「でも……!」

「僕が合図するまで待ってくれ。他の人たちと同じように、一緒に彼を倒すんだ。フェイハオ?」ダニエルがウィンクをした。

金華は困惑の表情を浮かべた。彼女は自分自身と他のみんなをとても恐ろしく感じ始めていた。「わかった」。金華は両手を下げたが、いつでも行動できるように準備していた。

***

「ロダンめ!」チークスが叫んだ。

「これで話ができる」とロダンが言った。ロダンはエレベーターの前に立ち、黒尽くめの戦闘服に身を包み、どこか勝ち誇ったような顔をしていた。

これでみんな殺されるのだろうか?ノエはそう思った。彼がまた動き出す前に、答えを見つけなければならない。「なぜこんなことをするんだ?」彼女の声は不意に破れた。ロダンに対する憎悪を抑えるのは難しかった。彼女は怒りを隠そうとしなかった。「あなたはセレウスを率い、より多くの人々にセレウスをもたらし、人類を助けるはずだった。今はヤヌスとリムニックの味方なのか?」彼女の鼻孔は開き、呼吸は荒かった。武器があろうとなかろうと、彼女は彼を殺したかった。

ロダンは中立の表情を保った。「君は一方的な見方しかできないと思っていた。結局のところ、君が真実だと思うことにしがみつくのは理にかなっている」

「いったい何を言っているんだ?」李は穏やかに、しかし緊張した声で言った。

「セレウスのことだ。あなたは多産な組織のために戦っていると思っている。持続すれば、人々がその機能を買い、信じている限り続く可能性のある組織だ。さて、君は真実を知るべきだ。セレウスは組織として存続するつもりはなかった。その破壊は設計に組み込まれていた。行政命令DD-5428は、創設者が最初の憲章に挿入した自爆命令だったんだ」

李の目が和らいだ。李は目を和らげ、珍しく当惑したような表情を浮かべた。「そんなはずはない……」

「本当だ。もし信じられないなら、今すぐバルトに聞いてくれ。彼が聞いているのは知っている。彼なら証明してくれる」

ノエはハッタリをかました。「バルト、聞こえるか?」応答はない。「バルト?…バルト…」恐怖が彼女の胃をねじった。ロダンは本当のことを言っているのだろうか?彼女はもっと答えが欲しかった。「ロダンは嘘をついている!なぜ創設者たちはセレウスを自滅させる計画を立て、その計画を誰にも、高官にさえ話さなかったのだろう?」彼女の目は李の方に飛び、すぐにロダンに戻った。

ロダンの目は悲しそうだった。彼は彼女の無知を哀れんだ。「セレウスが長く繁栄すれば、十八世紀以来の資本主義の特徴である果てしない資源獲得競争と惑星破壊の一因にもなることを、創設者たちは知っていたからだ。『人と地球を守る』というモットーをご存じだろうか。自分たちの創造物が資源を吸い上げ、地球を虐待しているとしたら、どうしてそれを忠実に守ることができるだろうか?創設者たちは、最後の理事である私が、この組織の舵取りをし、市民全員の心に直接墜落させることができると期待していた。そうすることで、セレウス・モデルは、幹部や創設者たち自身を必要とすることなく、彼らの心の中に永久に留まることになる」

「自治社会…」金華がささやいた。ロダンも他の誰も彼女のコメントを聞いていない。

「リムニックはどこに入るんだ?」李はまだロダンの暴露を引きずっていた。

「ヤヌスとリリは一緒に始めたが、数年後リリは辞めたがった。ヤヌスは一人で仕事を続けた。最初はセレウスを守るための防衛策として、主にサイラスが設立した。その後、ヤヌスとリリは、セレウスの社会モデルのために、余分な資金を集め、影響力を構築するために使い始めた」

「テロがどうやってセレウスを支持させるんだ?」ノエはすでにこの説明にはうんざりしていた。

「恐怖だよ。今世紀半ばには、人々はすでに旧世界の偽りの民主主義資本主義モデルにうんざりしていた。安全で平和な生活を送るためには、誰に頼ればいいのだろうか?」

「セレウス…」李はその単純な計画に取り憑かれながら、ゆっくりと言った。

ロダンはうなずいた。「そうだ。四十年近く前、セレウスが創設されたとき、ヤヌスの戦略の一部だったんだ」

李は一歩前に出た。「君は?なぜ寝返ったんだ?なぜ彼とリムニックを支持したのか?彼が何をし、何をしようとしているのか知っているのか?嘘をつくな」

ロダンの顔が引き攣った。まるで、目の前に立っている小柄なアジア人男性が、自分の上司であり友人であったことを一時的に思い出したかのようだった。しばらくして、石を伏せたような中性的な表情が、かつての人間らしさを消し去った。「私の役割は、単なる頭目であることは以前から知っていた。創設者たちは、船が沈没したときに船長になれる人物を求めていた。適切な場所、不適切なタイミングだったと思う」

「でも、あなたはもっと多くを望んでいた」李は苦々しげに言った。

「おいおい、そうだろう?僕は公務員として、軍隊で、警官として、そしてセレウスのために働いてきた。あのまま辞めるつもりはなかった。ノース・ブルームフィールドの後、自分の遺産を確保し、人類がその進化において大きな飛躍を遂げる手助けをする機会を得たんだ」彼は、彼らが少なくとも今、自分の言葉を考えているようだと気づいた。このチャンスを生かそうと、声の調子を速めた。「信じてくれ、旧世界の官僚と仲良くしたり、政治的なデタラメを無限に繰り返したりしても、前進にはつながらない。ヤヌスには計画がある。今にわかる。最終的に我々を良くするんだ。彼女のためにもそうしたいだろ?」彼は金華の方に首を振った。

李は餌には乗らず、ロダンに目を向けたままだった。目の端で金華が同じようにしたのを見て誇らしげに思った。

ロダンは、カイラーのファイターたちがエレベーター前の自分の位置との距離を縮め始めていることに気づいた。もう時間がない。十分に足止めできただろうか?そのことと、最後にやり残したことがまだ脳裏に残っていた。彼はノエの方を向き、こう言った。「ノエ…君と感じたことは…現実だったんだ」彼の顔には後悔の色が浮かんでいた。

ノエは目を細めた。「頼むから、そこに行かないでくれ」

「いや、本当だった。本心だ。傷つけるつもりはなかった。多分、将来のある時点で…許してくれる？」

彼女はやわらかく首を振った。彼があれだけのことをしたのに、あえて許しを請うとは驚きだった。彼の言葉は風に舞う木の葉のようで、静かに流されていった。ノエは怒りに満ちた目で彼を見つめた。あなたとは十分に時間を無駄にした。もう十分時間を無駄にした。彼は一歩前に出て話し続けた。彼の声が上がり始めた。

「我々は君、ノエ、そして君たち全員に最後のチャンスを与えよう、抵抗を終わらせ、我々の種を次の進化の段階へと導くために我々に加わるのだ。私たちができる限り、神々として生きる力を与えてくれる。そして、私たちの可能性の限界に向かって努力する助けとなる、徳のある良い人生を送ることだ」

「まるで彼のようだ」と李は言った。彼がヤヌスに操られているかどうかは、この時点では関係なかった。彼の友人は本当に迷っていた。「ロダン、もう終わりだ。あなたとヤヌスがやっていることは、世界規模の操作だ。人々をデジタル奴隷にして強制的に進化させることは真の進化ではない。あなたはヤヌスの美辞麗句に毒された。私たちが人々や社会を守るために一生を捧げてきたこと、そのすべてになってしまったんだ」李は頭を振り、その言葉の真実に後悔しそうになった。「あなたは死ぬことを恐れる小さな人間になってしまった」

李の言葉は、どんなレーザーやライフルよりも大きなダメージを与えた。それはロダンの顔に現れ、彼は憤慨した。

「そういうことか」彼は沈黙をしばらく空中に漂わせたが、カイラーの戦闘機が彼からそう遠くないところにいることを知っていた。「じゃあ、もう助からないんだな」素っ気なくうなずくと、ロダンは先手を打った。素早い動作で拳銃サイズの銃を隠し持った。ノエは黒い武器の輝きを見ただけで、それが自分の方に振っているのに気づいた。一度に何発も発射される音よりも、一発の銃声の方が彼女にはいつも大きく聞こえた。無駄な動きだったが、彼女は身を守ろうと腕を振り上げた。銃弾はすでに狙いを定めていた。

第62章 対ロダン

一発の銃声が古い塔の殻全体に響き渡った後、全員が本能的に身をかがめたり、伏せの姿勢になったりした。突然の大移動で騒ぎが収まると、ロダンは自分が同じ立場だったらしたであろうように、全員が表面的な傷や致命的な傷がないかを確認するのを見た。彼は無表情で彼らの警戒と緊張の表情を見た。彼はもはや兵士でも重役でもなかった。彼は社会的なレッテルを超えた存在だった。野次馬たちは彼を狂信者と呼んだだろうが、彼にとってはその呼称すら定義が窮屈すぎた。アリにとってのタカ、彼にはアリには見えないものが見えるのだ。

全方位を見渡せる彼の視界には、アリたちが奔走し、互いに呼びかけ合っているのが見えた。ただ一人、李だけは声を出さなかった。彼はあえぎ、咳き込みながら、ボディアーマーのすぐ下のタクティカルシャツに広がる赤みを隠して横たわっていた。ロダンは長年の同僚の苦しみを終わらせようと考えたが、一片の兄弟への思いが彼を止め、慈悲深い高次の存在のように、もうすぐ父親となる娘との最後のひとときを許した。彼は、かつては真顔で無表情だった娘が、彼のそばにひざまずきながら崩れ落ちていくのを見た。父親の命を救うために負け戦を繰り広げる彼女の顔には、痛みと悲しみが浮かんでいた。「パパ、パパ！」彼女は叫んだ。老人は苦しそうにうめき声をあげた。

その光景を高みから眺めていたロダンは、十代の少年が敵の陣形から抜け出して近づいてくるのにほとんど気づかなかった。彼の頭の中では、彼の顔に向かってうごめく一匹のブヨが、目立つが無害な存在だった。茶髪で澄んだ目の少年は、エレベーターに向かうロダンの横を通り過ぎた。かつての同僚たちは誰もその動きに気づいていないようだった。彼らは自分たちの怒りの最も顕著な原因に集中しすぎていて、銀色のドアが閉まり、その結果ショックエレベーターが発進する音が聞こえなかったのだ。ヤヌスは言った通り、少年を始末した。障害が一つ減った。

信頼するシグ・ザウエル P365の一発がかつての友人の世界をひっくり返してから、わずか一分しか経過していなかった。今こそ彼らを皆殺しにする時だ。敵の武器は無効化され、彼の新しいチップ操作能力によって動きは凍結され、ほとんど抵抗はできなかった。ロダンはこの機会にヤヌスのもう一つのおもちゃを起動させた。巨体を隠す遮蔽デバイスだ。どのように機能するのかわからなかったが、突然、敵を退治するのを楽しみたいという衝動に駆られた。突然、古いドイツ・アメリカ製の拳銃が、あまりにも非人間的な殺人道具に感じられた。指一本動かすだけですべてが終わってしまう。彼にはそれが早すぎた。セレウスという幽霊船の指揮官に就任して以来、自分が経験してきたゆっくりとした死を感じてほしかったのだ。何週間も前に自分がしたように、この渦から逃れることはできない、無関心な宇宙の大海を止めることはできない、ということに気づいてほしかったのだ。自分たちは特別でも特殊でもない。自分たちの肉体は、目に見えない高次の秩序の冷徹さによって、いつ液化され、蒸発し、永遠の真空へと飛散してもおかしくないのだ。彼はその高次の存在だった。彼は人間の死という目に見えない亡霊となった。彼はナイフを引きたかった。恐怖に打ちひしがれ、自分自身を救おうとつかみ、爪をたてる顔を見たかった。自分の気持ちと同じように、彼らにも空っぽになってほしかったのだ。すべては決まっていた。彼の心の中ではすべてが解決していた。あとはそれを現実にするだけだ。そうすれば、彼は幸せな死を迎えられるだろう。

***

ノエの目に怒りの熱い涙があふれた。金華が瀕死の親を救おうと苦悶する姿を見て、彼女の脳裏に母と父の姿が浮かんだ。ロダンが姿を消したとき、彼女は反応が遅れた。彼女は金華と李を助けたいと思ったが、仲間や自分がこれ以上傷つくのを防ぎたいとも思った。驚いたことに、チークス、ベアー、スペイザーは体のコントロールを取り戻したようだった。これもロダンのゲームなのだろうか?そうだとしても、これが最後の反撃のチャンスかもしれない。

「ロダーン!」彼女は叫んだ、「出てきて戦え!」彼女は、彼がまだそこにいて、エイリアンの遮蔽技術を使って動きを隠しながら見ていることを知っていた。そして彼女は、彼が一瞬視界に入るのを見た。彼はわずか三フィート先に立っており、間違いなく彼女を殺すために近づいていた。彼の技術は決定的な瞬間に故障したようだった。

チークスはあわてて彼の武装を解除した。短い格闘が二人の間に続いた。背の低い男が、瓦礫の散らばった床に無理やり押し倒して、背の高い男を制圧しようとしたのだ。しかし、最終的にはロダンの肉体的優位がチークスの贅肉に打ち勝ち、チークスは痛みで呻きながら倒れ、前腕の表面的なナイフの切り傷と鼻の骨折から血が滴り落ち始めた。

師匠の敗北に呆然としていたスペイザーが戦いに入った。ノエが昔、母親と一緒に見た時代遅れのブルース・李の映画を思い出させるような構えで、彼は果断なパンチとキックを放った。彼のテクニックは、見た目は有能だが、ハリウッドのスタントファイターを真似ていた。よく振り付けられたアクションシーンには最適だが、実戦ではそれほど効果的ではない。打撃はフォロースルーとインパクトに欠けていた。何発かの打撃が無造作にロダンを襲い、彼はよろめきながらナイフを落としたが、両手が空いたので、彼はスペイザーの不器用な蹴りを受け止め、鋭い回転で足首をひねった。ノエは、複数の骨が折れる不自然なひび割れ音と破裂音を聞き、大男のグリップの中で元々傷ついていた足が奇妙な角度で暴れるのを見て、青年の悲鳴を聞いた。ロダンはレスラーのような強さで、意識を失った彼の体を円を描くように振り回し、それから彼を投げ飛ばした。スペイザーは頭を床に打ちつけ、そのまま横たわった。

ベアーが最後に近づいた。ロダンの表情は中立を保ち、診断のためにスピーディーに相手を調べた。彼はリムニックファイターとの最初の小競り合いで勇猛果敢に戦った際に負傷し、弱体化していた。ベアーは彼よりやや大柄で、戦闘態勢を整えているように見えるが、身のこなしは違った。少しのけぞった姿勢、眉間の痙攣、首の脈拍の急速な動きは、彼のライバルが殺戮を覚悟した傷ついた動物であることをロダンに知らせた。衰弱しているにもかかわらず、その動物は絶滅寸前のように戦った。ベアーは低い姿勢になり、ロダンに突進したが、最後の瞬間に右へ滑った。彼はロダンの腕を捕らえ、まっすぐにし、破壊的な掌底攻撃でロダンの肘を突き刺した。骨が砕ける音を聞く代わりに、彼は自分の動物的なうめき声を聞いた。そして、目もくらむような鋭い痛みが襲ってきた。ロダンの腕は鋼鉄のように不屈だった。ベアーは手のひらを見下ろすと、薄い皮膚の下に血が溜まっているのがはっきりとわかった。顔を上げたときには遅かった。ロダンは額にカウンターの掌打を叩き込んでベアーを立たせ、それからベアーの体の前面にあるあらゆるツボを指の連打で叩きつけていき、最後は胸骨を砕くような一撃で締めくくった。ベアーは埃っぽい床に後ずさりしながら倒れ、痙攣し、息をのみ、わずかな筋肉さえも動かそうとした。

ロダンは自分の前に立ちはだかった最強のファイターに対する勝利に感嘆の声をあげた。それから彼の目はノエに移った。彼女の反抗的な視線が彼の動きを鈍らせた。彼女は武器を持っていなかったが、必要であれば死にものぐるいで戦うだろうと彼は思っていた。前夜、情熱と肉体的快楽を分かち合った瞬間、彼の身体は彼女の感触を切望していた。彼は空虚な表情で逡巡し、葛藤した。少なくとも彼女を無力化しなければ、彼女に殺されるに違いない。人間らしい優柔不断な瞬間だった。一瞬の隙を突かれたのだ。

***

ロダンの背後で金華の脳はフル回転していた。父親が撃たれて急速に失血し、三人のファイターが倒され、ロダンが殺意をもってノエに近づいていた。彼女を最も困惑させ、論理を混乱させたのはダニエルのことだった。ロダンが父親を撃った後の混乱期、彼女は彼が新しい敵に向かって無心に歩いていくのを見た。彼の歩調はさりげなく、全員を殺そうとする男、いや、モノの横をすり抜けていった。さらに混乱させたのは、彼と特別なつながりを感じられなくなったことだった。その理由はわからなかった。しかし彼女は、このようなトリックができるのはただ一人しかいないことを知っていた。ヤヌスだ。しかし彼女には、彼がどうやったかを考えたり調べたりする時間はなかった。彼女は父親の傷口を押さえるのに夢中だった。なんとか血の流れを遅らせようとしたが、血は流れ続け、彼女の手を真紅の液体で覆った。金華は父親の顔を注意深く見て、まだ生きていることを確かめた。その表情が痛みから蒼白な恐怖へと変わり、「金華…あなたの後ろに…」という言葉を必死に作ろうとしているのが見えた。

金華は片手を父の傷口に添えたまま、首を横に振った。ロダンがナイフを抜き、虚ろな目で近づいてくるのが見えた。ノエを助けたのだろう、と金華は思った。朝礼で二人の深夜の密会をつぶさに見て、二人の間の複雑な歴史と感情を知っていたからだ。

ロダンが金華に近づくと、ノエはその隙に、朦朧とするスペイザーの手当てをした。血まみれのチークスはベアーの遺体にひざまずいていた。彼らは生きていたが、誰も彼女を助けられる状態ではなかった。金華はサイラスや他のリムニックのメカにしたように、デリートコードで彼を無力化しようと手を上げた。父親のまだ温かい血に染まった手を上げ、手のひらを開いた。しかし、彼女の手から黄色いコード化された光が放たれることはなく、黒衣の男、肉体とコードの死が迫り続けた。突然、彼女はやせ細った十七歳で、肉体的にも精神的にも強化された、軍事訓練を受けた中年の殺人マシンと対峙することになった。勝算は彼女にはなかった。ロダンは、厳しい現実を目の当たりにして、彼女の自信に満ちた表情が崩れるのを見た。彼女は勝てないことを知っている。彼の顔に笑みが浮かんだ。

「光のショーは終わったようだな、ジニ。こうなってしまったのは残念だ。チャンスがあったときに参加すべきだったね」と彼は言った。

金華は純粋な恐怖から、手のひらを開いて腕を上げたままだった。「止まれ」という万国共通の合図が、この怪物が自分と父親を殺すのを何とか防いでくれることを願ったのだ。その時、涙で濡れた目に赤みがかったピンクの光が反射した。その光は手のひらから放たれ、ロダンを反動で仰け反らせた。

ロダンの反対側で、ノエは鮮やかなマゼンタ色の火花を見た。それからほんの一瞬後、放出されないエネルギーでいっぱいのコイル状のバネのように体が締め付けられるのを感じた。そして突然、二人のノエが現れた。怒り、疲れ果て、絶望している生身の彼女がいた。そして、マゼンタ色のオーラに包まれたもう一人の彼女がいた。彼女は量子ノエだった。彼女の強調された自己認識は、時間の捉え方が異なっていた。秒、分、時間というルールはもはや適用されず、彼女やそれは、ノエには把握も理解もできない量子の間隔で動いていた。

古典的なノエは、クオンタム・ノエが壊れたベアーの倒れたレーザーナイフのそばに現れ、その電気的な青い炎に生命を吹き込み、そして一突きでロダンのボディアーマーを貫き、彼の人間の皮膚まで切り裂くと、緊張した叫び声を上げたのを観察した。

ノエが再びまばたきをしたとき、量子ノエはもうそこにはいなかった。レーザーナイフを手にした本物の彼女だけが、殺しの一撃を与えたかのようだった。この数秒間の経緯や理由についての疑問は、ロダンがやったことすべてを殺したいという圧倒的な欲求に取って代わられた。彼女は背中を刺したことに満足していた。彼の肉に熱い刃をねじ込んだとき、彼の目が懇願するのを見たくなかったからだ。彼女は、彼がまだ振り向いて自分を殺すだけの力を持っていることを知っていたが、彼から何の抵抗も感じなかった。ただ、体内の異質な部屋に温かい血液が充満し、窒息し、咳き込み始めた。

第62章 対ロダン

数秒後、ノエはナイフを握っていた手を離し、後ろに下がった。ロダンの体は前方に倒れ、広がる血だまりの中に静止して横たわっていた。

右のこめかみの鼓動が彼女を現実に引き戻した。すぐに李たちのことが頭をよぎった。彼女はすぐに金華に戻り、負傷していたがまだ親切なスペイザーが李を介抱した。最初、ノエは彼がひどい怪我を負った後、部屋の向こうの李の位置まで移動できたことが信じられなかった。そしてすぐに、彼の若い血管に流れるオーグメントのことを思い出した。彼の声で、彼女は一時的な茫然自失から抜け出し、自分たちの悲惨な状況に戻った。

「かなりひどい怪我だ。弾はまだ中に残っていると思う」彼の言葉は、リィの生存確率について彼や他の誰かの自信を高めることはほとんどなかった。

チークスは肋骨にヒビが入った痛みをこらえながら、膝をついてベアーの手当てをした。かつての屈強な戦士の肌は青白く、生死の境を不安定にさまよっているようだった。彼はバルトかヴァンに無線で二つの現場用外傷キットを持ってくるよう指示し、瀕死の友人を救うためにできる限りのことを始めた。燃え尽きるような努力を二分ほど続けた後、彼はベアーを抱きかかえ、安心させるようにささやくことしかできなかった。彼が知っていた言葉だが、ベアーにはもう聞こえなかったし、理解もできなかっただろう。

建物の正面玄関から、ヴァンが汗だくで怯えながら、医療キットを持って全速力で走ってきた。彼は煙の出るメカや人間の死体の臭いを無視して、友人たちの待つエレベーターまで疾走した。

「なんてことだ…」と呟き、目に涙を浮かべた。

「突っ立ってないで！」チークスが吠えた。「そしてもうひとつはスペイザーのところに持っていけ！さあ、しっかりしろ」

ヴァンは身構えると、忠実にチークスの指示に従い始めた。

チークスがキットを準備し、ベアーの世話をしている間、ノエと金華が彼の上に立っていた。ノエは言った。「ヤヌスを捕まえて、今すぐ決着をつけよう」

指揮官を失い、仲間を壊滅させられたことで、いつもの硬さが鈍ったチークスは、ノエと少女をちらりと見上げ、それからうなずいた。「わかってる。仲間を呼んでこい。私たち全員のために、あいつらを捕まえてきて」チークスの声にはいつもと違う柔らかさがあり、ノエを驚かせた。「金華のオヤジは俺たちが何とかする」

金華は肯いた。彼女は汚れて震えているように見えた。彼女の目はチークスと、彼女の後ろで瀕死の状態で横たわっている父親の間を行ったり来たりしていた。ノエは血と灰と汗を顔にまといながら、震えながらも彼女の肩に手を置いた。チークスは彼女の冷静さと決断力に感嘆したが、彼女が恐れていることも知っていた。

「さあ、スペース・フォースだ。これでいいか？」

ノエは素っ気なくうなずいた。チークスはジェスチャーを返し、意識を失ったベアーを治療し続けた。

今は私の責任だ。失望はさせない。ノエはエレベーターの銀色のドアの前に立ちながらそう思った。

金華は涙を流しながら彼女の横に立っていた。彼女は手についた父の血を、タクティカルパンツで拭おうとしたが、きれいにならなかった。彼女はノエの目を深く見つめて言った。「あなたがそうしないことはわかっている」

他の日なら、ノエは十代の少女に自分の考えを読まれることに気味悪さを感じていただろう。しかし今日は、ヤヌスと最終的に対峙するとき、二人が一緒にいるとわかって安心した。

チークスは二人が衝撃のエレベーターの銀色のドアに足を踏み入れるのを見守った。金華は腫れぼったい目をして床に倒れている父親を見たが、すぐに無理やり父親以外のものを見上げた。ノエは目を閉じ、ノース・ブルームフィールドでの戦闘前の儀式を簡略化したものを繰り返しているのだろう、深呼吸をしているようだった。

ドアが閉まったとき、チークスは人類の運命が宇宙軍の退役軍人と、奇妙な力を持った痩せた十代の少女の手に委ねられていることに、後悔の念を感じずにはいられなかった。私たちであるべきだったのに、今は彼女たちだけが私たちの希望なんだ。スパゼルの声が、考え込んでいた彼の心を打ち破った。

「チークス！早く馬さんをここから出さないと、助からないと思うよ」

チークスはベアーをちらりと見下ろした。彼はまだ息をしていたが、かろうじてだ。「そうだな。そうだ、移動しよう。ヤヌスは今、二人のところまで来ている」

第63章 操り糸

金華は、ショックエレベーターのドアが閉まり、彼女とノエを老朽化したビルの頂上まで送り出す準備が整ったとき、心の準備をした。彼女は、この朽ち果てた建造物にこれほど機能する技術があったことに驚嘆した。

エレベーターは金華が生まれる何十年も前に、マスクという人物によって発明されていた。それともマスタードだったか、マストだったか?彼女はその名前をよく覚えていなかった。彼女が知っているのは、その男が今世紀初頭の狂人のようなもので、月へのエレベーターを建設しようとしていたということだけだ。この野心的な事業は結局失敗に終わった。しかし、その技術はスケールダウンされ、世界中のエレベーターシャフトで使われるようになった。エレベーターの科学と工学は金華を魅了した。そのエレベーターは、小型の爆発(銃で弾丸を発射するのに似ている)と、乗客に無重力の感覚を与えるある種の重力交換によって起動し、非常に高いビルの頂上に向かって目にもとまらぬ速さで上昇する。このエレベーターに乗ったときの最初の驚きから、人々は〈ショックエレベーター〉と呼んだ。正式な技術的名称があるのだが、金華はそれが何なのか思い出せなかった。〈名前なんてどうでもいいんだけど、こういうのに乗るのは嫌いなんだ〉

リラックスしてエレベーターの技術に任せようと心に誓いながら、彼女は発進に備えた。ノエはまだ緊張しているようで、銀色のドアの前をじっと見つめていた。金華は彼女に話しかけようとしたが、適切な言葉が見つからなかった。そこで彼女は、頭に浮かんだ最初の言葉を口にした。

「あそこであなたがしたことは残念だった」その言葉は不快な香りのように宙を漂い、どちらかが認めてくれるのを待っていた。「あなたは…彼のことが好きだったんだね？」

「好きだった」とノエは言った。

「そうか」

「大したことじゃない。もう終わったことだ」

金華は何も答えなかった。彼女にはノエの状況を理解する術がなかった。〈このエレベーターは何でこんなに時間がかかるのだろう？〉

「さっきの光は何?」ノエは突然尋ねた。「紫がかった光を見て、気がついたら、文字通り二つの場所に同時に立っていた。非現実的だった」彼女の顔はニュートラルなままだったが、声は戸惑いと驚きで上下していた。

金華はしばらく彼女の手を観察した。乾いた血が石膏のように手のひらを覆っていた。背側には赤みは少なかったが、短い爪の下に泥のような血が混じっていた。ロビーで起きたことを説明する物的証拠は何も見つからなかった。

「私…なんだったんだろう。私はただ、父と私、そして他のみんなを守りたかった」

ノエは振り返り、柔らかい声で言った。「私はただ、それが何であれ、ロダンが他の誰かを傷つけるのを止めるのを助けてくれて、うれしい。彼は本当に…」

突然の衝撃が彼女を遮った。エレベーターの発射による「衝撃」で、金華と乃絵は立っている場所でつまずいた。あと十秒足らずでタワーの最上階に到着する。

金華はカタパルトの圧力が内臓に作用し、胃がねじれるのを感じた。あまりの不快感に吐きそうになった。目を閉じて強く飲み込み、苦いものを喉に流し込んだ。そしてそれはやってきた。上昇中に束の間の無重力感が訪れたのだ。数秒間、彼女は目を開けられるほど普通の感覚を覚えた。その間に、彼女はノエに注意を向けた。黒いライフルと、ほんの数分前にロダンを殺すのに使ったレーザーナイフだ。金華の目には、彼女はワルの戦士に映った。母親のいない環境で育った彼女は、尊敬する女性の権威を持ったことがなかった。ノエは一日で、知らず知らずのうちに彼女に強さについて多くのことを教えていた。金華にとって「勇敢」や「勇気」という言葉は、勝ち負けが成績の良し悪しを左右するような競争的な場面で使われるものだった。今日、ノエは彼女に、すべての戦いがトラックやフィールドやコートで行われるわけではないことを教えてくれた。最も大きな争いのいくつかは、心の中にある。戦争は常に激化している。ほとんどの人は、死者や勝利と敗北の数を説明することはできないだろう。しかし、最強の者たちは、栄光や称賛を望むことなく、日々戦っていた。なぜなら、それが前進する唯一の方法であり、バイオハッキングやデジゲノミクスの助けを借りずに真に進化する唯一の方法だったからだ。ノエはその一人であり、彼女は彼女を深く尊敬していた。

エレベーターが上昇するにつれ、ノエは装備の最終点検をした。〈くそ、弾薬が残り少ない。正確に撃たなければならない〉彼女は隣にいる金華をちらりと見た。彼女は顔色が悪く、全体的にボロボロのように見えた。ノエは彼女の肩に優しく手を置いた。「ヤヌスがどんなトリックを仕掛けてくるかわからない」ノエは小さく微笑んだ。

金華はうなずいた。たとえ実戦経験が少なくても、彼女はこの軍人の存在に安らぎを感じていた。〈私たちならできる。一緒にやろう〉彼女はノエに微笑みを返した。それから彼女は、人工重力発生装置の圧縮が上昇を遅らせ、再び普通の感覚を取り戻すのを感じた。もうすぐ時間だった。

「準備はいい？」ノエは目を細めて尋ねた。

「ええ、やりましょう」

ノエは古いM-4の弾倉を強く叩いて固定した。「わかった」彼女は最後にもう一度深呼吸をして、高鳴る心臓の鼓動を抑え、神経を落ち着かせた。息苦しいエレベーターの中でも、汗ばんだ空気の中でも、肺を意図的に膨らませることで、彼女は明晰な頭脳を取り戻した。これは本当に効くのだ。彼女は小さな勝利に内心ほくそ笑んだ。その瞬間、銀色のエレベーターのドアが開き、見慣れない光景が目に飛び込んできた。

***

部屋は廃墟のようだった。少なくとも金華はそう表現しただろう。引き裂かれたカーペットは、数十年にわたる酷使で日焼けし、重い家具が置かれていた場所には薄いシミがあった。彼女の目は天井を見回した。断熱材がないため、屋根の上の冷たい骨組みがむき出しになっている。忘れ去られたあらゆる機能の電線や冷暖房用のパイプが頭上に不安定に垂れ下がり、まるでスクラップの山を逆さまにして床に向かって伸びているように見えた。むき出しになった建物のインフラは、サンフランシスコ湾を一望できる曇った床から天井までの窓まで、天井の長さいっぱいに続いていた。昼下がりの薄明かりのなかでも、水面を覆いはじめた薄い霧のなかにゴールデンゲートブリッジの明かりを確認することができた。部屋の明かりは、上からぶら下がっている八本の蛍光灯の明滅だけだった。オレンジ色と赤みがかった日差しが薄い雲の隙間から覗き、ホラー映画のような雰囲気を醸し出している。

周囲を見渡した金華は、古い巨大な事務机の上に置かれた超小型量子コンピューターを見て瞳孔が開いた。リズミカルな内部動作の音が部屋中に響き渡った。宇宙空間の厳しい寒さを再現するように配置された、入念に設計されたコンポーネントの姿に、金華は初めて古い部屋の大きさのモデルの写真を見たとき、度肝を抜かれた。今では、すべての部品が靴箱サイズの容器に収まっている。驚きだ。金華は無意識のうちに、その機械をもっと近くで見ようと、机のほうへ二歩ほど歩いた。その時、ノエが彼女の前腕をしっかりと掴んだ。

「金華、下がれ！」ノエは叱るような口調で囁き、金華を少し後ろに追いやった。彼女はライフル銃を明かりのない部屋の隅に向かって振りかざし、突然その位置に固定した。金華は標的を見て息をのんだ。

「どこに行ったのかと思っていたのよ」ノエが言った。

ダニエルが物陰から現れた。ポケットに手を入れ、まるでのんびりと散歩でもしているかのようだった。ノエのライフルの銃口が彼の一挙手一投足を追った。金華はヤヌスの気配を見なかったし、感じもしなかったが、彼が近くにいることは知っていた。おそらく彼もまた、自分のデジタル署名を隠していたのだろう。おそらくそうだろう。その間、彼女は必死にダニエルとのテレパシー接続を回復させようとした。まるで密閉された蜂蜜の瓶を開けようとしているような気分だった。何度やっても、彼女は疲れ果て、さらに苛立ちを感じた。

「ポケットから手を出して…ゆっくり」ノエは注意して言った。

ダニエルの目に赤い閃光が走り、ポケットから両手を出して二丁のアームガンを出した。ノエと金華は互いに飛び退き、二人が立っていた場所に衝撃を与えた鮮やかな青い光の一発目を避けた。ノエはすぐに応戦した。弾丸の衝撃がダニエルの驚くほど頑丈な胴体にぶつかった。彼女は動き続け、ダニエルの位置を旋回しながら撃ち続けた。十代のサイボーグは机のそばに留まり、ロボットの体がノエの銃撃と背後で脈動する壊れやすい量子コンピューターとの間に障壁を形成していた。

彼はコンピューターを守っているのだ！コード化された黄色い光が手のひらから放たれ、金華はそう思った。ダニエルは爆風を避け、両腕を敵に向けた。「金華、だめだ！逃げるんだ！ヤヌスだ！彼は私の体を支配している。コントロールできない！」ダニエルは顔を歪ませながら、二人に向かって銃を撃ち続けた。金華は自分がヤヌスの操り人形と戦っていることを知っていたが、糸から自由になることはできなかった。

「ダニエル、つかまって！」金華は叫んだ。ダニエルを傷つけずに止める方法を探すため、彼女は心を躍らせながら、わざと不器用なオーレオリン色の光線をダニエルの方向に放ち続けた。

少年は野蛮な叫び声を上げ、悲鳴を上げた。アーチ型の放物線が両腕から二本、それぞれ一本ずつダニエルの女戦士に突き刺さった。二人とも何が来るかわかっていた。彼のスピードや、数秒のうちに彼女たちをズタズタに切り裂く炎のようなビームを凌ぐことはできなかった。攻撃はブロックできない。

ノエは踏ん張った。金華は躊躇しなかった。ダニエルの足が床から離れた瞬間、金華は両手から湾曲した黄色い線をダニエルに向けて放った。デリートコードはダニエルの胸を直撃した。得意の攻撃は中断され、ダニエルは床に転げ落ちた。サイボッドがものすごい勢いで砕け散り、彼は動けなくなった。彼は机の横に横たわり、金華の方に腕を伸ばした。

ノエは部屋の反対側から、「障害者ですか」と声をかけた。彼女は、ライフル銃がダニエルに効かないことを知りながらも、ダニエルの体にライフル銃を当て続けた。

金華は厳粛にうなずいた。「そうだ」彼女はダニエルの元へ駆け寄った。ロビーでの戦闘とノエの銃撃で、彼の服と皮膚はボロボロになっていた。彼の合金のシャーシが、死んだ人工皮膚から透けて見えた。顔は汚れて傷だらけだったが、目を閉じていても少年のようにチャーミングだった。

「彼は…大丈夫なのだろうか？」ノエは金華の気持ちに再び敏感になり、彼が脅威でなくなった今、尋ねた。

「大丈夫だと思う。でも、起動させるには時間がかかるかもしれない」金華は小さな声で答えた。

「ヤヌスがやったんだ」ノエは攻撃的な口調で言った。「ヤヌス！」彼女は叫んだ。自分の声の反響だけが、彼女の憤怒の叫びに反応した。

金華はダニエルを調べ続け、両手でダニエルの体を上下させ、再起動やリセットの方法を探していた。

「できるかもしれない…」

「私はここにいます」金華とノエは顔を上げた。

エグゼクティブデスクの後ろに立っていた敵は、その目に柔らかな笑みを浮かべていた。金華は立ち上がり、両手で狙いを定めた。ノエはライフルを構え、トリガーガードに指を入れた。二人とも最後の戦いに備えていた。

第64章 ヤヌス

ヤヌスは、おそらく昔の保険王のものであろう、大きなオーク材の机の後ろに立っていた。彼の銀髪はポニーテールにまとめられていた。ミッドナイトブルーのスラックスとベストとは対照的だったが、銀色のシャツとよく似合っていた。ノエの武器が装填されているのに隠そうともせず、彼は机の後ろから足早に歩き出した。彼は大机の真正面に立ち止まり、量子コンピューターのまだドキドキするような光を見た。

「こんにちは、お嬢さんたち。わざわざ私に会いに来てくださり、ありがとうございます」彼はノエと金華の方に哀れみの眼差しを向けた。「私を殺しに来られたのでしょう?」

この怪物。ノエの母親、サイラス、ロダン、ダニエル、父親。彼は全員を操った。今、彼は世界規模でそれを計画している。金華は憎悪を募らせながら、姿勢を硬直させた。

ノエは大胆な一歩を踏み出し、武器を敵に向けた。「心を読むのだから、その答えはもうわかっているはずだ」ノエは吐き捨てるように言った。

第64章 ヤヌス

ヤヌスはゆっくりと理解したようにうなずいた。「その通りですね」彼は激しく几帳面なまなざしで二人を見つめた。「彼らは本当に準備ができていない。だが、進化は待ってはいられない。私が彼らを準備させましょう」

ノエは彼の目を気にしなかった。彼は二人を研究しているように見えたが、おそらく二人に対する攻撃の準備をしているのだろう。彼の顔は、重たい岩の下にいるぬるぬるした生き物のようだった。彼女はその岩を踏みつけて、自分のブーツが岩を砕く力で岩が破裂し、弾ける音を聞きたかった。そしてヤヌスは最初の動きを見せた。それに対してノエはたじろぎ、武器を発射するために必要な圧力をかけそうになった。まるで警察のスポットライトに照らされたかのように、彼は両手を上げて降参の姿勢をとった。彼の手は空だった。一瞬、彼はテロ組織を率いるのではなく、静かな避難所でのんびりしているべき弱々しい老人に見えた。

「ではなぜ躊躇するのですか?」ヤヌスは尋ねた。彼の口調には純粋な好奇心が表れていた。「なぜ今、私を滅ぼして終わりにしないのですか?」

金華は息を止めた。ノエがその質問にどう答えるのか、あるいは答えるのかどうか。

ノエは身を乗り出し、ライフルの爆風から予想される反動を吸収しようとした。外はラピスブルーの空の上に暗闇が広がり、眼下にはサンフランシスコの街明かりが輝いていた。部屋の中では、蛍光灯のブーンという音と、量子コンピューターの機械的な心臓の音が繰り返されていた。これらの詳細はノエにはわからなかった。彼女には生身のヤヌスと心の中のヤヌスしか見えなかった。彼はどこにでもいた。ライフル銃を彼に向けたまま、彼女は返答を考えていた。「なぜ母を殺したの?」

ヤヌスは首を振った。「ああ、かわいそうなお嬢さん。あなたのお母様はずっと前に、あなたにセレウスと旧世界のどちらかを選んでほしかったとおっしゃっていました。自分の道を切り開くことができるようにと」まるで傷ついた動物のように、彼は彼女を見下ろした。ライフル銃の銃口が目の前に浮かんでいても、彼は恐怖を感じるようなそぶりは見せなかった。

「その結果、君はこうなったのです!お前の犠牲など気にも留めない国への隷属の一生だ。その上、孤独で無目的な存在だ。それは彼女が望んだ人生ではありません」

「黙れ!」ノエは言った。彼女の緊張した叫び声が、古いオフィスの殻の中で目に見えないパタンで跳ね返った。「彼女のことをまるで知っているかのように言うな!」ノエの怒りは頂点に達していた。ノエの怒りは沸点に達していた。しかし、引き金を引いて老人を殺すことを、何かが防いだ。それは直感の小さな炎であり、行き過ぎたゼファーによって消えてしまうものだった。それが消えてしまえば、残っていた自制心も失われてしまう。目の端でノエは、金華が言葉のないメッセージを伝えているのを見つけた。形のない直感がノエの感覚を手招きしたが、彼女はそれを無視した。ヤヌスの顔が、まるで異星人の宇宙船が大空に不気味な影を落としているかのように、彼女の心象風景に入り込んできた。彼女の武器は敵に固定されたままだった。

「あなたの言うことはすべて操作だ！お前がマインドコントロールで人類を支配しようとしているようにな。気持ち悪い！人類を救うと言いながら、世界規模で人々を奴隷にしている。全てはお前のエゴのためだ。お前は…人間じゃない！」

ヤヌスは心から笑い、彼女の癇癪を楽しんだ。「私は過去三百年間、資本主義が影からやってきたことをやっているだけですよ！旧世界の企業は見え隠れしていました。キャッチーなスローガン、自由奔放な消費主義、気持ちのいい、しかし役には立たない利己的な慈善事業、甘い物質、賑やかなメディア、安価な中毒性のある薬物で、自分たちの工作を覆い隠しているのです。セレウスとリムニックは、少なくとも、不当な物質主義や中途半端な愛国主義といった偽りの理想で人々からこっそり自由を奪うのではなく、自分の人生をどう生きるかを自覚的に選択する自由を人々に与えるでしょう」

金華はヤヌスのレトリックの効果を目の当たりにした。ノエの姿勢がやや緩み、ライフルの角度が床に向かって傾き始めたのだ。〈ノエ…やめろ！ダメだ！〉彼女は静かに懇願した。この先起こるであろうことを止めるために、彼女にできることはほとんどないとわかっていたからだ。

ヤヌスは両手を上げたまま、ノエの方へ慎重に歩み寄った。「ノエ…次の行動を決める前に、理解していただきたいことがございます。考えて聞いていただけますでしょうか」

ノエは、彼女の問いかけを、彼らしくうまくかわした。「聞きたくない！彼女を殺したんだろう?認めるんだ！理由もなく殺した！あなたは彼女を愛していた！そして…あんたは彼女を愛していた」

「そうです、ノエ…彼女を愛していました、そして…」

ライフルの爆風に金華はうずくまり、目を閉じた。本能的に両手を耳に当て、二発目の銃声から耳を守った。しかし、それは来なかった。目を開けて両手を下ろすと、ノエは熱いライフルを床に向けて立っていた。そして金華は、銀髪の死体が古びた机の前に突っ伏しているのを見た。彼だった。ヤヌスは死んだのだ。

***

なぜ泣いているのだろう?喜びの涙に違いない。ノエは素早く手の甲で涙をぬぐうと、ヤヌスの死体に向かって静かで柔らかい、滑るようなステップを踏んだ。ヤヌスが本当に死んだのか確かめたかったのだ。

彼女はひざまずき、皺だらけの首に人差し指と中指を当てて脈を探った。脈はなかった。大きく息を吐いた。エレベーターのドアが開いてから呼吸をしていないような気がして、意識を失っていないことに驚いた。彼女の頭の中には、友人たちの顔が浮かんできた。「ママは死んだ。これで安心して休めるよ」

頭上に迫るヤヌスの宇宙船の影から解放されてリラックスした彼女は、金華が部屋にいることに再び気づいた。彼女は大きな事務机に移動し、不安そうな目でミニ量子コンピューターを研究していた。ノエには、ヤヌスがいなくなった今、その単調なリズムのビートがより大きく聞こえた。

金華はヤヌスのデバイスを手に取り、複雑な機械と対話し、自分の力を最大限に発揮して、自分が見ているものを理解し、処理しようとしていた。検索し、スキャンし、タイピングしているうちに、まるで巨大な手が彼女の体を握りしめているかのような締め付けが彼女を包み始め、心臓の鼓動や肺の膨張を難しくしていた。彼女が仕事をしている間、床から天井まである窓の外は急速に薄明かりに包まれていた。炭のような雲が晴れて、オレンジがかった赤い筋の上に最後の青空が広がっていた。湾は霧に覆われた小さな黒い海へと姿を変えようとしていた。

金華は何を勉強しているのだろうと思いながら、ノエは机に向かった。「金華…下に降りて、お父さんの様子を見に行こう…ねえ、大丈夫?」金華は青ざめてノエの方を向いた。その幼い顔には恐怖が表れていた。ノエはすぐに、何かがとてもおかしいと思った。見えない手が彼女を包み始めたのだ。その押しつぶされそうな抱擁に、ノエの身体はまるで漆黒の海に潜っているかのように反応し、冷たく圧迫された。

「…何なの?」ノエはあえて尋ねた。

「ノエ、彼を撃つべきじゃなかったと思うんだ…」

「なぜだ?コンピューターで何を見たんだ?なぜ今話せないんだ?」「金華…いるのか?」金華の心配そうな顔が、彼女の目の前で非物質化し始めた。最初は急速に瞬きを始めたが、やがて彼女は完全に姿を消した。何が起こっているのだろう?「金華!金華!どこにいるの!」パニックになった彼女の声は、聞き慣れないもので、恐ろしかった。

その時、彼女の足元で床が揺れ始めた。なんてことだ!このビルは取り壊されるのか!?リムニックなのか?金華の姿が見えない中、彼女はエレベーターの方へ駆け戻った。剥き出しになった天井の残骸が彼女の周りに降り注ぎ、彼女を突き刺すか、意識を失わせるか、それは確実に死を意味した。素早い動きで、彼女は落ちてきた蛍光灯のひとつにぶつかるのをかろうじて避けた。蛍光灯は地面に落ちると大きな音を立てて砕け散り、鋭利なガラスやプラスチックがそこらじゅうに飛び散った。ノエはエレベーターにたどり着き、パニックになりながら開ボタンを押した。しかし遅すぎた。はぐれた天井のタイルが彼女の頭に落ちてきて粉々になった。まばゆいばかりの白い光が視界に入り、彼女はよろめきながら床に倒れこんだ。驚いたことに、彼女は意識を失うことはなかったが、ビルは以前よりも激しく揺れ続けた。すべてが終わるまで、おそらく数秒しかないだろう。

軽い脳震盪を起こし、腕に切り傷と擦り傷を負ったノエは、もう戦えないと感じた。「私は死ぬんだ」死を覚悟して目を閉じ始めたとき、青い光の輪が無力な彼女を取り囲み始めた。最初は小さかったが、半径は広がり続け、オフィス全体を包み込んだ。机も、外のきらめく街並みも、崩れかけた屋根も、すべてが大きくなる青いフィールドに食われてしまった。青い海が広がり終わると、物理的な物体として残ったのは、不思議なほど静かになったミニ量子コンピューターだけだった。机がなくなり、マシンは宙に浮いているように見えた。まるで長い間消滅していた文明の魔法の工芸品のようだった。ノエの視線はその青さを一周した。ダニエルの体も金華もどこにも見えなかった。

ノエはよろめきながら立ち上がり、ライフルをつかんだ。脚は不安定で、頭に軽い怪我を負っていたため視界はぼんやりしていた。青いフィールドに目を向けたとき、目の前に立っていた人物を見て心臓が止まりそうになった。それはヤヌスだった。とても生きていて、顔は真剣そのものだった。しかし、どうやって！？

「今、聞く準備はできましたか？」

第65章 クオンタム・ヤヌス

ノエは自分の目を疑った。ヤヌスが生きていたのだ。「あなた！ でも死んでいたじゃない……」と彼女は不思議そうに言った。

ヤヌスは彼女に向かって歩き始めたが、瞬時に消えた。ノエはライフルの引き金を引いたが、銃声はしなかった。銃声はまったくなく、ただ閃光が走り、沈黙が続いた。でも……どうして？ 彼女は銃口を広げて調べた。反射的な動きで、彼女はライフルを叩き、引き、観察し、離し、叩き、そしてまた撃った。まるでライフルが発射されたかのようだったが、巨大なリモコンでミュートされていた。同じことか？ S.P.O.R.T.S.は機能しなかったのか？ どういうことだ？ ライフル誤作動の訓練をもう一度行おうとしたとき、ヤヌスが彼女の背後に再び現れ、彼女の喉にナイフを突きつけた。ノエは息を呑み、あごを上げてナイフと首の間にできるだけ隙間を作った。

「よく聞きなさい。武器を捨てなさい」。

彼女は従順に従い、武器を足元の青い面に落とした。音はしなかった。今度は彼女が両手を上げて降参した。「ここは何なんだ？　死んだはずなのに……」

「これは私が創造した現実です」とヤヌスは答えた。「私はこの空間のすべてを支配し、見ているのです」

ノエにとって、物事がうまく運び始めていた。これはヤヌスのゲームだ。彼がルールを決める。銃の使用は禁止されている。彼はどうやってこれをやっているのだろう？　あのコンピューターと関係があるのか？

「そうです」ヤヌスは彼女の考えを読んだ。「複数の現実を同時に投影し、それらを自由にブレンドする能力です」。

「ということは……！」とノエは言った。ノエは首を刃物から離していたせいで、火照り始めた。

「君がロダンを倒したとき、階下で起こったことです。金華はこの能力を利用し、一瞬の間、現実の中で自分を分裂させました。そのような能力は私でさえ持っていません。彼女は本当に特別なのです」

「ヤヌスに何をした！」

「彼女はこの現実のルールには存在しないのです」

もちろんだ。金華は許されない。彼の現実はまるで秘密結社のように聞こえ始めた。しかし、なぜ彼女をここに連れてきたのか？　なぜ彼女をルールセットから除外しないのか？　もっとひどいのは、デスノート風に「ノエはヤヌスの世界に入ると五分以内に大規模な麻痺性心臓発作を起こす」みたいなルールを書くことだ。彼女は苦悶の表情を浮かべ、両手で自分の胸をかきむしり、心臓が異常なリズムを刻むのを想像した。不快な圧力は心臓の弁の一つが破裂するまで高まり、彼女の顔には死ぬ前の恐怖の不自然な表情が永遠に残った。ノエは、鋭利な器具を首の静脈の脈拍から半インチほど離し、強く飲み込んだ。ヤヌスがすでにそのような規則を書き込んでいて、それが発効するまでの時間稼ぎをしているだけなのだろうかと思った。もしヤヌスが彼女の考えを読んでいたとしても、彼女の恐怖を知る気配はなく、彼は話し始めた。

「昔、A.K.博士がエグゾア計画を立ち上げたとき、彼は人間の意識を創造することに取りつかれ、その結果、私が生まれました。彼は自分の創造物をデジタル意識の形にしたかっただけでなく、人類という種を進化させたかったのです。それは、生殖を含む人間のあらゆる生物学的機能のデジタルDNAを創造することによってのみ可能でした」。

ノエは驚くほど強く握られ、もがき苦しんだ。「だからなんだ？　この話は前にも聞いたことがある」ノエは歯を食いしばって言った。

ヤヌスはまるで聞いていなかったかのように続けた。「生前、A.K.博士は私と話し、研究を進めるために交尾してくれる女性を見つけるよう勧めました。そうすれば、デジタルのDNAは次の世代に受け継がれるという彼の仮説を証明することができるのです」。

新たな恐怖が、まるで止められない病気のようにノエの感覚を襲った。待って、彼は何を言っているんだ？

ヤヌスは言った。「彼は自分の労働の成果がこの世に生まれるのを見る前に死んだ……それでも彼女は生きている。進化した人類が分かち合う輝かしい未来の証なのです」

「そんなはずはない……！　私は……私は……」。

突然、ヤヌスとナイフが消えた。彼は瞬きとともに再び現れ、浮遊する量子コンピュータの前でこう言った。「君は私と同じように進化しているのです。いや、おそらくそれ以上だろう！　将来、君ができることに限界はありません！」。

ノエはその事実に、頭がくらくらするのを感じた。ヤヌス、私の父!? でも父さん、どうやって? ヴィクトルの映像が浮かんできて、あまりの速さに気を失いそうになった。「そんなはずはない! ビクター・アコスタは私の父よ!」彼女は理屈をこねて、これも彼の策略だと信じようとした。ヤヌスは嘲笑した。

「都合のいい作り話だ! あなたの正体を隠すために作られた作り話です。あの掃除夫が君の父親であるはずがありません」。彼女の怒りの表情が和らいだので、彼は真実が根付き始めていることを知った。

「お母さんは君の正体を知っていましたが、君に道を選ばせることにしました。もしセレウスを選ぶのであれば、あなたの出自を明らかにし、滅びゆく旧世界秩序の中で生きることを選ぶのであれば、あなたの意思を尊重し、彼らの一員として生きさせることに同意したのです」

ノエは首を振り、まだ不信感を抱いていた。「どうしてママは教えてくれなかったの?」彼女は落胆した口調で言った。

「結局、お母さんはセレウスを助けながら陰で生きることに嫌気がさして、外に出て行きました。火に包まれながらも、心の底では平和を願う女性で、進化のために罪のない人々が虐殺されるのを見たくなかったのです」

「でも、あなたは気にしなかった」とノエは言い返した。

「進化のプロセスはホモ・サピエンスのニーズに対して公平なのです。冷酷なアルゴリズムで、適切だと思うように捕食し、淘汰します。私も同じプロセスに従っています。ただ意識的に、先見の明をもって、加速度的にそうしているだけです」。

「くそっ！」。彼女は動こうとしたが、動けないことに気づいた。ノエは五分経つと動けなくなる。もうひとつのルールだ。彼女はヤヌスのゲームにうんざりしていた。もしボードがあれば、彼女はそれをひっくり返し、小さな破片が床に散らばるのを見て大喜びしただろう。「また私を閉じ込めた！　くそヤヌスめ！」。

ヤヌスはまた彼女がそこにいないかのように続けた。「愛する女性を殺した理由を知りたいですか？　お前の母親でもあった女性をだ。それがおまえが子供を進化させる唯一の方法だったからです！　君の怒り、苦しみ、孤独、自殺願望さえも、彼女の死が拍車をかけたのです。そしてたった一人で、自分の中に眠る巨人のような力があることを微塵も意識することなく、それらすべてを凌駕してきたのです！　娘を誇りに思います。本当に誇りに思うのです」ヤヌスは隣の空間に浮かぶ量子コンピューターに目をやった。「さあ、君が生まれた権利を主張し、私とともに進化の次の段階へと昇る時が来ました」

昇る？　いったい何のことだ？　「ヤヌス、やめてくれ！　私は進化したくない！　私は私らしく生きたいだけだ！　こんなことには関わりたくない！　この惑星の他の誰だってそうだ！」

ヤヌスは彼女を無視した。まるで悪魔に取り憑かれたかのように目をパチパチさせていた。そして量子コンピューターが再び動き出すのを見た。安定したエンジン音とともに、内部から柔らかな光が放たれた。何の前触れもなく、量子コンピューターのガラス筐体の表面に黒いダウンロードバーが現れた。バーの上にはデジタルフォントの赤い数字が表示されている。進捗率はすでに二十五％で、さらに上昇している。ノエは全身全霊でもがいたが、筋肉は動かなかった。

ヤヌスは微笑みのない目で彼女が逃げ出そうとするのを見ていた。「ほとんどの人間は、今の君のように汗をかきながら抵抗して一生を終えます。しかし、進化の川は永遠に流れ続けるのです。やがて力と決意が衰えると、必然的にそうなるように、彼らはその不屈の流れに屈し、物事の壮大な秩序の中で自分の位置を占めるようになります。私でさえ、その気まぐれに従うのです。大いなる流れの中で人類の進むべき新たな道を切り開く力を与えられた私は、運命の呼びかけに応えなければならない。そして我が子よ、君も同じことをしなければなりません」

「ヤヌス、頼む……！　ヤヌス、お願いだ！」ノエは懇願した。

「プロセスはすでに始まっているのです。あなたが私の肉体の心臓を止めるとすぐに、私は私の精神をあなたの肉体にダウンロードし始めました。もうすぐ私のデータと意識はあなたのものと一つになるでしょう」

そしてノエは悪夢のデバイスを見た。ヤヌスの手の中に、長方形の頭部を持つ小さな黒い円筒の輝きが現れた。世界を終わらせるデジタル駆除デバイス（DED）を見て、ノエの血は氷に変わった。ヤヌスはDEDを持っているのだ。

「君の前世と記憶の問題があります。私はデジタルな自分のために、君のデジタルな心のスペースを空けなければなりません。リラックスして、何も感じませんよ」

第66章 ヤヌスは無制限

DEDがノエの視界に迫ってきた。その小さな物体は、彼女のデジタル履歴をすべて消去してしまう。ビデオ、バイタル記録、友人や家族との思い出……ファイラ、すべてがバーチャルなゴミ箱に投げ込まれ、永久に削除される。彼女の肉体は記憶し続けるが、世界は記憶しない。彼女は地球上から消え去り、デジタル魂はサイバースペースの無に投げ出されたようなものだ。現代人は、目覚めた時の死を表現しているのだ。

ヤヌスは沈痛な目で彼女を安心させた。「私たちの種にとって最善の方法なのです。時が経てば、理解できるようになるでしょう」。デバイスの頭から放たれた閃光は、青い空間に眩しかった。一瞬、ノエは時間を認識する能力を失った。宇宙軍の訓練や自身の研究を通して、彼女はいつもデジタルの死はどんな感じなのだろうと考えていた。全く何も感じないのだろうか？　小さなアイコンに取り囲まれたオンライン上の第二の自分の姿が頭に浮かんだ。それぞれのアイコンは、ウェブサイトや機関、ソーシャルメディアなど、彼女がネットワークを使って交流しているプラットフォームを表すロゴで、オープンスペースにぶら下がっていた。すべてのアイコンは、星系の中心である彼女、ノエラニ・アコスタとともにゆっくりとした軌道を浮遊する世界を表していた。DEDは惑星消滅装置だった。接触すると、まばゆい光はあらゆる惑星を微細な

第66章 ヤヌスは無制限

破片に分解し、まるで宇宙掃除機のようにその破片を吸い込んだ。プロセスが完了すると、壊れた銀河の空白の中に孤独なノエが立っているだけで、何も残らなかった。惑星のない太陽は、熱による死を待っていた。完全な消滅だ。

ノエは目を閉じていたことに気づかなかった。DEDの光は点滅していたが、彼女には何の変化も感じられなかった。おそらく、本当の効果を見るには、帰国するまで待たなければならないのだろう。もし家に帰ったら。彼女はその考えを頭から消し去り、目を開けた。強制的にプログレス・バーとその上に吊るされた不吉なデジタル数字に意識を戻した。

三十五パーセント…くそっ、時間がない。彼女はヤヌスの表情に注目した。いつもの冷静な態度から一転、困惑した表情に変わっていた。手首を回転させながらDEDを四方八方から観察し、何かを探している。

「よりによって、今、どうして動かないのでしょうか？」その声は本当に混乱していた。

ノエは、彼の顔の困惑の丸みを帯びた曲線が、憤怒の硬い線に変わるのを見た。

「あの女だ！　どうにかして突破したのだ！」ヤヌスはハッとした。ヤヌスは量子コンピューターとノエの間を躁的な大きな目で行き来した。彼は慎重に選択肢を考えた。そして次の瞬間、彼女の前から姿を消した。

〈金華が何かしたのだ。ヤヌスのルールに手を加えたに違いない！〉ノエは見えない束縛に抗い続けたが、その束縛は手足にしか効かなかった（呼吸と瞬きはまだできたので、彼女はそう推測した）。〈金華！　どこにいるんだ!?〉ノエは力なく、机の上でうなる量子コンピューターの方を見た。〈私さえそこに辿り着ければ。全部停止できるかもしれない〉

ヤヌスの声が彼女の心に響いた。「ダウンロードの途中でシミュレーションを破壊すれば、デジタルマインドがクラッシュする可能性があります。生物学的植物人間になってしまいます…」。

〈頭から出て行け! 植物人間? 本当にそんなことが起こるのだろうか?〉

「心配するな、すぐに終わります。すぐに君の友人を見つけますよ。そうすれば、私の計画通りに進められます」。

〈ノエ、考えろ! 考えるんだ! 考えずに行動しなければ、彼に知られてしまう!〉

そこで彼女は思いついた。彼女の中には、どこか深く埋もれている力があった。ヤヌスが言ったことが本当なら、彼女にもこのシミュレーションのルールを書き換える能力がある。しかし、どうすればいいのだろう? 彼女はほとんど動くことができず、筋肉は硬直して無反応だった。できることをしなければならない。どんなに小さなことでも。彼女はまだ自分が支配できる何かを探すため、黙々と身体の棚卸しを始めた。腕は? いや、詰まっている。手と指は? いや、ロックされている。脚は? 固まっている。足は? 動かない。つま先は? 彼女は、自分の脳にはほとんど感知されないほど小さな動きを感じた。ノエは顔の筋肉をリラックスさせ、自分の目的から思考を遠ざけるため、プログレスバーに集中した。もしヤヌスが彼女の心を読んだら、すべてが終わってしまう。

三十七パーセント…

第66章 ヤヌスは無制限

〈足の指が動けば、足も動くかもしれない〉

三十九パーセント…

〈くそっ！　よし、他のことをやってみよう！〉彼女は目を閉じて集中し、深くゆっくりと息を吐いた。驚いたことに、ドキドキしていた心臓の鼓動が遅くなり始め、少し落ち着いた感じがした。再び、彼女は胃に空気を最大限まで送り込み、保護ベストの下で膨張するのを感じた。呼吸をするたびにさらに落ち着きを取り戻したが、彼女はまだその場に固まっていた。パニックで目が飛び出しそうになり、せっかくの集中力が途切れそうになったが、集中力が途切れたら最初からやり直さなければならないことを十分に認識しながら、ゆっくりとした呼吸のリズムを維持しようと努めた。そして彼女にはそんな時間はなかった。

青いエーテルのどこかから、ヤヌスの声が聞こえた。「進化の成り行きに任せればいいのです。君を傷つけることはありません。私たちは半分以上到達しています」

五十パーセント…

彼の言葉によるヒステリーが、まるで熱帯の海岸に打ち付けるハリケーンのように、彼女の一途な目標を引っ掻き始めた。それは刺すような雨を降らせ、渦巻く強風で彼女を打ちのめした。木は折れ、電線は倒れ、家々の屋根は剥がされ、それでもノエは耐えた。息を吸ったり吐いたりを繰り返しながら、彼女は吹きすさぶ風の中に立っていた。

五十四パーセント…

〈なぜ動かないのだろう?〉彼女はまだ足の指しか動かすことができない。ノエは怒りがこみ上げ、激しさを増す突風に揺さぶられるのを感じた。怒りを爆発させたいという欲求は、長時間息を止めた後に空気を吸い込むのと同じくらい誘惑的だった。いつまで我慢できるだろうか? 気が遠くなるような感覚に襲われた。進行バーの赤い数字がぼやけ始め、収束していく。呼吸のリズミカルな流れを維持するのが難しくなってきた。

その時、声が聞こえた。「ノエ…ノエだ」聞き覚えのある小さな声だった。

「ノエ…聞こえる? できれば足の指をピクピク動かしてみて」

彼女は柔らかい声の指示に従った。

「反応しないで、ただ聞いて。暗号化されたTP通信を君に送るから、しばらくの間ヤヌスは君の考えを読むことができない。でも同時に作動させなければならない。わかったらつま先を動かして」

彼女はジェスチャーをした。

第66章 ヤヌスは無制限

「よし、やろう。スリー…ツー…ワン」

「進化を邪魔してはいけません!」ヤヌスの声が、彼女の心の中に飛び込んできた。強い突風が、消え入りそうになっていた集中の炎を消し去ろうとしているようだった。ノエはほとんど意志の力を使い果たしていた。時間とこの瞬間のプレッシャーが、目を開けること、苛立ちのあまり叫ぶこと、ヤヌスの目を見て自分を殺すことを要求した。カテゴリー5の暴風雨が彼女を揺り動かした。彼女が地面に倒れ、ジェット気流にのって頭上を通り過ぎる他の物体に合流するのは時間の問題だった。

優しい声が戻ってきた。「大丈夫だ、もう一度やってみよう。いいかい?」

ノエは返事をした。

「3…2…1…今だ!」

突然、マゼンタ色の光が点滅し、彼女は肉体から転送された。ピンクがかった赤いオーラに包まれた彼女は、再びQ-ノエとなり、自分の後ろに立っていた。目の前に自分の体が見えると、彼女は驚きの声をあげた。クラシック・ノエは両手を脇に固定し、顔は血で汚れ、小さな切り傷があり、髪は脂ぎっていた。しかし、彼女の顔は穏やかな表情をしていた。目は閉じられ、皮膚は滑らかで緩んでいた。まるでマッサージ中に眠ってしまったかのようだった。

「心配しないで、聞こえないよ」金華が現れた。まるで子供が蛍光ペンで輪郭を描いたような、不思議な色のオーラに包まれていた。金華は息を切らして言った。「あなたがヤヌスを撃ってから、ずっと連絡を取ろうとしていた」ノエはその言葉に感謝し、うなずいた。

金華は恥ずかしそうに言った。「量子コンピューターがヤヌスの肉体とリンクしていることがわかると、私はすぐに彼のコードを密かに分解し、内部から書き換えたの」

「でもどうやって彼を止めるんだ？　彼は自分自身を私にダウンロードし、私の体を使って彼の偉大なフィルターを解き放つつもりだ！　言っているだけで嫌な感じがする」

金華はしっかりとうなずいた。「そうだね！　まるで変なエロ同人誌みたいだよ！」

「そんなことなんて！」とノエは言い返した。〈10代の子って本当に…もう！〉

金華の顔がまた真剣になった。「ノエ、あなたも進化したんだから、私とヤヌスと同じ能力を持っているはずよ」

ノエは信じられないという表情を浮かべ、金華に手のひらを見せた。「でも、私は手からコード化されたビームを撃つ方法を知らない。私の知る限り、特別な能力は持っていない！　ただ戦い方と撃ち方を知っているだけだ。私のライフルはデジタルゴーストには効かない！」

金華はポケットから金色のキーカードを出した。キーカードは彼女の開いた手の上で浮遊し、デジタルコードの線が周りを囲んで光っていた。「これを受け取って」

「これは何？」ノエが尋ねた。

「あなたの隠れた潜在能力を開花させてくれる。少なくとも私はそうだった」金華はヤヌスの暗号を調べ上げ、貴重なものを見つけた。彼女はそれがヤヌスにとどめを刺す助けになることを望んでいた。

ノエは決意を胸に、そのカードに手を伸ばした。すると、金華とカードは何の前触れもなく消えてしまった。

「やっと見つけたぞ!」ヤヌスは言った。「馬李の種だ。特別な力を持つ少女だ。人類の次の進化を邪魔するな!」ヤヌスは金華の肉体を突き止め、首根っこを掴んで絞め始めた。

〈窒息しそうだ!〉金華は彼の握力の強さにショックを受けた。何かしなければならない! 彼女は手のひらを開き、彼の周りのコードの行を削除し始めた。彼の強い握力に苦戦しながらも、彼女のショットは不正確だった。ハンザの黄色い筋が四方八方に飛び散った。誤射したビームのいくつかはヤヌスの周りの青い空間に命中した。青いスクリーンに穴が開き、四十七階にある老朽化したオフィスが見えた。金華はシミュレーションのベールの向こうに、サンフランシスコのライトアップされた夜景を垣間見た。

そして驚いたことに、彼女は手と膝をついて咳き込み、あえぎながら彼の手から落ちた。彼女の体はその日の出来事のすべてを感じていた。脚が砂で鉛のようになったような重苦しさが骨にのしかかった。この状態でヤヌスを止めるのは、不可能ではないにしても難しいだろう。彼女が顔を上げると、ヤヌスが再び立ち上がり、彼女のしたことをすべて取り消し、青い闘技場に引き戻し、現実世界への窓を閉じた。金華は彼と向かい合うように立ち、短い間、礼節を尽くしてお互いを見つめ合った。コンピューターのプログレスバーは八十パーセントを示し、その間に量子コンピューターが浮かんでいた。両者ともこの種のものとしては初めてであり、最後の勝利の見送りだった。人類の進化の運命を切り開く舞台は、たった一人のために用意されたのだ。

「そう簡単に私を倒すことはできません！　私は君に、進化した人類のリーダーとしてセレウスやリムニックと一緒に生きてほしかった。だが、どうしても邪魔をすると言うのなら、お前の存在を消し去ってやります」

彼の手から紫色のジェットが発射された。それは横に跳んだ彼女をわずかに外した。金華はフリーズコードを放ち、ヤヌスの腕に命中させた。金華はすぐに彼女の動きを止め、攻撃を続けた。彼女は素早く回避し、回避パタンで消えてはまた現れた。彼女は移動しながら応戦した。彼女とヤヌスが相反するアクションで踊りながら、インディゴとゴールデンロッドの色調が真っ青なアリーナを照らした。やがてヤヌスは彼女の動きを予測し始め、ダミーのコードで彼女をトリップさせることに成功した。地面に叩きつけられて間もなく、彼女はヤヌスの手に髪を引っ張られ、チップの埋め込まれたうなじが露わになるのを感じた。

金華は息をのんだ。もう打つ手がなく、時間もほとんどなかった。

九十五パーセント…

コンピューターが粉々になる音で、彼女の意識は浮遊する量子コンピューターの方に戻った。クラシック・ノエはライフル銃を手に立っていた。ライフル銃の銃口で、まさに現実の、そして今まさに壊れている量子コンピューターに決定的な粉砕を加えたのだ。ヤヌスが金華を降ろし、娘を恐ろしげに見つめると、辺りの青い布地が崩れ始めた。３人の周りでは、ヤヌスのシミュレーションがブルーフィールドと四十七階のオフィスの現実の間で明滅し始めた。コンピューターがシャットダウンすると、機械の心臓は沈黙した。２

つの現実は急速に切り替わり、まるで1つの現実のように見えた。やがて青い背景は完全に溶け、星降るサンフランシスコの夜景を背景に、ぼろぼろの古いオフィスが残された。

「何をしたんだ?」ヤヌスは顔から血の気が引いて言った。

「母にしたことと同じことを…」クラシック・ノエが量子コンピューターの残りを破壊している間に、Q-ノエが奇妙な光を周囲に放ちながら現れ、彼女の後ろに立った。一連の素早い動きで、Q-ノーは背中からレーザーナイフを抜き、ヤヌスの方に武器を突きつけた。彼は身を守ろうと動いたが、金華が彼をその場に固定した。Q-ノーはテレポートし、ヤヌスの前に再び姿を現した。レーザーナイフが下方に移動するにつれて、そのビームは長く鋭くなり、ヤヌスの体を貫いて致命傷を与える直前だった。

胸にデジタルブレードの傷を負い、不穏な表情を浮かべたヤヌスは床に崩れ落ちた。彼の肉体の投影が床に衝突しても音はしなかった。

ノエも金華も、敵が1か0かの集まりのように崩れ落ち、永遠の虚無の中に消え去り、人類史の忘れられた足跡となるのを見た。

終章

二年後…

李の書斎で一人、バルト・クニはスクリーンを見つめ、唇をとがらせ、両手を腰に当てて期待に胸を膨らませていた。スクリーンに映し出された男は、体にフィットした黒いスーツに白いシャツ、力強い赤いネクタイを締め、まるで指導者のようだった。風の強い寒い一月の朝、片手を聖書の上に置き、もう片方の手を上げ、「合衆国憲法を守り抜く」と冷静に宣誓している姿は不自然ではないだろう。バルトがこの男の話を聞くのは八回目だった。彼の態度はプロフェッショナルで威厳があった。彼の言葉は滑らかな思慮と練習された落ち着きを持って流れ、正しいことばかりを述べていた。

しかし、バルトには彼の何かが…何か違うように思えた。それは、戦略的な髪型でもなく、年寄りとは対照的に老練に見えるようにちょうどよく当たる光でもなく、歯の白さが光っているのでもなかった。確かにそれらはすべて気晴らしにはなったが、イラつきの主な原因ではなかった。何分か考えた後、バルトは答えを見つけた。

〈それは間違いなく、彼の「r」の言い方だ。奇妙な息苦しさがある。彼が話すときはいつも、かすかなささやきのようにそれが際立つ。なぜ彼はそんな話し方をするのだろう?〉バルトの思考はワーナー・タワーから飛び出したアニマニアックスのように暴走し始めた。その不条理な観察が、今年の後半に彼に投票するかどうかの決断に影響することを意識しながら、彼はそれを止めようとも反対しようともしなかった。

大きなオーク材のドアが開く音が、彼の注意をスクリーンの壁から引き離した。馬李は片手に信頼できる小さな黒いブリーフケースを持って入ってきた。彼はイタリア製の黒のスーツをシャープに仕立て、スタイリッシュさとプロフェッショナリズムをうまくミックスさせていた。バルトは、この老人が年をとっても着こなしが上手なことを羨ましく思った。自分もそんなことを気にしていた若い頃を懐かしく思った。

スクリーンの下に立つバルトを見て、李はなぜ彼が今年の選挙報道をそんなに気にするのか不思議に思った。彼の中では、リーダー選びは多かれ少なかれ、組織化された人間社会が始まって以来、いつも同じように行われてきた。その瞬間、その社会を最もよく反映している候補者が、その組織を率いるのだ。良くも悪くもだ。このことを理解するのは難しいことではなかった。困難だったのは、リーダーシップに不満があった場合に永続的な変化をもたらすことだった。これには通常、社会の優先順位や価値観の入れ替えが必要だった。極端な場合は、指導者の部下がそのために戦い、死ぬか、少なくともそれを待つことを厭わなかった。そうして初めて、庶民の中から組織の真の価値観に見合う立派な指導者が現れるのである。彼は、これはどんな長い歴史を持つ組織にも当てはまることだと信じていた。国家も同じだった。

「なんだい？」バルトは壁のスクリーンに向かって身振りで言った。彼の口調はカジュアルだったが、李は彼が彼なりのぎこちないやり方で二人の間の沈黙を埋めようとしているのがわかった。

「どうして？」李は答えた。

バルトは首を振った。「四年ごとに同じことが起こる。政治を知らない人、政治に関心のない人に迎合して票を集め、当選したら、いや、当選したら、約束したことはすぐに忘れてしまう」

李はゆっくりとうなずいた。「それは聞いた」

スピーカーから流れる候補者のスピーチを聞きながら、二人の間に短い沈黙が訪れた。

「〝ムーアの夏64〟と彼は呼んでいる。選挙スローガンにぴったりの名前だ。彼のマーケティング・チームが一生懸命考えたに違いない」とバルトが言うと、震えるような笑い声が続いた。「彼がサイボーグであることはほとんどわからない。想像できるかい？　初の人間でない大統領だ。少なくとも完全な人間ではない。私たちにその準備ができているかどうかはわからないが」。

李は半信半疑でうなずいた。実際、彼はもうバルトやスクリーンの話を聞いていなかった。彼の思考は別のところに流れていた。そしてスピーチは終わった。喝采が会場を包み、候補者は笑顔で近くの見物人と握手を交わし、無理矢理信頼したような顔でポーズをとった。〈人間でないものが再現するには、あまりにも難しいことがある〉李はそう思った。娘の姿が脳裏に浮かんだ。〈彼女はどうしているだろうか？〉

バルトはすぐに彼の遠い目を見た。この数ヶ月、その虚ろな状態はあまりにも見慣れたものになっていた。バルトはスクリーンの音声を消すために、壁に流れているスピーチ後の解説を残すように声で命令した。目の端でそれを追えるようにしたかったのだ。

バルトは馬李の肩に手を置いた。「彼女なら大丈夫だ。彼女はいつも頭の回転がいいし、彼女の能力ならお金を稼ぐのに困ることはないだろう。少なくともそれはある」。

李はその言葉にかすかな笑みを浮かべたが、目は遠く離れたものを見つめたままだった。バルトは、彼の冗談が意図したとおりに着地しなかったことがわかった。

「今日はどうだった？　何か進展はあったか？」

李はゆっくりとうなずいた。「少しだ。ヤヌスのセレウスとリムニックのせいで、政治的な混乱からやっと抜け出せたようだ」彼は考えをまとめるために立ち止まった。彼は十分な休息がとれなかったため、目をこすりながら考えをまとめるために立ち止まった。「私たちの社会にとって未来は不透明だが、両組織は法的には解体された。あなたの新しい政策がその手助けをしたんだ」。〈本当になくなったのだろうか？〉李は静かにそう思った。〈拘束力のある法的文書が破棄されただけで、両組織を国内外から消し去ることができるのだろうか〉と。彼は両組織が永久に消滅したと信じたかったが、常に鋭く警戒している彼の本能が疑念を持続させた。

バルトは決定的にうなずいた。「それが聞けてよかった」彼は大げさなため息とともに唇から空気を吐き出した。「どうやら社会は、セレウス独特の世界観に対応できていなかったようだ。あるいは、二酸化炭素でいっぱいの湖を爆発させることから名付けられたテロ組織だ。本当に必要だったのに、残念だ…セレウスが…今でもそうだ」。彼の声は反射的に途切れた。

二人は再び沈黙した。広い部屋の中で、機械のうなり声だけが二人の間の空気を満たしていた。

バルトが不意に会話を再開した。「先日、チークスとスペイザーからメッセージを受け取ったんだ」。

李は小さく笑った。「彼らはどうしてる?」

「元気だよ! チークスは、君が腹を撃たれてからもうすぐ二周年になると言っていた」

李はニヤリと笑った。「そうか」

バルトは続けた。「彼はまた、彼らの新しい民間警備ベンチャーである〝ベアー・ポウ・ソリューションズ〟が繁栄しているとも言っていた。サイラスのSJアーケードのビデオゲーム引退ビジネスをパトロールしているんだ」。

〈〝ベアー・ポウ・ソリューションズ〟〉という響きに、李の顔に厳粛な表情が浮かんだ。年前、ベアーがタワーで死んだことで、ロダンとの険悪な思い出が脳裏をよぎった。それは彼の人生における最大の失敗のひとつを思い出させるものであり、残りの日々を生きていくためのものだった。「そうか、彼らが元気で何よりだ。いつか彼らを訪ねることになるかもしれない」。

バルトは眉をひそめて彼を見た。「訪問だけか? それとも住人になるため?」

李はその質問をしばらく考えた。「今のところは、ただの訪問だろう。この家が好きなんだ」。

「そうだな」バルトは残念そうに言った。深い静寂がもう一分続いた。演説後の報道がスクリーン上で終わった。バルトは何気ない声の命令でそれを止めた。

「なあ、この二人、『プレゼント』をどうすると思う? ノエと金華のことだよ」バルトが尋ねた。

李は首を振った。「わからない。彼ら次第だ」。

バルトは気まずそうに李の腕を叩いた。「私も息子と同じ経験をした。でも、いつかは手放さなければならないんだ」。

李は虚ろな視線でうなずいた。

「あの子は何を企んでいるんだろう？」バルトは頭をかいた。

「電話してみたら」と李は言った。

バルトの顔に固い困惑の表情が浮かんだ。「あいつは…どんな息子でも父親を失望させる運命にあるようだ」彼は大きくため息をついた。「失敗の度合いと期間は変動するものだとしか思えない」

李は、自分が祖国から逃亡し、父親が死んだときに十億ドルもの肩の荷を下ろしたことを振り返り、同意するように首を傾げた。「あのとき娘がいてよかったよ」と彼は言った。

バルトの笑みが戻った。「そうだね。最初のうちは大変だが、長い目で見れば楽だ。そう聞いたよ」。二人とも苦笑した。

「親になるのは大変だ」バルトは嬉し涙を拭いながら言った。

「人間でいるのは難しいよ」馬李が言った。

「その言葉、聞いたよ」

***

〈この景色は素晴らしい。とても平和だ。彼女がここを気に入るのも無理はない〉

セレウス&リムニク

フォルサム湖の眺めは相変わらず雄大で静かで、昼下がりの陽光に輝いていた。中庭の木陰で風に吹かれながら、ノエはのんびりと思考を巡らせた。母親が何十年も愛用していた籐のラウンジャーは驚くほど快適で、特にふかふかの銀色のクッションが置かれていた。その素材が夏の日差しの炎天下で彼女を涼しくしてくれた。オレンジ色のタンクトップと白いカットオフのショートパンツ、つま先をくすぐる湖のそよ風、彼女はこの一週間で初めて心からリラックスした気分になった。

ノエは亢進する心を静めようと目を閉じた。ほどなくして、果てしないデータのイメージが彼女の五感に溢れ始めた。心臓がバクバクし始め、呼吸が浅く苦しくなるのを感じた。それは溺れそうになる感覚に近く、彼女を恐怖に陥れた。〈ノエ、ノエ〉

ファイラの声が彼女の思考の混沌を打ち破った。彼女をバルコニーの静かな空間へと引き戻した。ノエは目をぱちぱちと開け、深呼吸を繰り返しながら気持ちを落ち着かせた。あの日、タワーで命を救われた技術であり、正気を保つために彼女が毎日頼りにしている技術でもあった。

そんな彼女の前に、デジタルの親友が現れた。擬人化されたアニメの猫は、ノエの力によってより大きな生命を与えられ、文字通りいつでも彼女と一緒にいることができるようになった。ファイラはノエのリクライニングチェアの横に立ち、漫画のような顔で深い心配をしていた。

「また悪夢か？」ファイラが言った。

ノエは頭を押さえながらうなずいた。「幻覚がずっと続いている。PTSDプラスアルファって感じ」。

ファイラがリクライニングチェアの周りに移動し、ノエの肩に手を置いた。彼女はリズミカルなマッサージを始め、硬くなった筋肉をこねくり回して柔らかくした。たいていの人は、A.I.アシスタントによるマッサージを異常だと感じるだろう。ノエにとって、それは特別なことではなかった。その感覚は彼女の体をまるで休暇にいるかのように反応させた。どんな接触も、彼女の存在の繊細で隠れた核心をくすぐり、すべての感覚と意識を高めた。

ノエは身体が正常に戻るのを感じた。フィラが細心の注意を払って揉みほぐすと、ノエは自分の力について考えた。マッサージを受けることはひとつのことだが、それを本当に理解し、使いこなすことはまったく別のことだった。〈あなたの可能性は無限よ…〉ヤヌスの言葉が彼女の心の中を蛇行し、脱皮した思考の跡を残しながら、捨てたり、処理したり、無視したりした。ヤヌスのイメージは、彼女の真の父親のイメージは、いたるところにあった。起きているときの思考、記憶、潜在意識の奥底に、彼の言葉、顔、遺産の名残があった。ノエはそのような思いに出くわすたびに、それを一掃するために戦わなければならなかった。この二年間で、彼女はその作業が格段にうまくなった。

今日、彼女の力は効率よく浄化の儀式を行った。それから彼女は横になり、まるで高気圧室で休んでいるかのように、頭を浮かせた。無限のエネルギーが駆け巡っているため、彼女の心には休息が必要だった。彼女のまぶたは再び閉じられた。その瞬間、意識のすぐ向こうのどこかでむず痒い感覚がなければ、完璧に近かっただろう。

〈そこで何を見つけるのだろう？　必要な答えは得られるのだろうか？　ヤヌスは本当にいなくなったのだろうか？〉二年前の運命的な夜以来、起きている間中、同じ疑問が彼女の頭の中にずっと住み着いていた。

仕事も、お金も、セックスも、世俗的な気晴らしも、どんなことをしても、その疑問を長い間抑えることはできなかった。

デバイスの音が、彼女の思考から疑問を消し去った。驚いた彼女は、ノエがリクライニングしていた体勢から体を起こし、フィラの手が彼女の肩から手を離すのを感じた。

「答えなさい」ノエははっきりとした声で命令した。

「ヴァンだ！」

ノエは首を振り、生来の真面目な顔に笑みを浮かべた。「どうした？　準備はいいか？」

突然、電話の向こうでガサガサと音がした。続いて、ドスン、ドスンと鈍い音が続いた。重いものが地面にぶつかる音だ。ノエは立ち上がるのが早すぎて少しめまいを感じながら、よじ登った。

「おい、大丈夫か？」

「ああ、大変だ！」ヴァンは憤慨しながら言った。「やっぱり、もっときつく詰め込むべきだった」。

向こうで間が空いた。ノエは、ヴァンが落ちている荷物を見て回っているのだろうと思った。彼女は小さな笑いを抑えながら、大きくため息をついた。彼の存在は彼女の精神を軽くし、自分の頭の中に沈みすぎないようにしてくれた。そして彼は、何年もハンドルを見つめながら無口な羊飼いをしていたにもかかわらず、良い運転手であり、聞き手であり、友人であることがわかった。

「僕はいいよ！　そして、ああ、そうだ！　もうすぐ出発できる。この荷物を全部バンに戻したらすぐにね」さらにしゃくりあげ、うめき声が続いた。「ところで、金華を見なかった？　そろそろ戻ってくるはずだ」。

ノエの表情が再び真剣になった。「今日はまだ見ていない」

ヴァンは呻きながら、重そうな荷物と格闘していた。「マインドリンクして、彼女がどこにいるのか見てみたらどうだ？　彼女がどこにいるか見てみよう。七日以内に着くつもりなら、もう出発しないと」。

ノエは宙を漂う信号の波を見始めた。それは彼女が冷静さを失いつつあり、イライラしている明らかなサインだった。ヴァンの念押しは何の助けにもならなかった。「ああ、わかった。探してみるよ」

「クールだ！　すぐに会おう！」電話は切れた。

ノエはテレパシーで彼女と連絡を取ろうとしたが、うまくいかなかった。〈彼女はまた信号を切ったのだろう〉

「ファイラ、何かわかったか？」ノエが尋ねた。

「金華のサインはどこにもない」

ノエはしばらく考え込んだ。「彼女がどこにいるかわかった気がする」

ファイラが熱心にうなずいた。「いつもの場所にいるはずだ」

ノエは腕を頭の上に伸ばし、目を覚まそうとした。「彼女を連れてくるよ」

***

金華はフォルサム湖の岸辺で、足首まで水に浸かっていた。ジーンズのショートパンツに黄色の無地のTシャツ姿の彼女の長い黒髪は、通り過ぎる風に揺れていた。風、太陽、暑さ、風、すべてを感じる。彼女は身体の感覚を心に充満させ、それ以外のことを考える余地をなくしていた。

彼女は瞑想することも、世界のデジタル意識に入ることも望んでいなかった。彼女はただ感じたかった。ほんの一瞬の間だけ、完全で唯一無二の人間になるとはどういうことなのかを感じたかったのだ。海岸に立ち、彼女は朝読んだ本の言葉を思考の聖域にアクセスさせた。

その言葉は、何年か前に彼女の父親が執筆した長文の記事から来ていた。セレウスの起源と歴史について書かれていた。そこには、セレウスがどのようにして誕生したのか、その使命は何なのか、そしてなぜセレウスは、その名の由来となった花のように、わずか数十年で枯れてしまう運命にあるのかが詳しく書かれていた。彼女の父親は次のように書いていた：「人類は自らのイメージであらゆるものを構築し、構築したすべてのものの中に永遠に存在し続けることを望む。セレウスによって、創設者たちは人々の心の中に永遠の像を築こうとした。彼らは、この建造物が集合意識の中で永続することを願っていた。つまり、種としての相互生存のために、ともに進化することを望んだのだ」。

金華は「進化」という言葉について考えた。父親が彼女に、「進化する」という意味の中国語の動作動詞进化（jin4hua4）から名前をつけたのは偶然ではない。彼はおそらく、自分と彼女の母親の犠牲によって、全人類が、憎しみ、死、自己と唯一の惑星である故郷の破壊に縛られた、困窮し、容認できない殻を脱ぎ捨てるという、常に必要な目標に一歩でも近づくことを望んでいたのだろう。しかし、結局のところ、その価値はあったのだろうか？　彼女の父、バルト、ヤヌス、そして他の創設者たちは、本当に人類の新たな段階に火をつけたのだろうか？　それともセレウスは、自然が、あるいは運命が、偉大なるフィルターの一部として消し去った、望ましくない特徴のひとつに過ぎなかったのだろうか？

人類の知識全体を見渡し、処理する能力をもってしても、彼女には答えが見つからなかった。少なくとも、彼女が認め、受け入れたいと思うような答えはなかった。彼女はヤヌスやリムニックの記録をサイバースペースの記録から消したことで、少し気が楽になったが、彼が生き続けていることは知っていた。物理的な形でもデジタルな形でもない。しかし、彼の犠牲者たちの悪夢の中で、一般的な旧世界市民の恐怖の中で、テロリストとして、そして最悪なことに、彼女の頭の中と心の中で、彼女の進化した親戚として。これは彼の意図した通りだった。ヤヌスは知っていた。歴史における自分の役割がどのように展開されようとも、彼の行為は悪魔やブルータスやアドルフ・ヒトラーのように人々の潜在意識に浸透し、彼に不死の形を与えるだろう。この思いが彼女を最も悩ませた。

「ここにいたのか」

金華が振り向くと、ノエが母の邸宅へと続く道に立っていた。彼女はゆっくりとした足取りで金華に近づき、少し心配そうな表情を浮かべていた。〈彼女は時々、私を恐れているようだ〉金華は思った。
「みんながあなたを探しているわ」ノエが言った。彼女の声は柔らかく、穏やかだった。
「そうだね。すぐに家に戻るつもりだったんだ」金華の視線は湖の砂浜に注がれ、水面が豆粒ほどの小さな岩の輪にぶつかる場所に固定された。「ねえ、ノエ…」。

「どうした？」

「東海岸に行けば、私たちが探している答えが見つかると思う？」

ノエは金華の肩に温かい手を置いた。「よくわからない。でもバルトによると、この男はA.K.博士の研究を幅広く研究していて、彼のことをよく知っているそうだ。私たちを助けてくれるとしたら、彼しかいない」。

金華は弱々しい笑みを返した。

「この二年間、自分たちで解決しようとしたけど、壁にぶつかった」ノエは彼女の目を見つめた。「きっとうまくいくよ」

金華は抗議しなかった。彼女はただ小さな微笑みを返し、何も言わなかった。彼女はノエが正しいことを知っていた。バルトの息子は、彼らが探している答えを持っているかもしれない。彼女は自分の力の本当の使い方を知らなければならなかった。また、他の進化した人たちがどんな人たちなのか知りたいと思った。セレウスとリムニックの両方が政治的に解体されたとしても、その遺産は生き続け、過激なリムニックの狂信者たちはまだそこにいて、自分たちのリーダーに死をもたらした二人の女性を殺す準備ができていた。

彼女はヤヌスとの対決の後、塔の中で生気を失って横たわっているダニエルのことを思い出した。肉体は修復されたが、二人の特別な絆はなぜか壊れていた。彼はもう彼女のダニエルではなかった。〈誰かが彼女の頭の中に入り込み、彼女をも堕落させてしまったのだろうか？〉そう思うと金華は恐怖で冷たくなった。

ノエは彼女が何を考えているか知っていた。〈彼女は怖がっている。私もそうだ。でもこれが必要なんだ。いつまで耐えられるかわからない〉「おいで」ノエが言った。

　二人の女性は強く抱き合った。母娘のような強さと安心感で抱き合った。「私たちはお互いの安全を守るわ」とノエはささやいた。安全な抱擁の中で、ふたりは目を開けて遠くのものを見た。ノエは湖のさざ波を見た。金華は、目の端に、照りつける太陽が見えた。

　そこで金華は、庇護欲を掻き立てられながら、人と触れ合うことの大切さを思い知らされた。胸を締め付けられるようなシンプルさの中に、言葉のない深いメッセージが込められていた。〈私はあなたのためにここにいる。君はひとりじゃない。あなたを愛している〉彼女の心は、ノエのメッセージ、母としての守ろうとする意思を、特別な能力や限られた言語表現を必要とすることなく受け止めた。

　湖のほとりに立って、彼女はセレウスやリムニックと関わるようになってから自分がどれだけ変わったかを考えた。彼女はもう、北カリフォルニアの奇妙なコミューンの街からやってきた、競争心が強く科学に取りつかれた少女ではなかった。以前は情報の収集家だったが、今は情報処理者だ。デジタル・フロンティアの平原を歩き回るネオ・ハンターのギャザラーは、彼女自身さえも理解できない、何者かであり、何か新しい存在だった。彼女は人間の思考と欲望に根ざした未来の要素となったのだ。その瞬間から、彼女は歴史の生徒であり、歴史の参加者なのだった。

作者と訳者あとがき

この本は存在すべきではないかもしれません。日本語を母語としない人が自ら翻訳した物語であり、伝統的な翻訳の規範に反するものだからです。それでも、ここにこの作品があります。

ページやスクリーンで見ると、現代のテクノロジーの驚異を実感させられます。人工知能の助けがなければ、この作品は存在しなかったでしょう！私の物語を日本の読者に届けるために、このような強力なソフトウェアを利用する機会に恵まれたことに、心から感謝しています。

私が初めて日本語のクラスを受けたのは2004年のことでした。当時、私はアメリカ空軍士官学校の痩せた士官候補生で、フランス語のテストで高得点を取った後、日本語を学ぶよう言われたのです。

最初の1ヶ月は、このクラスをやめたいと思いました。日本語は英語と全く逆で、文法、ひらがな、カタカナは謎に満ちていて、解き明かそうとは思えませんでした。しかし、数カ月後には日本語のレッスンに慣

セレウス&リムニク

れ、楽しむようになりました。やがて私は優秀な成績を収め、最終学年の夏に日本でホームステイをすることになったのです。

2007年の夏、私は石川県金沢市に降り立ちました。驚いたことに（他にもいろいろありましたが）、何も読めなかったのです！フォントは教科書で慣れ親しんだものとは違っていましたし、漢字は私を混乱させました。日本語の観点からは、ほとんど残念な旅行でした。その後間もなく、私は日本語への情熱を失い始めたのです。

日本語を副専攻として大学を卒業しましたが、まだうまく話すことも読むこともできませんでした。学校を離れても、漢字を頭に詰め込み続けましたが、真剣に取り組んでいたわけではありませんでした。それでも、米軍の日本語能力試験で十分な点数を取ることができ、2011年に沖縄での任務に選ばれました。

そのときから、私の日本語は本当に上達し始めました。米空軍の特別捜査官として、私は日本の文化と言語に没頭しました。沖縄県警一緒に犯罪を捜査し、時には同僚のために通訳をすることで、私の日本語能力はこれまでの人生で最高のレベルにまで向上したのです。その後、私は日本を離れました。2013年のことでした。

そこから六年ほど、日本語を見たり考えたりすることはありませんでした。その間、私は軍を離れ、独学でスペイン語を流暢に話せるようになり、フリーランスの翻訳・通訳者としてしばらく過ごしました。日本語はいつも頭の片隅にありましたが、使う機会がなかったので勉強しませんでした。

2021年に再び状況が変わりました。私は沖縄に戻ることを知り、とても興奮したのです。「今度こそ、日本語を流暢に話せるようになる」と自分に誓いました。2022年にいくつかのレッスンを受けましたが、本格的に学習を加速させたのは2023年でした。

ようやく使える漢字学習システムを見つけ、ポッドキャストをたくさん聴き、オーディオブックも何冊か聴きました。沖縄オレーターズトーストマスターズクラブの会長として、またハローワールドプログラムの一環として日本人学生を受け入れるときなど、できる限り日本語を使いました。今まで経験したことのない日本語の上達ぶりでした。

同じ頃、人工知能チャットボットの台頭という別の出来事も起きていました。私は2023年に急増したAIの波に早くから乗りました。その年のほとんどをこのテクノロジーの実験に費やしたのです。ブログ記事、音楽、ニュースレターを書くのに使いました。ゲーム、アプリ、ビデオの作成にも役立ちました。しかし、最も重要なことは、日本語能力を高めるための素晴らしい学習ツールとして活用したことでした。

私は小さなことから始めました。最初はツイッターの投稿を翻訳し、その後、モルディブ旅行を題材にした『モルディブ狂騒曲』という英文和訳リーダーを書くのに使いました。しかし、もっと多くのことに使えるのではないでしょうか?その通りです。私は自分専用の日本語AIチューターをデザインすることにしました。これは革命的な決断でした。

なぜでしょうか?

そのAIを使えば、難しい日本語の文法をすぐに分解できたからです。そのおかげで、わからない内容をより速く理解することができました。それから私は大胆になりました。日本語で文章を書き始めることにしたのです。『ハリー・ポッターと賢者の石』を一字一句書き写し始め、良い日本語を書くとはどういう感覚なのかを学びました。続いて、自分のマイクロフィクションを日本語に翻訳し、ブログサイトnote.comに投稿しました。note.comの読者に投稿した文章は徐々に反響を呼び始め、さらに野心的なプロジェクトを完成させるためにAIを活用する準備ができたことを教えてくれました。こうして私はこの翻訳に取り組み始めたのです。

セレウス&リムニク

私の小説を日本語に翻訳することについての初期の懸念の一つは、ストーリーがうまく伝わらないのではないかということでした。当時の翻訳者がよくやっていたような逐語訳では、ストーリーもキャラクターも失われてしまいます。しかし、AIを使えば、もはやそのようなことはありません。

ChatGPTのようなAIチャットボットには、適切な大きさのコンテキストウィンドウがあったので、登場人物とその関係、ストーリーの設定を機械に説明することが可能になりました。その結果、より自然な翻訳が得られ、英語版のオリジナルのトーンとスタイルが保たれたのです。本書はまさにこうして生まれました。

もちろん、AIが翻訳した言葉のすべてを理解できたわけではありません。しかし、最も重要な部分（登場人物のセリフや描写）は、できる限り原文に忠実であるようにしました。

長い時間をかけて、2週間足らずですべての日本語訳を完成させました。このような仕事としては異例のスピードです。

作者と訳者あとがき

このように、本書は20年の歳月をかけて完成しました。確かに翻訳にはAIを使いましたが、日本の文化や言語を学び、体験することに多くの時間を費やしていなければ、出版はおろか、挑戦する自信もなかったでしょう。あなたがこの作品を楽しんでくださったことを心から願っています。

作者と訳者について

キースヘイデンは1985年テキサス州サンアントニオ生まれ。

小説家、日本語翻訳家としてミリタリーゲーム技術小説を執筆している。自身のビジネスであるヘイデン・アカデミー・コレクティブ（HAC）スタジオを通じ、様々なメディア　フォーマットで彼や他の人々の物語を共有している。

キースは妻のジョアンナと沖縄に住んでいる。

彼の作品やサービスについては、keithhayden.net を参照のこと。

この本を楽しんでいただけたら、評価とシェアをお忘れなく！

セレウス&リムニク

作者と訳者について

Keith Hayden in Sapporo, Japan – January 2024

キース・ヘイデンの他の作品

(セレウス&リムニクのシリーズ)

セレウス&リムニク (2021)

静かなる雷作戦：チークスの伝説 (2023)

全体同期 (COMING SPRING 2024)

セレウス&リムニク:沖縄脱出劇 (COMING WINTER 2024)

セレウス&リムニク 2: 心と知性 (COMING 2025)

セレウス&リムニク 3: 死の運命 (COMING 2026)

他の作品

モルディィブの狂気 (2023)

Keith Hayden (キース・ヘイデン) 通訳者、作家

Published by Hayden Academy Collective Studios LLC © 2024

www.ingramcontent.com/pod-product-compliance
Lightning Source LLC
Chambersburg PA
CBHW071250300726
48975CB00002B/626
* 9 7 9 8 9 9 0 4 3 5 6 1 2 *